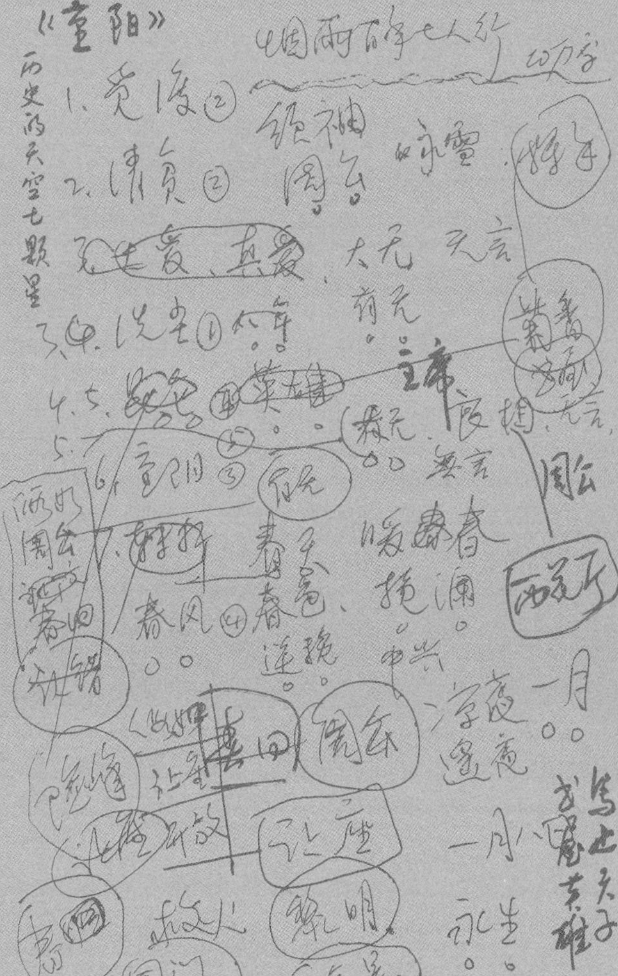
《重阳》
历史的天空七颗星

① 仰望历史天空的七颗星

今年恰是……，也与之百年同行了七十多年。

今年是 中国共产党建党百周年，出版社希望造一本

一本翻着的文字作为纪念。百年风雨，

[illegible]，许多事情已被风吹雨打去，但 百年 其中的人物，百多

风雨说 [illegible] 气节风骨神韵。于是，我选了

经典，百年史中

七个党的领袖，集为一书，以 奉与读者。

在党的百年史上有过标志性作用的

读者。 [illegible] 百年 [illegible]，我们

不妨去梳理当时的 [illegible] 当时的

功劳 忽然消失，居 于 痛快淋漓

地与之同喜同悲，体会一下他们

的人格魅力。按时间顺序，

第一个是陈独秀，这是我接触最早

的人物，小学时就读过他的

全书分为七章。

[illegible] 课本上 印象

[illegible]

初心
初样
当年时

梁衡 著

中国人民大学出版社
·北京·

序

仰望历史天空的七颗星

恰逢中国共产党建党百年，出版社约编一本相关的文字以作纪念，又由于种种原因到今年才付印。余生也晚，但与这个百年也同行了70多年。惊回首，许多往事已被风吹雨打去，但其中的人物经风拭雨洗，反而愈见精神。于是，就选了七个在中国共产党百年史上曾发挥过特殊作用的领袖，与读者共睹其风采，回味初心。

百年已过，历史翻开新的一页，我们尽可走近他们的生活，痛快淋漓地与之同喜同悲，体味他们的人格魅力。

全书分为七章。

按不同人物在党史上的影响程度确定了顺序。第一、二、三位都是中国人心目中的大伟人：毛泽东、周恩来、邓小平。我都有缘亲眼见过真人。毛雄才大略，无与伦比，属“五百年一遇”之人物。他曾有词《念奴娇·昆仑》，“飞起玉龙三百万，搅得周天寒彻”，气势磅礴，雄视全球。又，他当年转战陕北时就将党中央的代号命名为“昆仑纵队”。他有名言：共产党人好比种子，人民好比土地。他也如希腊神话里的安泰，系于民则强，疏于民则弱。“文革”后论及功过，有老同志说，毛如一座昆仑山，虽铲去一锹土，仍不失其高，此章就名“昆仑”。周恩来，白区红区，出生入死，宰相肚里能撑船，宵衣旰食、忧国忧民，此章就名“周公”。邓小平，力挽狂澜，是开启伟大转折的领袖。20 世纪 90 年代曾有一首歌唱改革开放的歌曲《春天的故事》，此章就名“春回”。

第四位是瞿秋白，继陈独秀之后的党的第二位领导人。这是我接触到的最早的党的领导人，小学时就见到他的书和书上照片中他那张秀气而略显苍白的脸。后来因为写《觅渡》一文，竟与他的家乡常州往来不断 30 年，这一章就名“觅渡”。我亦有一本同名散文集《觅渡》。瞿是革命文艺的先驱，有著译 500 万字，他牺牲后鲁迅亲自主持为他编文集。你看他的身子那样孱弱，他的文笔那样清秀，他的胸中却燃着熊熊的火。他是第一个把《国际歌》翻译介绍到中国的人、第一个被派往苏俄了解十月革命的记者。他为毛泽东的《湖南农民革命》作序，支持农民运动：“中国革命家都要代表三万万九千万农民说话做事，到战线去奋斗，毛泽东不过开始罢了。中国的革命者个个都应当读一读毛泽东这本书”。他在庐山遮窗挑灯，筹划“八一”南昌起义。他真正是“受任于败军之际，奉命于危难之间”，是大革命失败后撑起一方天的领袖，但却又诚实坦白得可爱。

第五位是方志敏，也是小学时就读到的人物。这次整理文稿，竟翻出一本1957年版的方志敏的《狱中纪实》，是家父当年课儿之书，老人家亲包的书皮，上面用毛笔楷体写下书名和我的名字，那年我小学五年级，时间已过去67年。瞿和方都是党的早期的领导人，同年生同年死，都是中央红军北上转移时留在南方而牺牲的。那年为采访红军长征胜利80周年事，我在江西走遍了方志敏出生、战斗，直至最后兵败被捕的每一处地方。方身长貌美，骑白马配短枪，绝对的美男子，亦很内秀。16岁时他就发豪言：“心有三爱，奇书骏马佳山水；园栽四物，青松翠竹洁梅兰。”你看《方志敏全集》40多万字，除政治文章外，小说、散文、诗歌、剧本，一应俱全，而以《清贫》一文最为著名，“穷且益坚，不坠青云之志”，这一章就名“清贫”。

第六位是张闻天。从建党到新中国成立28年，张有10年身为党的最高负责人，解放后却遭遇许多坎坷，直至改革开放后才得以平反昭雪，此章就名“洗尘”。我亦有一本同名散文集《洗尘》。张也有大才，担革命大任前研究文艺，是把德国诗人歌德翻译介绍到中国的第一人，近年研究发现他还是最早创作革命加爱情题材小说的人之一。咦，党的早期领袖，哪一个不是才高八斗？！

第七位是彭德怀。从红军时期到朝鲜战争，彭是十大元帅中经历战争最多的老帅，但身上最重之伤痕却是1959年的庐山会议，被打成“反党集团”。彭虽为武人，却关心民生、爱护生态，曾亲书手令保护树木，又给家乡寄赠树种，鼓励栽树。同为湘人，有左宗棠之风。1958 年“大跃进”全国滥伐树木时，彭亲手救得一棵 400 年之重阳木，此章就名“重阳”。

烟雨百年飘无数，重重帘幕，巨人身影遮不住。遥看星河破晓雾，有北斗七颗，正在天边深处。

本书所收文章都是随着历史的脚步逐年发于报刊并印于图书的，在读者中记忆深刻，被称为“有年轮的文章”。从最早的一篇《觅渡，觅渡，渡何处？》1996 年发表算起也已经 28 年了，抚稿追昔，岁月沧桑，人文俱老，不胜唏嘘。

梁衡

2024 年 12 月 5 日

目录

昆仑

假如毛泽东去骑马…………………… 003
这思考的窑洞………………………… 024
韶山毛泽东图书馆记………………… 031
德胜楼记……………………………… 038
一棵怀抱炸弹的老樟树……………… 040
文章大家毛泽东……………………… 045
毛泽东怎样写文章…………………… 067
西柏坡赋……………………………… 141

周公

大无大有周恩来……………………… 147
一个伟人生命的价值………………… 167
周恩来的道德定律…………………… 172
周恩来手植一品梅赋………………… 188

春　回

一座小院和一条小路…………………… 193
谁敢极言…………………………………… 201
邓小平的坚持……………………………… 205
广安真理宝鼎记…………………………… 208

觅　渡

觅渡，觅渡，渡何处？ ………………… 215
常州城里觅渡缘…………………………… 225

清　贫

清贫之碑…………………………………… 235
方志敏生命的最后七个月………………… 237
初心初样当年时…………………………… 247

洗　尘

一个尘封垢埋却愈见光辉的灵魂……… 257

重　阳

二死其身的彭德怀………………………… 273
麻田有座彭德怀峰………………………… 282
带伤的重阳木……………………………… 289

昆仑

假如毛泽东去骑马

一

毛泽东智慧超群，胆识过人，一生无论军事、政治都有出其不意的惊人之笔，让人玩味无穷。但有一笔更为惊人，只可惜未能实现。

1959 年 4 月 5 日，在上海召开的党的八届七中全会上，毛说：如有可能，我就游黄河、游长江。从黄河口子沿河而上，搞一班人，地质学家、生物学家、文学家，只准骑马，不准坐卡车，更不准坐火车，一天走 60 里——骑马 30 里，走路 30 里，骑骑走走，一路往昆仑山去。然后到猪八戒去过的那个通天河，从长江上游，沿江而下，从金沙江到崇明岛。国内国际的形势，我还可以搞，带个电台，比如，从黄河入海口走到郑州，走了一个半月，要开会了我就开会，开了会我又从郑州出发，搞它四五年就可以完成任务。我很想学明朝的徐霞客。

1960年，毛的专列过济南，他对上车看他的舒同、杨得志说：我想骑马沿着两条河考察，一条黄河，一条长江……你们如赞成，帮我准备一匹马。1961年3月23日，毛在广州说：在下一次会议或者什么时候，我要做点典型调查，才能交账。我很想恢复骑马的制度，不坐火车，不坐汽车，想跑两条江。从黄河的河口，沿河而上，到它的发源地，然后跨过山去，到扬子江的发源地，顺流而下。不要多少时间，有三年时间就可以横过去，顶多五年。1962年，他的一个秘书调往陕西，他说：你先打个前站，我随后骑马就去。1972年，毛大病一场，刚好一点，他就说：看来，我去黄河还是有希望的。可见他对两河之行向往的热切。

自从看到这几则史料，我就常想，要是毛泽东真的实现了骑马走江河，该是什么样子？

这个计划本已确定下来，大约准备1965年春成行。1964年夏天，从骑兵部队调来的警卫人员也开始在北戴河训练，也已为毛泽东准备了一匹个头不太大的白马，很巧合，他转战陕北时骑的也是一匹白马。整个夏天，毛的运动就是两项：游泳和骑马。

但是，1964年8月5日，突发“北部湾事件”，美军入侵越南。6日晨，毛遗憾地说：“要打仗了，我的行动得重新考虑。黄河这次是去不成了。”

这实在是太遗憾了，是一个国家的遗憾、民族的遗憾，中国历史失去了一次改写的机会。按毛的计划是走三到五年，就算四年吧，两河归来，已是 1969 年，那个对国家民族损毁至重的“文化大革命”至少可以推迟发生，甚至避免。试想一个最高领袖深入民间四年，将会有多少新东西涌入他的脑海，又该有什么新的政策出台，党史、国史将会有一个什么样的新版本？一个伟大的诗人，用双脚丈量祖国的河山，“目既往还，心亦吐纳”，又该有多少气势磅礴的诗作？

我们再看一下 1965 年的形势，那是新中国成立后较好的年份。正是成绩已有不少，教训也有一些，党又一次走在更加成熟的十字路口。当时我们已犯过的几个大错误是：1958 年的“大跃进”、人民公社化运动，1959 年的“反右倾”斗争，1959 年到 1961 年的三年严重困难。这时全党已经开始心平气和地看问题。在 1962 年的七千人大会上，毛泽东也做了自我批评。形势已有了明显好转。原子弹爆炸，全国学大寨、学大庆、学雷锋、学焦裕禄，国力增强，民心向上。但是从深层来看，还没有从思想上找出这些错误的根源。就像遵义会议时，从行动和组织上已停止了“左”倾的错误，但真正从思想和路线上解决问题，还得等到延安整风。急病先治标，症退再治本。当时党和国家正是“症”初退而“本”待治之时。毛泽东就应是在这样的背景下深入基层调查研究、骑马走两河的。

二

我们设想着，当毛泽东骑马走江河时，对他触动最深的是中国农业的落后和农村发展的缓慢。

毛是农民的儿子，他和农民天然地血脉相通。他最初领导的秋收起义、十年的土地革命是为农民翻身。他穿草鞋，住窑洞，穿补丁衣服，大口吃茶叶，捡食掉在桌子上的米粒，趴在水缸盖上指挥大战役，在延安时还和战士一块儿开荒，在西柏坡时还下田插秧。毛泽东一生的思维从没有离开过农民。只不过命运逼得他新中国成立前大部分时间在研究战争；新中国成立后，又急于振兴工业，以至于 1953 年发生了与梁漱溟的争吵，被梁误以为忘了农民。他 1958 年发起的“大跃进”、人民公社化运动也是为了农业尽快翻身，有点空想，有点急躁，被彭德怀说成“小资产阶级狂热性”。那一句话真的刺伤了他的心，但没有人怀疑他不是为了农民。

他打马上路了，行行走走，一个半月后到达郑州。因为是马队，不能进城住宾馆，便找一个依岸傍河的村庄宿营，架好电台，摊开文件、书籍。一如战争时期那样，有亲热的房东打水、烧炕，有调皮的儿童跑前跑后，饭后他就挑灯读书、办公。但我猜想毛这天在郑州的黄河边肯定度过了一个不眠之夜。

河南这个地方是当年人民公社化运动的发祥地。这里诞生了全国第一个人民公社——信阳地区遂平县的“嵖岈山卫星人民公社”。1958 年 8 月 6 日晚，毛泽东到郑州，7 日晨就急着听汇报，当他看到

《嵖岈山卫星人民公社试行简章》时，如获至宝，连说："这是个好东西！"便喜而携去，接着又去视察山东，8月就在北戴河主持政治局扩大会议，正式通过了《关于在农村建立人民公社问题的决议》。公社遍行全国，河南首其功，信阳首其功。但是全国第一个饿死人的事件也是发生在信阳，成了三年困难时期的一个事件。刘少奇说，饿死人这是要上史书的啊！毛不得不在1960年10月23日到26日专门听取"信阳事件"的汇报，全国急刹车，实行"调整、巩固、充实、提高"的方针，才渡过难关。

这次，毛沿途一路走来，看到了许多1958年"大跃进"留下的半截子工程，虽经调整，农村情况大有好转，但社员还是出工不出力。房东悄悄地对他说"人哄地皮，地哄肚皮"。这使他不得不思考"大跃进"和人民公社这种形式对农村生产力到底是起了解放作用还是破坏作用。为什么农民对土地的热情反倒下降了呢？想解放战争时期，边打仗边土改，农民一分到地就参军、支前，热情何等的高！

离开郑州之后，毛溯流而上，他很急切地想知道1960年完工的大工程——三门峡水库现在怎么样了。这工程当时是何等的激动人心啊！诗人贺敬之的《三门峡——梳妆台》曾传唱全国：

展我治黄河万里图，先扎黄河腰中带——神门平，鬼门削，人门三声化尘埃……责令李白改诗句："黄河之水'手中'来！"银河星光落天下，清水清风走东海。

这些句子直到现在我还能背得出，那真是一个充满了革命浪漫主义的时代。毛很想看看这万年的黄河是不是已“清水清风走东海”，很想看看他日思夜想的黄河现在变成了什么样子。他立马高坡、极目一望时，这里却不是他想象中的高原明镜，而是一片湿地，但见水雾茫茫，芦花荡荡。原本想借这座水库拦腰一斩，根治黄河水害，但是才过几年就已沙淤库满，下游未得其利，上游反受其害，关中平原和西安市的安全受到威胁。他眉头一皱，问黄河上游每年来沙多少，随行专家答:“16 亿吨。”又问:“现库内已淤沙多少?”答:“50 亿吨。”这就是再修十个水库也不够它淤填的啊。当初上上下下热情高涨，又相信苏联专家的话，并没有精细地测算和科学地论证，就匆匆上马。看来建设和打仗一样，也是要知己知彼啊！不，它比战争还要复杂，战场上可立见胜负，而一项大的经济建设决策，牵涉的面更广，显示出结果的周期更长。

毛打马下山，一路无言。他想起了一个人，就是黄炎培的儿子黄万里，水利专家，清华大学教授。当年三门峡工程上马，上下叫好，只有一人坚决反对，这就是黄万里。1955 年 4 月，周恩来主持 70 多人的专家论证会，会开了 7 天，他一人舌战群儒，大呼:不是怎么建，而是三门峡根本就不宜建坝！下游水清，上游必灾啊。果然，大坝建成第二年，上游的受灾农田就有 80 万亩。黄的意见没人听，他就写了一首小词，内有“春寒料峭，雨声凄切……静悄悄，微言绝”句。1957 年 6 月 19 日的《人民日报》第 6 版登出了这首词，黄一夜之间就成了“大右派”。毛泽东记起自己说过的一句话:“真理有时在少数人手中。”不觉长叹了一口气。

我猜想毛这次重到西北，亲见水土流失，一定会让他重新考虑中国农业发展的大计。解放后，毛大多走江南，再没有到过黄河以西。但他阅读了大量史书，无时不在做着西行考察的准备。1958 年 3 月，在成都会议上，山西省委书记陶鲁笳向他汇报引黄济晋的雄心壮志，他说：“你这算什么雄心壮志，你们查一下《汉书》，那时就有人建议从包头引黄河过北京东注入海。当时水大，汉武帝还能坐楼船在汾河上航行呢，现在水都干了，我们愧对晋民啊！”这块中国北部的红色根据地，当年曾支撑了中共领导的全民抗战，支持了解放战争的胜利，但是总是摆不脱黄风、黄沙、黄水的蹂躏。晋陕之间的这段黄河，毛泽东曾经两次东渡。第一次是 1936 年由绥德过河东征抗日，留下了那首著名的《沁园春 · 雪》；第二次是由吴堡过河到临县，向西柏坡进发，定都北京。当时因木船太小，跟他多年的那匹老白马只好留在河西。他登上东岸，回望滔滔黄水，激动地讲了那句名言：“你可以藐视一切，但不能藐视黄河。”据他的护士长回忆，毛进城后至少 9 次谈起黄河，他说：“这条河与我共过患难”，“每次看黄河回来心里就不好受”，“我们欠了黄河的情”，“我是个到了黄河也不死心的人”。

这次毛重访旧地，我猜想米脂县杨家沟是一定要去的。1947 年 11 月 22 日到 1948 年 3 月 21 日他一直住在这里，这是他转战陕北期间住得最久的一个村子，并在这里召开了具有里程碑意义的准备打倒蒋介石、建立新中国的“中共中央十二月会议”。但现在这里还是沟

米脂县杨家沟的革命纪念馆

深路窄，仅容一马，道路泥泞，一如20年前。农民的住房，还没有一间能赶上过去村里地主的老房子。而当年毛的指挥部，整个党中央机关就借驻在杨家沟一家马姓地主的宅院里，他就是在这里胜利指挥了全国的战略大转折啊！我去看过，这处院子就是现在也完好如初，村里仍无其他民房能出其右。这次毛重回杨家沟，还住在当年他的那组三孔相连的窑洞里，心中感慨良多。当年撤出延安，被胡宗南追得行无定所，但借得窑洞一孔，弹指一挥，就横扫蒋家百万兵。现在定都北京已10多年了，手握政权，却还不能摆脱贫困。可怜20年前边区月，仍照今时放羊人。发展迟缓的原因到底何在？

向最基层的普通人学习，是毛一向所提倡的。调查研究成了毛政治品德和工作方法中最鲜明的一条。斯诺在他的《西行漫记》里曾写到对毛的第一印象是:“毛泽东光着头在街上走，一边和两个年轻的农民谈话，一边认真地在做手势。”毛曾说:“当年是一个监狱的小吏让我知道了旧中国的监狱如何黑暗。”毛在1925—1933年曾认真做过农村调查，1941年又将其结集出版，他在《〈农村调查〉的序言和跋》中写道:“实际工作者须随时去了解变化着的情况，这是任何国家的共产党也不能依靠别人预备的。所以，一切实际工作者必须向下作调查。”那时他十分注意倾听基层呼声。有一个很有名的故事:延安一个农民，天打雷，劈死了他的毛驴，他就说:“咋不劈死毛泽东?”边区保卫部门要以反革命罪逮捕这个农民。毛说，他这样说必有他的理由。一问是边区农民负担太重。毛就让减税。所以，当时边区地域虽小，生活虽苦，但领袖胸如海，百姓口无忌，上下一条心，共产党终得天下。

这次，毛一路或骑马或步行又重新回到百姓中间，所见所闻，隐隐感到民间积怨不少。他想起1945年在延安与黄炎培的“窑洞对”谈话，那时虽还未得天下，但黄已问到他将来怎样治天下。他说，只要坚持民主，让老百姓监督政府，政权就能永葆活力。想到让人民监督，毛忽然忆起一个人，此人就是户县农民杨伟名。杨是一普通农民，在村里任大队会计，他关心政治，以一点私塾的文化底子，苦学好读，“处江湖之远则忧其君”，在1962年曾向中央写万言书，系统分析农村形势，提出许多尖锐而又中肯的意见，如:允许单干;敞开自由市场;不要急于过渡，再坚持一段新民主主义;要防止报喜不报忧;等等。现在看来，这些话全都被不幸言中。这篇文章的题目叫《一叶知秋》，意即从分析陕西情况即可知全国农村形势之危。其忠谏之情溢于言表。毛批曰："什么一叶知秋，是一叶知冬。"其时，党内也早有一部分同志看到了危机，并提出了对策，比较有名的就是邓小平的"白猫黑猫"论。这篇文章在1962年的北戴河会议上被毛点名批评。从此，逆耳忠言渐少。而黄河之滨这个朴素的农民思想家杨伟名则被大会批、小会斗，后在"文化大革命"中自杀（2002年，陕西曾召开研讨会纪念杨伟名，并为他出版文集。2005年，我曾访其故居，秋风小院在，柿树叶正红。这是后话）。这次毛重走黄河，又到陕西，看到当年的许多问题依旧没有结果，就想起这个躬耕于关中的奇才，便着人把他接来，做彻夜之谈。毛像当年向小狱吏请教狱情、在延安街头光着头向农民恭问政情一样，向这个农民思想家问计于国是。这是20世纪60年代中共领袖与一位普通农民的对话。不是《三国演义》中卧龙岗的"隆中对"，也不是1945年延安的"窑洞对"，而是在黄河边的某一孔窑洞里的"河边对"。杨伟名一定侃侃而谈，细算生产队的家底，纵论国家大势。毛会暗暗点头，想起他自己常说的"群众是真正的英雄，而我们自己则往往是幼稚可笑的"，又想起1948年他为佳县县委题的字——"站在最大多数劳动人民的一面"。当时他转战到这里，部队要打佳县，仗要打3天，需12万斤粮，但粮食早让胡宗南抢掠一空。他问佳县县长张俊贤有没有办法。张说："把全县坚壁的粮挖出来，够部队吃上一天；把全县地里未成熟的玉米、谷子收割了，还可吃一天；剩下的一天，把全县的羊和驴都杀了！"战斗打响，群众拉着粮、驴、羊支前，自己吃树叶、树皮。战后很长时间，这个县见不到驴和羊。那时候，政府和百姓真是鱼水难分啊！看来这些年离群众是远了一点。（毛是性情中人，他或许还会当场邀杨到中央哪个政策研究部门去工作，就像后面要谈到的，他听完就三峡问题的辩论后，当场邀李锐做他的秘书。况且杨本来就一直是西北局的特聘编外政策研究员。而以杨的性格则会说，吾本布衣，只求尽心，不求闻达，还是躬耕关中，位卑不敢忘国，不时为政府上达一点实情。）送走客人，毛点燃一支烟，仰卧土炕，看着窑洞穹顶厚厚的黄土，想起自己1945年在延安说过的那句话："我们共产党人好比种子，人民好比土地。我们到了一个地方，就要同那里的人民结合起来，在人民中间生根、开花。"现在种子早已生根、开花，但却要将忘其土了啊！

总之，还不等走完黄河全程，在晋、陕、宁、甘一线，毛的心情就沉重复杂起来。在这里，当年的他曾是"六盘山上高峰，红旗漫卷西风"，"原驰蜡象，欲与天公试比高"。可现在毛无论如何也高兴不起来，他立马河边，面对滔滔黄水，透过阵阵风沙，看远处那沟沟坡坡、梁梁峁峁、塄塄畔畔上俯身拉犁、弯腰点豆、背柴放羊、原始耕作的农民，不禁有一点心酸。"大跃进"、人民公社化运动这样轰轰烈烈，怎么就没能解放出更多的生产力，改善农民的生活，改变他们的境遇呢？

毛继续沿黄河前行，北上河套，南取宁夏，绕了一个大弯后西到兰州。在这里向北沿祁连山麓就是通往新疆的河西走廊，向南沿黄河就将进入上游的青海、四川。他决定在兰州休整一周。这兰州以西是历代流放钦犯和谪贬官员的地方。他想起林则徐虎门销烟之后就是经过这里而贬往新疆的。毛泽东出行，电台、文件、书籍三件宝，常读之书和沿途相关之书总要带足。现在韶山毛泽东遗物馆里存有他出行的书箱，足有一米见方。林则徐是他敬仰的人物，他长夜难眠，便命秘书找出林的《云左山房诗钞》挑灯阅读，卷中有不少是林则徐在河南奉旨治完黄河后又一路继续戴罪西行，过兰州、出玉门的诗作，多抒发他的报国热情和记述西部的山川边情。林诗豪放而深沉，毛性刚烈而浪漫，把卷在手，戈壁古道长无尽，窗外黄河呜有声。此时，两个伟人跨越时空，颇多共鸣。毛有抄录名人诗作练字的习惯，他读得兴起，便再披衣下床，展纸挥毫，抄录了林的《出嘉峪关感赋》的第二首：

东西尉侯往来通，博望星槎笑凿空。
塞下传笳歌敕勒，楼头倚剑接崆峒。
长城饮马寒宵月，古戍盘雕大漠风。
除是卢龙山海险，东南谁比此关雄！

尉侯，汉代设在西域的官。博望，张骞通西域，封博望侯。星槎，神话中来往于海上或天上的木筏。崆峒，甘肃东部的名山。卢龙，长城东部古要塞，在河北喜峰口。山海，山海关。这首诗的大意是：自从张骞凿通遥远的西域之路后，东西古道上的官员就往来不断。笳歌声中，我倚剑遥望，嘉峪关连绵直接崆峒山。长城下将士乘着月色去饮马，戍楼上苍鹰在盘旋。除了卢龙、山海两关，在这以东还有何处能比得上雄伟的嘉峪关?

这幅书法，借原诗的气势，浓墨酣情，神采飞扬，经放大后至今仍高高挂在人民大会堂甘肃厅的东墙上。书罢林诗，毛推窗北望，想这次只能按原计划溯黄河而上，祁连山、嘉峪关一线是去不了，不觉有几分惆怅。新疆是他的胞弟毛泽民牺牲的地方。那个方向还有两件事让他心有所动。一是当年西路军在这里全军覆没，徐向前只身讨饭走回延安，这是我军史上极悲惨的一页。二是1957年反右派斗争之后一大批右派发配西部，王震的兵团就安排了不少人，这其中就有诗人艾青等文化人。现时已10年，这些人中似可起用一些，以示宽慰。他在这里休整一周，接见了一些仍流散在河西走廊的老红军，听取了右派改造工作的汇报，嘱咐地方上调研后就这两事提出相应的政策上报。

离开兰州，毛一行逆黄河而上，又经月余到达青、甘、川三省交界处的黄河第一弯。他登上南岸四川阿坝境内的一座小山，正是晚霞压山、残阳如血，但见黄河北来，蜿蜒九曲，明灭倏忽，如一道闪电划过高原，不禁诗兴大发，随即吟道：

九曲黄河第一弯，长河落日此处圆。
从来豪气看西北，涛声依旧五千年。

他想，我们一定要对得起黄河，对得起黄河儿女。

这里已近黄河源头，海拔 4 000 米以上，他们放慢速度，缓缓而行，数十天后终于翻过巴颜喀拉山，到达长江的源头沱沱河，这便进入长江流域。

三

接下来，毛泽东走长江与走黄河的心境不同。在黄河流域，主要是勾起了他对战争岁月的回忆和对老区人民的感念，深感现在民生建设不尽如人意，得赶快发展经济。而走长江一线更多的是政治反思，是关于在这里曾发生过的许多极左错误的思考。

顺沱沱河、通天河而下，入金沙江，便进入贵州、四川界。这里是中央部署的大三线基地。毛泽东不愧为伟大的战略家，他从战争中走来，总担心天下不稳，国家遭殃。在原子弹研制成功后，他又力主在长江、黄河的上游建设一个可以支持原子战争的大三线基地。他还把自己的老战友彭德怀派来任基地三把手。历史上许多关系到党的命运和毛的威信的大仗、硬仗，都是彭帮毛来打的。最关键的有三次，红军长征出发过湘江、解放战争时的转战陕北和新中国刚成立时的朝鲜战争。尤其是出兵朝鲜，中央议而不决，彭从西北赶回，投了支持毛的关键一票，而在林彪不愿挂帅出征的情况下，彭又挺身而出，实现了毛的战略。

未想，两位生死之交的战友，庐山会议意见不同，北京一别，今日相会却在金沙江畔，在这个 30 多年前长征经过的地方，多少话真不知从哪里说起。明月夜，青灯旁，白头搔更短，往事情却长。毛泽东盖世英雄，向来敢翻脸也敢认错。他在延安整风时对被“抢救运动”错整的人脱帽道歉；1959 年感谢陈云、周恩来在经济工作方面的冷静，说“国难识良将，家贫思良妻”；1962 年在七千人大会上对“大跃进”的错误认错。现在毛经 3 年来的沿河考察，深入民间，所见所闻，许多争论已为历史所印证。他也许会说一声：“老彭，看来是你对了！”

行至四川境内，毛还会想起另一个人，即他的秘书田家英。庐山会议前，毛提倡调查研究，便派身边的人下去了解情况，田家英被派到四川。田回京后给他带去一份关于农民吃不饱、农业衰退的实情报告，他心有不悦。这时他一定会想起田家英为他拟的那篇很著名的党的八大开幕词——“虚心使人进步，骄傲使人落后”，不觉怅然若失。看来自己过去确实是有点好大喜功，下面也就报喜不报忧，以至于造成许多失误。长夜静思，山风阵阵，江水隆隆。他推窗望月，金沙水拍云崖暖，惊忆往事心犹寒。

解放后毛出京工作，少在北方，多在南方，所以许多做出重要决策的在党史上有里程碑意义的会议多在长江一线。比如：1958 年 3 月毛继续批判反冒进，周恩来、陈云被迫做检讨的成都会议；同年 4 月再次确立了“大跃进”思路的武汉会议；1959 年 3 月至 4 月检讨“大跃进”的上海会议（就是在这次会上，他第一次提出骑马走两河）；1959 年 7 月“反右倾”的庐山会议；1961 年纠正“左”的错误的第二次庐山会议；等等。总的来讲，这些会议都是毛说了算，反面意见听得少。

但有一次毛认真听了不同意见，并听了进去。这就是关于建三峡水库的争论。自孙中山时，就有修三峡水库的设想，毛也曾畅想“高峡出平湖”，但到底是否可行，毛十分慎重。1958 年 1 月，他曾在南宁组织了两派大对决，也就在这次他很欣赏反对派李锐，当场点名要李做他的秘书。毛曾在 1958 年 3 月 29 日自重庆上船，仔细考察了长江三峡，至 4 月 1 日到武汉上岸。他对修三峡水库一直持慎重态度，他说:“最后下决心确定修建及何时开始修建，要待各个重要方面的准备工作基本完成之后，才能作出决定。”这次毛骑马从陆路过三峡一定会联想到那个当年轻易上马，现已沙淤库满的三门峡水库。幸亏当时听了不同意见，三峡水库才成为“大跃进”中唯一没有头脑发热、轻易上马的大工程。现在想来都有点后怕。看来科学来不得半点虚假。（24 年后，1992 年 4 月七届全国人大五次会议通过兴建三峡工程的决议。在这个过程中因为有反对意见，才有无数次的反复论证，人们说三峡工程上马，反对派的功劳比支持派还大。这是后话。）

毛从四川入湖北，过宜昌到武汉。这次因是带着马队出行，当然不住上次毛住过的东湖宾馆，他就选一依山靠水之处安营扎寨，这倒有了一点饮马长江的味道。毛不禁想起他 1956 年在这里的诗作:“才饮长沙水，又食武昌鱼。万里长江横渡，极目楚天舒。不管风吹浪打，胜似闲庭信步，今日得宽余。”又想起 1958 年 4 月在这里召开的武汉会议，在鼓动“大跃进”的同时，毛给那些很兴奋的省委书记也泼了一点冷水。但全党的狂热已被鼓动起来，想再压下去已不容易。

他想，那时的心态要是“不管风吹浪打，胜似闲庭信步”，再从容一点，继续给他们降降温，结果也许会好一点。

离开湖北进入江西不久就到庐山。这庐山堪称是中国现代政治史上的一个坐标点。1886 年，英国传教士李德立在这里首先买地盖房，开发庐山。从 1928 年到 1947 年，前后 20 年，蒋介石在这里指挥“剿共”、抗日。1927 年，瞿秋白在这里起草“八一”南昌起义提纲。1937 年，卢沟桥枪声骤响，正在山上举办的国民党庐山军官训练团提前结业，直接奔赴抗日前线。1948 年蒋介石败退大陆，泪别庐山。蒋离去 10 年后，1959 年，毛第一次登上庐山，住在蒋介石和宋美龄住过的“美庐”别墅，看见工人正要凿掉“美庐”二字，忙上前制止，说这是历史。就是这一次在山上召开了给党留下巨大伤痛的庐山会议。1961 年，毛欲补前会之错，又上山召开第二次庐山会议。他借用《礼记》中的一句话“未有先学养子而后嫁者也”，痛感革命事业不可能有人先给你准备好成熟的经验。这一次毛在山上说，他此生有三愿：一是下放，搞一年工业、一年农业、半年商业；二是骑马走一次长江、黄河；三是写一本书，把自己的缺点、错误统统写入，让世人评说。他认为自己好坏七三开就满足了。1970 年，毛又三上庐山召开九届二中全会，敲山震虎，与林彪已初显裂痕。还有一件事少有人知，蒋介石去台多年，自知反攻无望，愿意谈判回归。1965 年 7 月，已初步达成六项协议，其中有一条：蒋回大陆后所选的“汤沐之地”（封地）就是庐山。惜“文化大革命”一起，此事告吹。

到了庐山，毛的两河之行已完成 3/4。他决定在这里休整数日，一上山便放马林间，让小白马也去自由自在地轻松几日。他还住“美庐”，饭后乘着月色散步在牯岭小街上，不远处就是当年庐山会议时彭德怀、黄克诚合住的176号别墅，往西30米是张闻天的别墅，再远处是周小舟的别墅。此方寸之地，却曾矗立过中共党史上的几个巨人。除周小舟资格稍差外，彭、黄、张都是井冈山时期和毛一起的“绿林好汉”，想不到掌权之后他们又到这座山上来吵架。毛忆想那次论争，虽然剑拔弩张，却也热诚感人，大家讲的都是真话。他自己也实在是有点盛气凌人。现在人去楼空，唯余这些石头房子，门窗紧闭，苔痕满墙，好一种历史的空茫。如果当时这庐山之争也能像三峡工程之争一样，允许发表一点不同意见，后果也不会这样。后来虽有1961年二次庐山会议的补救之举，但创痛实深，今天想来，他心中生起一种隐隐的自责。回到“美庐”，刚点燃一支烟，一抬头看见墙上挂着1959年他一上庐山时的那首豪迈诗作：

一山飞峙大江边，跃上葱茏四百旋。
冷眼向洋看世界，热风吹雨洒江天。
云横九派浮黄鹤，浪下三吴起白烟。
陶令不知何处去，桃花源里可耕田？

他在自己的这幅放大的手迹前伫立良久，光阴似箭，不觉就是10年啊。他沉思片刻口中轻轻吟道：

安得倚天转斗柄，挽回银河洗旧怨。
二十年来是与非，重来笔底写新篇。

这诗，虽是自责，却椽笔墨海，隐隐雷鸣，仍不失雄霸之气。他抽完一支烟，又翻检了一下当日收到的电报、文件，办了一会儿公，便用铅笔将这首诗抄在一张便笺上，题为《三上庐山》，放入上衣口袋，准备明天在马背上再仔细推敲，然后就上床歇息。（毛二上庐山时也写有诗，就是那首《七绝·为李进同志题所摄庐山仙人洞照》。）毛泽东下山后，一路过安徽，下江苏，走扬子江、黄浦江，直往长江的出海口上海市而去。

两河之行结束，大约是1969年9月，正是国庆20周年的前夕。毛泽东回顾整理了一下4年来两河调查的思绪，便将中央政治局的委员们召集到上海，开了一次扩大的中央工作会议。一是今后一段时间内要重点抓一下经济建设，暂不搞什么政治运动（这比后来1978年底十一届三中全会通过的党的中心工作的转移早9年）；二是转变党的作风，特别戒假话、空话，加强调查研究和党内民主（这是1942年延安整风之后的又一次全党思想大提高）；三是总结教训，对前几年的一些重大问题统一认识（这比1981年十一届六中全会通过的《关于建国以来党的若干历史问题的决议》早12年）。三个决议通过，局面一新，当然也就没有什么“文化大革命”，没有彭德怀等一批老干部的损失，也没有田家英等一批中年精英的夭折。如果再奢望一点，还可能通过一个关于党的领导干部退休的决议（这比1982年中央《关于建立老干部退休制度的决定》早13年）。因为到这年年底毛就满76岁，两河之行，4年岁月，一万里路云和月，风餐露宿，鞍马劳顿，他一定感到身体和精力大不比当年长征之时，毕竟年龄不饶人。而沿途，考察接谈，视事阅人，发现无数基层干部，有经验，有知识，朝气向上，正堪大任，要放手起用新人。这几个决议通过，全党欢呼，全民振奋。国家、民族又出现新的机遇。

可惜时光不能倒流，历史不能重演。

四

2009年10月1日，新中国成立60周年，万民同庆，举国欢腾。

过节了，而且不是一般的节庆，是共和国的生日，60岁的生日啊！人们忘不了开国领袖。他老人家要是还在多好啊！这天安门城楼本来就是他当年宣布中华人民共和国成立的地方。虽然他老人家后期搞“文化大革命”曾犯有大错，但前期对民族确有大功，所以人们总希望他还能一如前期那样的英明。这善良的愿望，反映了人们对那个美好时代的怀念，对未竟之业的遗憾。如果斗柄能够倒转，如果历史能够重写，这该多好。这一切当然都不可能，我们也知道这永不可能。但是后人想一想还不行吗？这样的假想，是对历史的复盘，也是对再后之人的提醒。历史不能重复，但是可以思考，在思考中寻找教训，捕捉规律，再创造新的历史。一个没有英雄的民族是悲哀的民族，一个犯了错误而又不知反思的民族是更悲哀的民族，一个学会在失败中思考的民族才是真正了不起的民族。不要忘了，正是“文化大革命”之后的大思考才成就了今天的复兴。

毛泽东是一本我们永远也读不完的书。

《新华文摘》2010 年第 15 期

这思考的窑洞

我从延安回来，印象最深的是那里的窑洞。

照理说我对窑洞并不陌生，我是在窑洞里生、窑洞里长的。我对窑洞的熟悉，就像对一件穿旧了的衣服，已经忘记了它的存在。但是，当3年前，我初访延安时，这熟悉的土窑洞却让我的心猛然一颤，以至于3年来心系神往。因为这普通的窑洞里曾住过一位伟大的人，而那些伟大的思想也就像生产土豆、小米一样在这黄土坡上的土洞洞里奇迹般地生产了出来。

延安是中国共产党领导全国人民进行民族革命和民主革命斗争的心脏，是艰苦岁月的代名词。在大多数人的脑海里，延安的形象是战争，是大生产，是生死存亡的一种苦挣。但是当我见到延安时，历史的硝烟已经退去，眼前只有几排静静的窑洞，而每个窑洞门口又都钉有一块木牌，上面写明某年某月，毛泽东同志居住于此，著有哪几本著作。有的只有几十天，仍然有著作产生。这时，仿佛墙上的钉子不是钉着木牌，而是钉住了我的双脚，我久久伫立，不能移步。院子里打扫得干干净净，几棵柳树轻轻地垂下枝条，不远处延水在静静地流。我几乎不能想象，当年边区敌伪封锁，无衣无食，每天都在流血牺牲，每天都十万火急，毛泽东同志却稳稳地在这里思考、写作，酿造他的思想，他的与中国实际相结合的马克思主义。

我看着这一排敞开的窑洞，突然觉得它就是一排思考的机器。在中国，有两种窑洞，一种是给人住的，一种是给神住的。你看敦煌、云冈、龙门、大足石窟存了多少佛祖，北岳恒山上的石洞里甚至还并供着孔子、老子和释迦牟尼。这实际上是老百姓在假托一个神贮存自己的思想、自己的信仰。彻底的唯物主义者不需要偶像，眼前这土窑洞里甚至连一张毛泽东的画像也没有，但是50年了，来这里的人络绎不绝，因为这窑洞里的每一粒空气分子中都充满着思想。我仿佛看见每个窑门上都刻着“实事求是”，耳边总是响着毛泽东那句话：“‘实事’就是客观存在着的一切事物，‘是’就是客观事物的内部联系，即规律性，‘求’就是我们去研究。”

自党中央于1937年1月由保安迁到延安，毛泽东同志在延安先后住过四处窑洞。这窑洞首先是一个指挥部，毛泽东和他的战友在这里运筹帷幄，决胜千里。但为了这些决策的正确，为了能给宏伟的战略找到科学的理论根据，毛泽东在这里于敌机的轰炸声中，于会议的间歇中，拼命地读书写作。所以更确切点说这窑洞是毛泽东的书房。当我在窑洞前漫步时，我无法掂量，是从这里发出的电报、文件作用大，还是从这里写出的文章、著作作用大。马克思当年献身工人运动，当他看到由于理论准备不足、工人运动裹足不前时，就宣布要退出会议，走进书斋，终于写出了《资本论》这本远远超出具体决定、跨越时空、震撼地球、推动历史的名著。但是，当时毛泽东无法退出会议，甚至无法退出战斗和生产，他在延安期间每年还有 300 斤公粮的任务。他的房子里也不能如马克思一样有一张旧沙发，他只有一张旧木床，也没有咖啡，只有一杯苦茶。他只能将自己分身为二，用右手批文件，左手写文章。他是一个中国式的民族英雄，像古小说里的那种武林高手，挥刀逼住对面的敌人，又侧耳辨听着背后射来的飞箭，再准备下一步怎么出手。当我们与对手扭打在一起，急得用手去撕、用脚去踢、用嘴去咬时，他却暗暗凝神，调动内功，然后轻轻吹一口气，就把对手卷到九霄云外。他是比一般人更深一层、更早一步的人。他是领袖，更是思想家。随着时间的推移，他这些文章的力量已经大大超过了当时的文件、决定。像达摩面壁一样，这些窑洞确实是毛泽东和他的战友修炼真功的地方，是蒋介石把他们从秀丽的南方逼到了这些土窑洞里。四壁黄土，一盏油灯，这里已经简陋到不能再简陋。但是唯物质生活的最简最陋，才激励共产党的领袖们以最大的热忱、最坚忍的毅力、最谦虚的作风，去做最切实际的思考。毛泽东从小就博览群书，但是为了救国救民，他还在不停地武装自己的头脑。对艾思奇这个比他小 16 岁的一介书生，毛泽东写信说："你的《哲学与生活》是你的著作中更深刻的书，我读了得益很多，抄录了一些，送请一看是否有抄错的。其中有一个问题略有疑点（不是基本的不同），请你再考虑一下，详情当面告诉。今日何时有暇，我来看你。"记得在艾思奇同志逝世 20 周年时，在中共中央党校的展柜里我还看到过毛泽东的另一封亲笔信，上有"与您晤谈，受益匪浅，现整理好笔记送上，请改"等字样。这不是对哪个人的谦虚，是对规律、对真理的认同。中国历史上曾有许多礼贤下士的故事，刘备三顾茅庐，曹操倒屣相迎许攸。他们只不过是为了成自己的大事。而毛泽东这时是真正地在穷社会历史的规律，他将一切有志者引为同志，把一切有识者奉为老师。蒋介石何曾想到现时延安窑洞里这一批人的厉害。他以为这又是陈胜揭竿，刘邦斩蛇，朱元璋起事，他万没有想到毛泽东早就跳出了那个旧圈子而直取历史唯物主义和辩证唯物主义。

我在窑洞里徘徊，看着这些绵软的黄土，感受着这暖融融、湿润润的空气，不觉勾起一种遥远的回忆。我想起小时躺在家乡的窑洞里，身下是暖烘烘的土炕，仰脸是厚墩墩的穹顶，炕边坐着做针线的母亲，一种说不出的安全和温馨。窑洞在给神住以前，首先是给人住的，它体现着人与大地的联系。希腊神话里的英雄安泰只要脚不离地就力大无穷，任何敌人休想战胜他，而在一次搏斗中他的敌人就先设法使他脱离地面，然后击败了他。斯大林曾用这个故事来比喻党与人民的关系。延安岁月是毛泽东及我们党与土地、与人民联系最紧密的时期。他住在窑洞里，上下左右都是淳厚的黄土，大地紧紧地搂抱着他，四壁上下随时都在源源不断地向他输送着力量。他眼观六路，成竹在胸。在一孔窑洞前的木牌上注明毛泽东在这里完成了《论持久战》。依稀在孩童时我就听父亲讲过这本书的传奇，那时他们在边区，眼见河山沦陷，寇焰嚣张，愁云压心。一天发下了几本麻纸本的《论持久战》，几天后村内外便到处是歌声笑声，有如春风解冻一般。这个小册子在我家一直珍藏到“文化大革命”。后来这本书很快又在美国出版。一个伟人的思想是什么？是客观存在的规律，是事物间本来的联系，所以真理最朴素，伟人其实与我们最接近。毛泽东在这窑洞里领导了著名的延安整风，他的许多深刻的论述挽救了党，挽救了许多干部，但是当他知道有人被伤害时，就到党校礼堂做报告，说，今天我是特意来向大家检讨错误的，向大家赔个礼！并恭恭敬敬地把手举到帽檐下。1942 年，华侨领袖陈嘉庚访问延安，他刚在重庆吃过 800 元一桌的宴席，这时却在毛泽东的窑洞里吃两毛钱的客饭，但他回去后写文章说中国的希望在延安。1945 年黄炎培访问延安，他看到边区的兴旺，想到以后的中国，问一个政权怎样才能永葆活力。毛泽东说，办法就是讲民主，就是让人民来监督。我想他说这话时一定仰头环视了一下四周厚实的黄土。七大前后很多人主张提毛泽东思想，他坚决不同意。他说：这不是我一个人的思想，是千百万先烈用鲜血写出来的，是党和人民的智慧。我这个人思想是发展的，我也会犯错误。

作家萧三要为他写传，他说还是去多写群众。他是何等的清醒啊！政局、形势、作风、对策，都装在他清澈如水的思想里。胡宗南进犯，他搬出了曾工作 9 年的延安窑洞，到米脂县的另一孔窑洞里设了一个沙家店战役指挥部。古今中外有哪一孔窑洞配得上这份殊荣啊！土墙上挂满地图，缸盖上摊着电报，土炕上几包烟、一个大茶缸，地上一把水壶还有一把夜壶。中外军事史上哪有这样的司令部，哪有这样的统帅？毛泽东三天两夜不出屋，不睡觉，不停地抽烟、喝茶、吃茶叶、签发电报，一仗俘敌 6 000 余。他是有神助啊！这神就是默默的黄土，就是拱起高高的穹庐、瞪着眼睛思考的窑洞。大胜之后他别无奢求，推开窑门对警卫说，只要吃一碗红烧肉。

当你在窑洞前徘徊默想时，耳边会响起黄河的怒吼，眼前会飘过往日的硝烟。但是你一眨眼，面前仍只有这一排静静的窑洞。自古都是心胜于兵，智胜于力。中国革命的胜利实在是一种思想的胜利，是毛泽东思想的胜利，是毛泽东那几篇文章的胜利。延安的这些窑洞真不愧为毛泽东思想的生产车间。延安时期是毛泽东展示才华、思考写作的辉煌时期，收入《毛泽东选集》(四卷本)的大部分文章都是在这个时期写成的。毛泽东离开延安在陕北又转战了一年，胡宗南丢盔弃甲，哪里是他的对手。1947 年 12 月的一天，毛泽东在陕北米脂县的一个窑洞里展纸研墨，他大笔一挥，写了《目前形势和我们的任务》，说我们要打正规战，要进攻大城市了。写完这篇文章，毛泽东便挥师东渡黄河，直捣黄龙，为人民政权定都北京去了。他再没有回延安，只是在宝塔山下留下了这一排永远思考的窑洞。

思想这面铜镜总是靠岁月的擦磨来现其光亮的，半个世纪过去了，作为政治家、军事家的毛泽东离我们渐走渐远，而作为思想家的毛泽东却离我们越来越近。

《散文》1997 年第 1 期

韶山毛泽东图书馆记

到韶山参加一个纪念毛泽东诞生 120 周年的活动，意外地发现在离毛泽东故居不远处的山坡上，有一座“毛泽东图书馆”。为伟人、名人建纪念图书馆，在国外几成风气，美国每个退休总统通常都有一座，中国却极少见。关于毛的这座图书馆，未建在北京等大都市，而是在他家乡的小山冲里。我很好奇，便进去一看。

图书馆不大，使用面积只有 680 平方米，也就相当于一个有钱人家的别墅面积。这里只收三类书：一是毛写的书，各种选集、文集、单行本；二是毛看过和评点过的书；三是写毛的书，即各种研究毛泽东的书。图书馆的功能以收藏、陈列为主，兼有一点借阅，游人可免费参观。但因知道的人不多，来者寥寥，那天我去时，馆内十分清静。

一般无论博物馆、图书馆都有自己的镇馆之宝，我问接待我的刘馆长:“能不能看看你们的宝贝？”他自己先戴上一副薄薄的白手套，又递给我一副，然后让管理员捧出一个盒子，打开，是一本蓝皮黄纸的书，小 32 开本，约有 1 寸之厚。他说:“这就是我们的镇馆之宝，是已知的历史上出版的第一本《毛泽东选集》。”延安整风时党中央成立了宣传委员会，毛泽东是主任。整风过后，为了推动干部的学习，晋察冀边区请示中央宣传委员会后决定编一本《毛泽东选集》。这个任务交给了时任《晋察冀日报》社长的邓拓。邓是党内的才子，是一个好学习、好收藏、好研究问题又很有政治眼光的知识分子。他平时尤好收集毛泽东的讲话、文章。边区党委 1944 年

韶山毛泽东图书馆外景

1 月下文件，邓 3 个月后就编出了这本书。现在我们看到版权页上写着: 编印: 晋察冀日报; 发行: 晋察冀新华书店; 定价: 三百元（边币）; 一九四四年五月初版。我俯下身子仔细观察，虽然手上也戴着一副白手套，却不敢去翻它一下，生怕碰碎那已经被岁月浸泡了 70 年的薄纸。全书分为五卷，实际上是一套五卷本毛选合订本。解放后正式出版毛选合订本是“文化大革命”后期的事，当时是四卷合订。我记得刚看到这种合订装帧时，有一种莫名的兴奋。想不到在抗日的漫天烽火中就曾诞生过毛选合订本，而且还是五卷。看着这本小书，你会明白什么是思想的力量，什么是领袖的魅力。而书籍就是在收集思想，收藏历史。以当时的条件，毛泽东的文章不可能收齐，比如《湖南农民运动考察报告》就只收了前两个部分。这本集子主要来源于邓拓个人的剪报资料。当时纸张奇缺，从书的封口上可以看出，纸质和色度都不一致，印装也有失误，如 124 页后就找不到 125 页。但它却有一个惊人的装帧——蓝色缎面精装。这是用缎被面手工改作的，这样的“精装本”只做了 10 本。我们现在看到的这个本子是 3 年前图书馆花了 30 万元从河北一个收藏者手里买来的。现在社会上还流传着另一本，品相比这还好一点，缎面上的一朵暗花正好在封面的中心，拍卖价已经出到 160 万元，主人还不肯出手。对毛选的编辑出版贡献最大者有两人: 一个是邓拓，他在战火中编了第一本毛选。一个是田家英，他精心保存了毛的许多手稿，是解放后毛选编辑的主力。

在珍品室还有这样几件藏品。一件是解放前国统区一家出版社出版的小册子，书名为《孙中山先生论地方自治》，打开后里面却是毛泽东的文章选编。这是为了躲避国民党的检查。还有一本《六大以前》，落款是“中共中央书记处印，1942”。当时为配合整风，中央编了《六大以前》《六大以后》《两条路线》等几本书。因为是作为高级干部学习之用，印数很少，又赶上胡宗南进攻延安，撤离时大都销毁了，所以流传极少。这本《六大以前》现在全国仅存两本。

馆内收藏的毛泽东著作版本有 2 000 多种，1949 年以前的有 700 种。其中还有一些珍品。如 1945 年 7 月由江南根据地同志在芦苇荡里用芦苇制纸印刷出版的毛选，有陆定一曾签名收藏的中共晋察冀中央局 1947 年 3 月编的《毛泽东选集》1~6 卷，等等。

最特别的是一种手抄本毛选。抄者大都是书法爱好者，且对毛泽东有特别的敬仰之情。一位河北沧州的退休干部用行书在宣纸上手抄了全部毛选四卷，每个字如小核桃之大，然后手工装裱成 48 册，并在 1998 年 12 月 26 日，亲自将书送到韶山。还有一个手抄本更为奇特，也是毛笔宣纸手抄四卷本，但一色蝇头小楷，每个字与毛选里的铅字一样大，每一页无论页码、标点、版式、字数都与原书相同。抄完后也手工装订成一套毛选四卷。这简直是一件以手工而夺现代印刷机器之工的稀世艺术珍品。这些手抄本都曾有人出天价收藏，但作者只捐赠这里，分文不取。

毛泽东一生酷爱读书。也许是一种巧合，他在中南海的寓所就命名为菊香书屋。读书是毛泽东生活的一部分、生命的一部分。他平时睡一张大木板床，半张床上却堆满了书。他在延安时说，假如只能再活 10 年，也要读 9 年零 359 天书。直到去世前 7 小时他还在阅读，真正是伴书食，伴书眠，伴书工作，伴书而终。毛去世后从菊香书屋清出 9 万多册书。这些书上有他大量的批注手迹，都一起移送中央档案馆了。而那张与书共眠的大木板床则被乡亲们运回了韶山，现保存在离图书馆不远的毛泽东遗物馆。毛晚年视力不好，阅读困难，他就用自己的稿费印了一批大字本的书，共 119 种。可想他当时想要读书的急迫之情和捧读之苦。毛的读书习惯是看一遍画一个圈，有的书上竟画了 24 个圈。他一生读过多少书，已经无法统计，从英文版的《共产党宣言》到《红楼梦》，甚至还有《安徒生童

毛泽东图书馆收藏的史上第一本《毛泽东选集》

话》等，古今中外无所不包。9万多册书啊！这是一个伟人为自己筑起的一座蜿蜒逶迤的知识长城。当然他最喜欢读的还是中国的史书，现馆内收有一套线装本《毛泽东评点二十四史》复制本。

馆藏书中最多的还是第三类，即后人研究毛泽东的书，有3万多种。这些书研究他的生平、思想、战例、战法、著作、讲话、家事、家谱、生活习惯等。有身边工作人员的回忆，有长期追随他的将军、书记、部长的追述，有学者的研讨，还有近年兴起的借毛的思想对经商、处世、治学的研究……毛去世已近40年，人们对他研究的热情并不稍减。这个研究经历了把他从神坛上请下来，又融入尘俗的微妙过程，真是“才下眉头，又上心头”。没有办法，历史抹不去毛泽东。毛走过了一个时代，创造了一个时代，也代表了一个时代。那个时代的人物事件，边边角角，时时处处，都折射着他的影子。在书架的长阵间浏览，你会看到许多这样的书名:《毛泽东与周恩来》《毛泽东与蒋介石》《毛泽东与斯大林》，还有《毛泽东与佛教》《毛泽东与戏曲》，以及《毛泽东与南阳》《毛泽东与城南庄》等，从大到小，从近到远，一草一木都无不与之相关。这真是一个毛泽东时代，普天之下的每一根神经都连着这一个中枢。这时你会突然明白什么是领袖。领袖就是他的思想、意志、魅力摆在那里，你不得不随他前行，而他离开这个世界后仍然定格在历史上。

从图书馆出来我又重游了毛的故居。真不敢想象，就是从这几间小土房子里走出了这样一位巨人。故居旁是毛8岁时开始上的第一个私塾——南岸私塾。他8年换了7个私塾，总是不停地发问。小山冲已经放不下他，他便到长沙求学，到北京大学工作，去见李大钊，见蔡元培。

从南岸私塾到毛泽东图书馆，一个伟人就这样走过了一条读书之路。这两处的空间距离只有一里地，而时间跨度是80年。80年的读书、思考、奋斗造就了一个伟人；而80年的血与火、情与泪、功与过又全部留在他的书里，藏在山坡上的这座图书馆中。

《人民日报》2013年12月25日

德胜楼记

1947年春三月，乍暖还寒。蒋介石突然进攻解放区，一时硝烟弥漫，黑云压城。毛泽东与中央机关被迫撤离延安。彭德怀、习仲勋率西北野战兵团与敌周旋。其时，国共双方在陕北的兵力对比大约10 ∶ 1，形势异常危急。毛化名李得胜，周恩来化名胡必成。得胜、必成，可知毛、周临危不乱，成竹在胸。而百姓亦坚壁清野拒顽敌，箪食壶浆迎亲人。随之，毛、周运筹于后，彭、习拼杀于前。借黄土高原之深沟大壑，连布奇阵，四战告捷。一年后，毛与中央东渡黄河，进驻西柏坡；再一年，横扫全国，定都北京城。

毛泽东转战陕北，在佳县先后转移居住15个村庄，凡99天。在这里发布了《中国人民解放军宣言》《中国土地法大纲》等重要文献，指挥全局，扭转乾坤。1947年，成为中国革命走向最后胜利之拐点。而时势造英雄，毛泽东从1927年秋收起义、星火湘江，到1947年转战陕北、饮马黄河，20年间，也从一介书生成长为一个伟大的军事家和人民领袖。毛痛感党和军队离不开人民，遂就地题词："站在最大多数劳动人民的一面"。2017年，当往事越70周年之际，佳县于黄河西岸、高山之巅，修德胜楼一座，以记其事、壮其举、思其理。

德胜者，得胜也，有德者胜。今登德胜楼，西眺昆仑，东望沧海，大河奔流，不舍昼夜。想3 000年青史，改朝换代，胜败几何。70年前蒋坐拥800万大军，四面出击，其势何凶，瞬间灰飞烟灭。而我于1947年大转折之后，迅即建国，百废俱兴，前程似锦。谁料这之后又迭遭挫折，痛遇"文革"，教训殊深。是知凡事，危则如履薄冰，慎心怀德，德而必胜；胜则纵情傲物，骄离民心，德失政亡。而今走伟大复兴路，更知民为重。

德胜楼者，非记一人一事之胜，是记一党一国之理。政德在民，民心是天。德存德失，载舟覆舟。高山峣峣，顶天柱地；大河滔滔，逝者如斯；往事历历，天地可鉴。

《人民日报》2017年8月30日

一棵怀抱炸弹的老樟树

作者手绘老樟树

一棵茂盛的古树用它的枝丫轻轻地托着一颗未爆的炸弹，就像一个老人拉住了一个到处乱跑、莽撞闯祸的孩子。炸弹有一个老式暖水瓶那么大，高高地悬在半空，它是从几千米高的天空飞落下来后被这棵树轻轻接住的，就这样在浓密的绿叶间探出头来，瞪大眼睛审视人世，已经整整 80 年。眼前是江西瑞金叶坪村的一棵老樟树。

樟树在江西、福建一带是常见树种，家家门前都有种植。民间习俗，女儿出生就种一棵樟树，到出嫁时伐木制箱盛嫁妆，三五百年的老树随处可见。但这一棵却不同。一是它老得出奇，树龄已有 1 100 多年，往上推算一下该是北宋时期了。透过历史的烟尘，我脑子里立即闪过范仲淹的庆历改革和他的《岳阳楼记》以及后来徽宗误国、岳飞抗金等一连串的故事。在这个世界上什么东西才有资格称古呢？山、河、城堡、老房子等都可以称古，但它们已没有生命。要找活着的东西唯有大树了。活人不能称古，兽不能，禽鱼不能，花草不能，只有树能，动辄百千年，称之为古树。它用自己的年轮一圈一圈地记录着历史，与岁月俱长，与山川同在，却又常绿不衰，郁郁葱葱。一棵树就是一部站立着的历史，站在我面前的这棵古樟正在给我们静静地诉说历史。第二个不寻常处，在于它和中国现代史上的一个伟人紧紧连在一起，这个人就是毛泽东。毛泽东也是一棵参天大树，他有 83 圈的年轮，1931 年当他生命的年轮进入第 38 圈时在这里与这棵古樟相遇。

那时中国大地如一锅开水，又恰似一团乱麻，2 000 年的封建社会已走到了尽头。地主与农民的矛盾、剥削与被剥削的矛盾、土地不均的矛盾已经到了非有个说法不可的时候。这之前从陈胜、吴广到洪秀全，已经闹过无数次的革命，但总是打倒皇帝坐皇帝，周而复始，不能彻底。这时出现了中国共产党，要领导农民来一次彻底的土地革命。共产党的总部设在上海，它的行动又受命于远在莫斯科的共产国际，他们对中国农村和农民革命知之甚少，又乱指挥，造成失误连连。毛泽东便自己拉起队伍上了井冈山，要学“绿林好汉”的样劫富济贫，又参照列宁的路子搞了个“苏维埃政权”。他在 6 个县方圆 500 里的范围内坚持了两年，后又不幸失利。1931 年，他率队下山准备到福建重整旗鼓再图发展，当路过瑞金时邓小平正在这里任县委书记。1931 年 11 月 7 日苏俄十月革命胜利 14 周年这一天，在瑞金叶坪村的一个大祠堂里召开了全国代表大会。第一个全国性的红色政权中华苏维埃共和国临时中央政府宣告成立。毛泽东当选为中央执行委员会主席。后来被中国人称呼了近半个世纪的“毛主席”就是从这一天开始的。

虽是共和国的主席，毛泽东也只能借住在一户农民家里。这是一座南方常见的木结构土坯二层小楼，狭窄、阴暗、潮湿。小楼与祠堂之间是一个广场，是红军操练、阅兵的地方，广场尽头还有一座烈士纪念塔。这实在是一处革命圣地，是比延安还要老资格的圣地。共产党第一次尝试建立的中央政府就五脏俱全，有军事、财政、司法、教育、外交等九部一局，都设在那个大祠堂里。毛泽东等几个中央要人则住在广场南头的小楼上，楼后就是这棵巨大的樟树。一走近大树我就为之一震，肃然起敬。因为它实在太粗、太高、太大，我们已不能用拔地而起之类的词来形容，它简直就是火山喷发后突然凝固而成的一座石山，盘龙卧虎，遮天盖地。树干直径约有 4 米，树身苔痕斑驳、黝黑铁青，树纹起伏奔腾如江河行地。树的一半曾遭雷劈，外皮炸裂，木质外露，如巨人向天狂呼疾喊，声若奔雷。而就在炸裂后的树身上又生出新的躯干，干又生枝，枝再长叶，一团绿云直向蓝天铺去。好一棵不朽的老树，就这样做着生命的轮回。因地势所限，树身沿东西方向略成扁平，而墨绿的枝叶翻上天空后又如瀑布垂下，浓荫覆地，直将毛泽东住的后半座房子盖了个严实。那天，毛泽东正在二楼看书，空中隐隐传来飞机的轰鸣。他并不在意，把卷起身，踱步到窗前看了一眼，又回到桌前展纸濡毫准备写文章。突然一声凄厉的嘶鸣，飞机俯冲而下，铁翅几乎刮着了屋顶，一颗炸弹从天而降。警卫员高喊“飞机”，冲上楼梯。毛停笔抬头，看看窗外，半天没有什么动静，飞机已经远去，轰鸣声渐渐消失。这时房后已经乱作一团，早拥来了许多干部、群众。很明显，这架飞机是冲着临时中央政府、冲着毛泽东而来的，只扔了一颗炸弹就走了，但炸弹并没有爆炸。大家围着屋子到处寻找，地上没有，又仰头看天，突然有谁喊了一声：“在树上！”只见一颗光溜溜的炸弹垂直向下卡在树缝里。好悬！没有爆炸。这时毛泽东已经走下楼来。

江西瑞金曾救了毛泽东一命的至今还怀抱炸弹的老樟树

人们早已惊出一身冷汗，齐向主席道贺，天佑神人，大难不死。毛泽东笑了笑说：是天助人民，该我新生的苏维埃政权不亡。毛泽东戎马一生，几遇危难，但总是化险为夷。胡宗南进攻延安，炮声已响在窑畔上，毛还是不走，他说要看看胡宗南的兵长什么样子。彭德怀没有办法，命令战士把他架出了窑洞。去西柏坡的途中，在城南庄又遇到一次空袭，他又不急，继续休息，是战士用被子卷起他抬进防空洞的。毛的性格坚定、沉着，又有几分固执、浪漫，从不怕死。唯此才能成领袖，成伟人，成大事业，写得大文章。

历史的脚步已走过80年，这棵老樟树依然矗立在那里。枝更密，叶更茂，干更壮。树皮上的青苔还是那样绿，满地的树荫还是那样浓。那颗未爆的炸弹还静静地挂在树上。现在这里早已辟为旅游景点，人们都争着来到树下，仰望这定格在历史天空中的一瞬。古樟树像一个和蔼的老人正俯瞰大地，似有所言。1 100多年的岁月啊，它看过了改朝换代，看过了沧海桑田，看尽了滚滚红尘。远的不说，只从共产党闹革命开始它就站在这里看红军打仗，看第一个红色中央政府成立，看长征出发；又遥望北方，看延安抗日，北京建国。它的年轮里刻着一部党史、一部共和国的历史。它怀里一直轻轻地抱着那颗炸弹，这是一把现代版的“达摩克利斯之剑”，天将降大任于斯人也，必先试其定力，然后又戒其权力。它告诫我们，革命时要敢于牺牲，临危不乱；掌权后要忧心为政，如履薄冰。

《人民日报》2012年12月3日

文章大家毛泽东

毛泽东离开这个世界已经41年，对他的功过已有评说，但对作为文章家的他还研究不够，这笔财富有待挖掘。毛说革命夺权靠枪杆子和笔杆子，但他自己却从没有拿过枪杆子。他手下有十元帅、十大将，从井冈起兵到定都北京，抗日、驱蒋、抗美，谈笑间强敌灰飞烟灭，何等潇洒。打仗，他靠的是指挥之能，驭将用兵之能。但笔杆子倒是一辈子须臾不离手，毛笔、钢笔、铅笔，笔走龙蛇惊风雨，白纸黑字写春秋。他那种风格，那种语言，那种做派，是浸到骨子里，溢于字表，穿透纸背的，只有他才会有。中国是个文章的国度，青史不绝，文章不绝。向来说文章有汉司马、唐韩柳、宋东坡、清康梁，群峰逶迤，连绵不绝。毛泽东算得一个，也是文章群山中一座巍峨的险峰。

一、思想与气势

毛文的特点首在磅礴凌厉的气势。毛是政治家、思想家，不同于文人雕虫画景，对月说愁，他是将政见、思想发之于文章，又借文章来平天下的。

陆游说："汝果欲学诗，功夫在诗外。"文章之势是文章之外的功夫，是作者的胸中之气、行事之势。势是不能强造假为的，得有大思想。我在谈范仲淹的文章中曾说到古今文章家有两种，一是纯文人，一是政治家。文人之文情胜于理，政治家之文理胜于情。理者，思想也。写文章，说到底是在拼思想。只有政治家才能总结社会规律，借历史交替、风云际会、群雄逐鹿之势，纳雷霆于文字，排山倒海，摧枯拉朽，宣扬自己的政见。毛文属这一类。这种文字不是用笔写出来的，是作者全身心社会实践的结晶。劳其心，履其险，砺其志，成其业，然后发之为文。文章只是他事业的一部分，如冰山之一角，是虎之须、凤之尾。我们可以随便举出一些段落来看毛文的气势：

> 我们中华民族原有伟大的能力！压迫愈深，反动愈大，蓄之既久，其发必速，我敢说一怪话，他日中华民族的改革，将较任何民族为彻底。中华民族的社会，将较任何民族为光明。中华民族的大联合，将较任何地域任何民族而先告

成功。诸君！诸君！我们总要努力！我们总要拼命的向前！我们黄金的世界，光华灿烂的世界，就在前面！

——《民众的大联合》

这还是他在中国共产党成立前“五四”时期的文章，真是鸿鹄一飞便有千里之志。明显看出，这里有梁启超《少年中国说》的影子。文章的气势来源于对时代的把握，毛在新中国成立前的每个历史时期都能高瞻远瞩，甚至力排众议地发出振聋发聩之声。

井冈山时期，革命处于低潮时，他甚至用诗一样的浪漫语言预言革命高潮的到来：“它是站在海岸遥望海中已经看得见桅杆尖头了的一只航船，它是立于高山之巅远看东方已见光芒四射喷薄欲出的一轮朝日，它是躁动于母腹中的快要成熟了的一个婴儿。”（《星星之火，可以燎原》）

当抗日战争处在最艰苦的相持阶段，许多人苦闷、动摇时他发表了著名的《论持久战》指出：“武器是战争的重要的因素，但不是决定的因素，决定的因素是人不是物。力量对比不但是军力和经济力的对比，而且是人力和人心的对比。”“抗日战争是持久战，最后胜利是中国的——这就是我们的结论。”

你再看解放战争中他为新华社写的新闻稿：

【新华社长江前线二十二日二时电】英勇的人民解放军

二十一日已有大约三十万人渡过长江。渡江战斗于二十日午夜开始，地点在芜湖、安庆之间。国民党反动派经营了三个半月的长江防线，遇着人民解放军好似摧枯拉朽，军无斗志，纷纷溃退。长江风平浪静，我军万船齐放，直取对岸，不到二十四小时，三十万人民解放军即已突破敌阵，占领南岸广大地区，现正向繁昌、铜陵、青阳、荻港、鲁港诸城进击中。人民解放军正以自己的英雄式的战斗，坚决地执行毛主席和朱总司令的命令。

——《我三十万大军胜利南渡长江》

我军“摧枯拉朽”，敌军“纷纷溃退”，“长江风平浪静”。你看这气势，是不是有《过秦论》中秦王振四海、制六合的味道？再看他在1949年中国人民政治协商会议第一届全体会议上的开幕词：

诸位代表先生们，我们有一个共同的感觉，这就是我们的工作将写在人类的历史上，它将表明：占人类总数四分之一的中国人从此站立起来了。……让那些内外反动派在我们面前发抖吧，让他们去说我们这也不行那也不行吧，中国人民的不屈不挠的努力必将稳步地达到自己的目的。

——《中国人从此站立起来了》

这是一个胜利者的口吻、时代巨人的口吻。古今哪一个文章家有这样的气势!

从上面所举毛泽东不同时期的文章中能看出他对自己的事业充满信心。为文要有丹田之气，不可装腔作势。古人论文，讲气，气贯长虹，力透纸背。韩愈搞古文运动，就是要恢复汉文章的质朴之气，他每为文前先读一遍司马迁的文章，为的是借一口气。以后人们又推崇韩文，再后又推崇苏东坡的文，都有雄浑、汪洋之势。苏东坡说:“吾文如万斛泉源，不择地皆可出。在平地滔滔汩汩，虽一日千里无难。及其与山石曲折，随物赋形而不可知也。”他们的文章之所以有气势，是因为有思想，有个性的思想。毛泽东的文章也有思想，而且是时代的思想，是一个先进的政党、一支战无不胜的队伍的思想，与之不可同日而语。毛泽东也论文，他不以泉比，而是以黄河来比:“文章须蓄势。河出龙门，一泻至潼关。东屈，又一泻至铜瓦。再东北屈，一泻斯入海。……行文亦然。”毛在《讲堂录》中说:“才不胜今人，不足以为才；学不胜古人，不足以为学。”无论才学，他都是立志要超今人和古人的。如果说苏文如泉之源，他的文章就是海之波涛了。

二、说理与用典

毛文的第二个特点是知识渊博，用典丰富。

中国传统的治学方法重在继承，从小孩子入私塾那一天起就背

人民日报

理 论

2013年2月28日 星期四 7

文章大家毛泽东

《文章大家毛泽东》2013年2月28日《人民日报》首发

书，先背了一车经典、宝贝入库，以后用时再一件一件拿出来。毛泽东正当五四前后，新旧之交，是受过这种训练的。他自述其学问，从孔夫子、梁启超到拿破仑，什么都读。作为党的领袖，他的使命是从外国借来马克思主义领导中国人民推翻一个旧中国。要让中国的民众和他领导的干部懂得他的思想，就需要用中国人熟悉的旧知识和人民的新实践去注解，就是他常说的马克思主义中国化。这是一件真本事、大本事，要革命理论、传统知识和革命实践三样皆通，缺一不可。特别要对中国的传统典籍烂熟于心，还能翻新改造，结合当前的实际。在毛泽东的书中我们几乎随处可见他恰到好处的用典。

这有三种情况。一是从典籍中找根据，证目前之理，比如在《为人民服务》中引司马迁的话：

> 人总是要死的，但死的意义有不同。中国古时候有个文学家叫做司马迁的说过："人固有一死，或重于泰山，或轻于鸿毛。"为人民利益而死，就比泰山还重；替法西斯卖力，替剥削人民和压迫人民的人去死，就比鸿毛还轻。张思德同志是为人民利益而死的，他的死是比泰山还要重的。

这是在一个战士的追悼会上的讲话，作为领袖，除表示哀悼之外，还要阐明当时为民族大业牺牲的意义。他一下拉回两千年前，解释我们这个民族怎样看待生死。你看，司马公有言，自古如此，你不能不信，一下增加了文章的厚重感。司马迁的这句话也因毛的引用而被赋予了新的含义，更广为流传。

这就是政治领袖和文章大家的功力：能借力发力，翻新经典，为己所用；既弘扬了民族文化，又普及了经典知识。

二是到经典中找方法，以之来比喻阐述一种道理。毛的文章大部分是论说文，是说给中国的老百姓或中低层干部听的。所以搬出中国人熟悉的故事，以典证理成了他常用的方法。这个典不一定客观存在，但它的故事家喻户晓，蕴含的道理颠扑不破。如七大闭幕词这样重要的文章，不但行文简短只有千数字，而且还讲了一个《愚公移山》的寓言故事，真是一典扛千斤。毛将《水浒传》《西游记》《三国演义》这些文学故事当作哲学、军事教材来用，深入浅出，生动活泼。他在《中国革命战争的战略问题》中这样来阐述战争中的战略战术：

> 谁人不知，两个拳师放对，聪明的拳师往往退让一步，而蠢人则其势汹汹，辟头就使出全副本领，结果却往往被退让者打倒。
>
> 《水浒传》上的洪教头，在柴进家中要打林冲，连唤几个“来”“来”“来”，结果是退让的林冲看出洪教头的破绽，一脚踢翻了洪教头。

1938年4月在对抗大的一次讲话中，他甚至还从唐僧的坚定、八戒的吃苦、孙悟空的灵活中概括出了八路军、新四军的“三大作风”。像这样重要的命题、这样大的方针他都能从典故中轻松地顺手拈来，从容化出。所以他的报告总是听者云集，欢声笑语，毫无理论的枯涩感。他是真正把古典融于现实，把实践融进了理论。

三是为了增加文章的渲染效果，随手拿来一典妙趣横生。

在《别了，司徒雷登》中他这样来写美国对华政策的破产：“总之是没有人去理他，使得他‘茕茕孑立，形影相吊’，没有什么事做了，只好挟起皮包走路。”这里用了中国古典散文名篇《陈情表》的句子。司徒雷登那个孤立、无奈、可怜的样子永远定格在中国人的记忆中。就司氏本人来说，他对中国还是很有感情的，也为中国特别是中国的教育事业做了不少好事，但阴差阳错，他在历史变革的关键时刻扮演了一个特殊角色，也就只好背上了这个形象。

毛的用典是出于行文之必需，绝不卖弄，不故作高深地掉书袋。他是认真地研究并消化了经典的，甚至认真到考据癖的程度。如1958年刘少奇谈到贺知章的诗《回乡偶书》："少小离家老大回，乡音无改鬓毛衰。儿童相见不相识，笑问客从何处来。"以此来说明唐代在外为官不带家眷。毛为此翻了《旧唐书》《全唐诗话》，然后给刘写信说：

> 唐朝未闻官吏禁带眷属事，整个历史也未闻此事。所以不可以"少小离家"一诗便作为断定古代官吏禁带眷属的充分证明。自从听了那次你谈到此事以后，总觉不甚妥当。请你再考一考，可能你是对的，我的想法不对。睡不着觉，偶触及此事，故写了这些，以供参考。

现在庐山图书馆还保存有毛在庐山会议期间的借书单，从《庐山志》《昭明文选》《鲁迅全集》到《安徒生童话》，内容极广。这里引出一个问题：一个领袖首先是一个读书人，一个读了很多书的人，一个熟悉自己民族典籍的人。他应该是一个博学的杂家，只是一方面的专家不行；只读自然科学不行，要读社会科学，读历史，读哲学。因为领导一个集团、一场斗争、一个时代靠的是战略思维、历史案例、斗争魄力和人格魅力。这些只有到历史典籍中去找，在数理化中和单一专科中是找不到的。一个不会自己母语的公民不是合格的公民，一个不熟悉祖国典籍的领袖是不合格的领袖。

三、讽刺与幽默

毛文的第三个特点是充满辛辣的讽刺和轻松的幽默。不装不假，见真人性。

人一当官就易假，就要端个架子，这是官场的通病。越是大官，架子越大，越不会说话。毛是在党政军都当过一把手的，仍然嬉笑怒骂，这不容易。当然他的身份让他有权这样，但许多人就是洒脱不起来。权力不等于才华。毛的文章虽然都是严肃重要的指示、讲话、决定、社论等，又都是在残酷的战争环境中生成的，但是并不死板，并不压抑。透过硝烟，我们随处可见文章中对敌辛辣的讽刺和对自己人幽默的谈吐。讽刺和幽默都是轻松的表现，是举重若轻。我可以用十二分的力打倒你，但我不用，我只用一根银针轻刺你的穴道，你就酸痛难忍，哭笑不得，扑身倒地，这是讽刺；我可以用长篇大论来阐述清一个问题，但我不用，我只用一个笑话就妙解其理，让你在轻松愉快中茅塞顿开，这是幽默。总之，是四两拨千斤。这是一个领袖对自己的事业、力量和韬略有充分信心的表现。毛曾自信地说："我们的事业是正义的。正义的事业是任何敌人也攻不破的。"

我们先看他的讽刺。对国民党不敢发动群众抗战毛说：

可是国民党先生们啊，这些大好河山，并不是你们的，它是中国人民生于斯、长于斯、聚族处于斯的可爱的家乡。你们国民党人把人民手足紧紧捆住，敌人来了，不让人民自己起来保卫，而你们却总是“虚晃一枪，回马便走”。

——《衡阳失守后国民党将如何》

辽沈战役敌军大败，毛这样为新华社写消息：

从十五日至二十五日十一天内，蒋介石三至沈阳，救锦州，救长春，救廖兵团，并且决定了所谓“总退却”，自己住在北平，每天睁起眼睛向东北看着。他看着失锦州，他看着失长春，现在他又看着廖兵团覆灭。总之一条规则，蒋介石到什么地方，就是他的可耻事业的灭亡。

——《东北我军全线进攻，
辽西蒋军五个军被我包围击溃》

他讽刺党八股像“懒婆娘的裹脚，又长又臭”，是“只有死板板的几条筋，像瘪三一样，瘦得难看，不像一个健康的人”。真是个漫画高手。

我们再看他的幽默。毛一生担军国之重任，不知经历了多少危急关头、艰难局面，但在他的笔下常常是付之一笑，用太极推手轻松化开，这不容易。长征是党史上少有的苦难历程，毛却乐观地说："长征是宣言书，长征是宣传队，长征是播种机。自从盘古开天地，三皇五帝到于今，历史上曾经有过我们这样的长征吗？"在延安文艺座谈会上，讲到文化的重要时他说：我们有两支军队，一支是朱（德）总司令的，一支是鲁（迅）总司令的。（正式发表时改为"拿枪的军队"和"文化的军队"）。他在对斯诺讲到自己的童年时风趣地说："我家分成两'党'。一个就是我的父亲，是执政'党'。反对'党'由我、我母亲和弟弟组成。"斯诺听得哈哈大笑。

关于社会主义经济这样大的理论问题，他说：

> 搞社会主义不能使羊肉不好吃，也不能使南京板鸭、云南火腿不好吃，不能使物质的花样少了，布匹少了，羊肉不一定照马克思主义做。在社会主义社会里，羊肉、鸭子应该更好吃，更进步，这才体现出社会主义比资本主义进步，否则我们在羊肉面前就没有威信了。社会主义一定要比资本主义还要好，还要进步。

——《1956 年在知识分子会议上的讲话》

1939年7月7日，他对即将上前线的陕北公学（后来的华北联合大学）师生讲话，以《封神演义》故事作比：

> 当年姜子牙下昆仑山，元始天尊赠了他杏黄旗、四不像、打神鞭三样法宝。现在你们出发上前线，我也赠给你们三样法宝，这就是统一战线、武装斗争、党的建设。

这是比兴手法，只借“三样法宝”的字面同一性。1957年他在对我留苏学生讲话时说：“目前形势的特点是东风压倒西风”也是借《红楼梦》里林黛玉的话，与原意无关，只借“东风、西风”这个字意。文章有意荡开去显得开阔、轻松，好似从远处往眼前要说的这个问题上搭了一座引桥。鲁迅先生也曾有这样的用法：

> 还有一种特别的丸药：败鼓皮丸。这“败鼓皮丸”就是用打破的旧鼓皮做成；水肿一名鼓胀，一用打破的鼓皮自然就可以克伏他。清朝的刚毅因为憎恨“洋鬼子”，预备打他们，练了些兵称作“虎神营”，取虎能食羊，神能伏鬼的意思，也就是这道理。
>
> ——《父亲的病》

毛是很推崇鲁迅的，他深得其笔法。

尖锐的讽刺，见棱见角，说明他眼光不凡，总是能看到要害；轻松幽默的谈吐，不慌不忙，说明他的肚量和睿智，肚子里有货。中共早期的领袖有此才，二战时的国际领袖也有此才，如丘吉尔就以幽默闻名。战后英国国会通过提案，拟塑一尊丘吉尔的铜像，置于公园。丘吉尔回绝道："多谢大家的好意，我怕鸟儿会在我的头上拉屎，还是请免。"新中国成立后全国人大拟决议给毛泽东授大元帅衔，毛说："我穿上你那个元帅服怎么下基层，免了吧。"毛之后中国的掌舵人邓小平也是幽默的。1978 年 10 月邓访问日本，这是一次打破僵局、恢复邦交、学习先进的破冰之旅，任务很重。邓说，我来目的有三，一是互换条约，二是来会老朋友，三是像徐福一样，来寻"仙草"的。日本人听得笑了起来。他们给邓最好的接待，给他看最先进的技术和管理。苦难出人才，时势造英雄，这是一种多么拿得起、放得下的潇洒。我们常说，领袖也是人，但领袖必须是一个有个性、有魅力的真实的人，照葫芦画瓢是当不了领袖的。

四、通俗与典雅

毛文的第四个特点是通俗与典雅完美地结合。记得我第一次接触毛的文章，是在中学的历史课堂上，没耐心听课，就去翻书上的插图，看到《新民主主义》的影印件，如蚂蚁那么小的字，一下就被它的开头几句所吸引："抗战以来，全国人民有一种欣欣向荣的气象，大家以为有了出路，愁眉锁眼的姿态为之一扫。但是近来的妥协空气，反共声浪，忽又甚嚣尘上，又把全国人民打入闷葫芦里了。”我不觉眼前一亮，一种莫名的兴奋，这是一种从未见过的文字，说不清是雅，是俗，只觉得新鲜，很美。放学后就回家找来大人的《毛泽东选集》读。我就是这样沿着山花烂漫的曲径小路，一步一步直到政治大山的深处。

毛泽东是乡间成长起来的知识分子，又是战火中锻炼出来的领袖。在学生时期他就受过严格的古文训练，后来在长期的斗争生涯中，一方面和工农兵厮磨在一起，学习他们的语言；一方面又手不释卷，和各种文学书籍，如小说、诗词、曲赋、笔记缠裹在一起，须臾不离。他写诗、写词、写赋、作对、写新闻稿和各种报告、电稿。如果抛开他的军事、政治活动不说，他完全够得上一个文人，就像党的早期领导人李大钊、陈独秀、瞿秋白一样。毛与他们的不同是又多了与工农更密切的接触。所以毛的文章通俗与典雅共存，朴实与浪漫互见。时常有乡间农民的口语，又能见到唐诗、宋词里的句子。忽如老者炕头说古，娓娓道来；又如诗人江边行吟，感天撼地。

我们先看一段他早期的文字，这是他 1916 年在游学的路上写给友人的信：

> 今朝九钟抵岸，行七十里，宿银田市。……一路景色，弥望青碧，池水清涟，田苗秀蔚，日影烟斜之际，清露下洒，暖气上蒸，岚采舒发，云霞掩映，极目遐迩，有如画图。今夕书此，明日发邮，……欲以取一笑为快，少慰关

垂也。

——《致萧子升信》

这封手书与王维的《山中与裴秀才迪书》、徐霞客的《三峡》相比如何？其文字清秀不分伯仲。我们再看他在抗战时期的《祭黄帝陵》：

赫赫始祖，吾华肇造；胄衍祀绵，岳峨河浩。聪明睿智，光被遐荒；建此伟业，雄立东方。世变沧桑，中更蹉跌；越数千年，强邻蔑德。琉台不守，三韩为墟；辽海燕冀，汉奸何多！以地事敌，敌欲岂足？人执笞绳，我为奴辱。懿维我祖，命世之英；涿鹿奋战，区宇以宁。岂其苗裔，不武如斯；泱泱大国，让其沦胥？东等不才，剑屦俱奋；万里崎岖，为国效命。频年苦斗，备历险夷；匈奴未灭，何以家为？各党各界，团结坚固；不论军民，不分贫富。民族阵线，救国良方；四万万众，坚决抵抗。民主共和，改革内政；亿兆一心，战则必胜。还我河山，卫我国权；此物此志，永矢勿谖。经武整军，昭告列祖；实鉴临之，皇天后土。尚飨！

可以看出他深厚的古文根底。毛在延安接受斯诺采访时说，他学习韩愈文章是下过苦功的，如果需要，他还可以写出一手好古文。我们看他早期的文字何等的典雅。但是为了斗争的需要、时代的需要，他放弃了自己熟悉的文体，学会了使用最通俗的文字。他说讲话要让人懂，反对使用“霓裳”之类的生僻词。请看《为人民服务》中的这一段：

我们都是来自五湖四海，为了一个共同的革命目标，走到一起来了。我们还要和全国大多数人民走这一条路。我们今天已经领导着有九千一百万人口的根据地，但是还不够，还要更大些，才能取得全民族的解放。

再看这一段：

此间首长们指示地方各界切勿惊慌，只要大家事前有充分准备，就有办法避开其破坏，诱敌深入，聚而歼之。今春敌扰河间，因我方事前毫无准备，受到部分损失，敌部亦被其逃去。此次务须全体动员对敌，不使敢于冒险的敌人有一兵一卒跑回其老巢。

——新华社消息《华北各首长号召保石沿线人民准备迎击蒋傅军进扰》

你看“走到一起”“但是还不够”“切勿惊慌”“就有办法”等等，

完全是老百姓的语言，是一种面对面的告诫、谈心。虽是大会讲话、新闻电稿却通俗到明白如话。但是典雅并没有丢掉，他也有许多端庄、严谨的文字，气贯长虹的文章，如：

> 夺取全国胜利，这只是万里长征走完了第一步。如果这一步也值得骄傲，那是比较渺小的，更值得骄傲的还在后头。在过了几十年之后来看中国人民民主革命的胜利，就会使人们感觉那好像只是一出长剧的一个短小的序幕。剧是必须从序幕开始的，但序幕还不是高潮。中国的革命是伟大的，但革命以后的路程更长，工作更伟大，更艰苦。这一点现在就必须向党内讲明白，务必使同志们继续地保持谦虚、谨慎、不骄、不躁的作风，务必使同志们继续地保持艰苦奋斗的作风。我们有批评和自我批评这个马克思列宁主义的武器。我们能够去掉不良作风，保持优良作风。我们能够学会我们原来不懂的东西。我们不但善于破坏一个旧世界，我们还将善于建设一个新世界。中国人民不但可以不要向帝国主义者讨乞也能活下去，而且还将活得比帝国主义国家要好些。
>
> ——《在七届二中全会上的报告》

而更多的时候却是“既上得厅堂又下得厨房”，亦庄亦谐，轻松自如。如：

> 若说：何以对付敌人的庞大机构呢？那就有孙行者对付铁扇公主为例。铁扇公主虽然是一个厉害的妖精，孙行者却化为一个小虫钻进铁扇公主的心脏里去把她战败了。柳宗元曾经描写过的“黔驴之技”，也是一个很好的教训。一个庞然大物的驴子跑进贵州去了，贵州的小老虎见了很有些害怕。但到后来，大驴子还是被小老虎吃掉了。我们八路军新四军是孙行者和小老虎，是很有办法对付这个日本妖精或日本驴子的。目前我们须得变一变，把我们的身体变得小些，但是变得更加扎实些，我们就会变成无敌的了。
>
> ——《一个极其重要的政策》

“文章五诀”形、事、情、理、典，毛文是最好的典范。不管是论文、讲话、电稿等何种文体，他都能随手抓来一个形象，借典说理或借事言情，深入浅出。毛文开创了政论文从未有的生动局面，工人农民看了不觉为深，专家教授读了不觉为浅。毛泽东是有大志的人，他永远有追求不完的目标。其中一个目标就是放下身段，当一个行吟的诗人，当一个作家。他多次说过要学徐霞客，要顺着长江、黄河把祖国大地丈量一遍。他又是一个好斗争的人，他有一句名言“与天奋斗，其乐无穷！与地奋斗，其乐无穷！与人奋斗，其乐无穷！”其实除了天、地、人，他的革命生涯中还有一个斗争对象，就是：文风。他对群众语言、古典语言是那样地热爱，对教条主义的语言、官僚主义的语言是那样地憎恨。在延安整风运动中，他把文风与学风、党风并提，讨伐“党八股”，给它列了八大罪状，说它是对五四运动的反动，是不良党风的最后一个“防空洞”。新中国成立之初《人民日报》发表长篇社论，号召正确使用祖国语言，他在改稿时特别加了一句：“我们的同志中，我们的党政军组织和人民团体的工作人员中，我们的文学家教育家和新闻记者中，有许多是精通语法、会写文章、会写报告的人。这些人既然能够做到这一步，为什么我们大家不能做到呢？当然是能够的。”（《人民日报》1951 年 6 月 6 日）后来我们渐渐机关化了，文件假、大、空的语言多了，毛对此极为反感，甚至是愤怒，他严厉要求领导干部亲自写文章，不要秘书代劳，他批评那些空洞的官样文字：“讲了一万次了，依然纹风不动，灵台如花岗之岩，笔下若玄冰之冻。哪一年稍稍松动一点，使读者感觉有些春意，因而免于早上天堂，略为延长一年两年寿命呢！”（1958 年 9 月 2 日的一封信）他是一辈子都在和“党八股”的坏文风作斗争的。

五、功过与才艺

毛泽东是一个伟大的人物，又是一个有错、有过的人物。这在官方已有党中央的《关于建国以来党的若干历史问题的决议》。从文章方面说，毛也是成也文章，败也文章。他以大气魄写过许多好文章，但也写了气势不小的《炮打司令部——我的一张大字报》，发动了“文化大革命”。他相信文章能指挥全党，调动天下。1959 年，庐山会议时，人民公社、“大跃进”的败象已露，他仍大声宣布要亲自写一篇一万字的《人民公社万岁》。

毛的功过自有评说，我们这里要说的是勿让功过掩盖了他的才艺，勿因情感好恶忽略了他的文章。比如他的书法，大多数人都能认同。因为书法更偏重于形式艺术，离内容较远。其实文章写作也是一门艺术，也有许多形式方面的规律和技巧。“文章千古事，纱帽一时新。君看青史上，官身有几人？”不像我们现在的许多干部，退休后一没有会开，就坐卧不宁，无所适从。其实这也不是个新问题，就是古代的皇帝、宰相（他们也是职业政治家）也分两种，有的人政亡人息，有的人死后还活在他的业余生活中或者艺术王国里。这与他们的政绩没有多大关系。如魏武帝的诗、李后主的词、宋徽宗的画、范仲淹的《岳阳楼记》。艺术就是艺术。当年骆宾王曾起草了《为李敬业讨武曌檄》，武则天看后鼻子都气歪了，但还是忍不住夸奖是好文章。文章的最后一句“请看今日之域中，竟是谁家之天下”名传后世，抗战时毛泽东还将它作为社论的标题。骆、武之争，人们早已忘记，而这篇文章却成了檄文的样板。可见文章是一门独立的学问。

细读毛泽东的文章，特别是他独特的语言风格，足可自立为一门一派，只可惜常被政治所掩盖。红尘过后，斯人远去，还有必要静下心来研究一下他的文章。这至少有两个用处。一是专门搞写作的人可从中汲取一点营养，特别是注意补充一点文章外的功夫，好直起文章的腰杆；二是身在高位的人，向他学一点写作，这也是工作的一部分，也能增加一点领导的魅力。打天下靠笔杆子，治天下更要靠笔杆子。

《人民日报》2013年2月28日

毛泽东怎样写文章

毛泽东是政治领袖，不是一般的文人或专业作家。他的文章源于他的政治生活。一般来讲，政治家的文章天生高屋建瓴，有雄霸之气；另一方面又理多情少，易生枯燥之感。但毛巧妙地扬长避短，文章既标新立异，又光彩照人。毛之后有许多人学他，也写文章，还出书，但迄今还没有人能超过他。可知历史有它自己的定位，万事有其理，文章本天成，不以哪个人的意志为转移。

历史上能写政治美文的大家不多。毛泽东说，在中国历史上，不乏建功立业之人，也不乏以思想品行影响后世之人，前者如诸葛亮、范仲淹，后者如孔孟等人。但二者兼有，即“办事兼传教”之人，历史上只有两位，即宋代的范仲淹和清代的曾国藩。这也可以看出毛泽东心中的文章观和伟人观。造就这种人大概有三个条件。一是有非凡的政治阅历和政治眼光；二是有严格的文章训练，特别是要有童子功的基础；三是能将政治转化文学，有艺术的天赋。可见一个政治领袖的美文是时代铸就，天生其才。

毛泽东由于正当新旧时代之交，既有旧学的功底，又有新学的思想。他一生处于战争和政治的旋涡中，形格势逼，以文章打天下，不得不搜尽平生所学，拿出十八般武艺，来应酬这复杂的局面。但正是这种实践造就了他文章的多样性。从大会的报告、讲话到新闻稿的消息、评论，及署名文章、电报、命令、公告、书信，直到祝词、祭文等等，无所不为。检点中国政治文库，贵为皇帝，只用诏书、批奏；权臣重相也只有些谏、表、书、奏之类；八大家文人也不过是些记、赋、辞、说。就是近现代的中外政治家也不过再加上演讲、报告。而毛泽东几乎用尽了中国古今文库中的所有文体，信手拈来，指东打西，挥洒自如。

什么是文章？广义的定义是：有内容的单篇的文字。就是说它只要能传达一定的信息，以文字形式来表现，就是文章。如很多应用文。但文章常指单篇的文字，太长了，分出许多章节就变成书本了。狭义定义是：表达思想内容并能产生美感的单篇的文字。这里就有了限制，就是说不只是有内容，还得有美感。我们常说的文章其实是这个狭义的定义，如唐宋八大家文章。

文章不但传播了一定的思想信息，还有美感，有艺术价值、审美价值。所以我说，文章是为思想而写，为美而写。如公文类，属于前者，我们说，写通知、写命令、写决定等等，而不说写文章；散文、论文类属于后者，我们可以说写文章；新闻类是介乎二者之间，但是偏重应用类，属于消极修辞，主要是传播事实信息，我们说写消息、写通讯，或说写新闻，也不说写文章。而为新闻所配的评论既是表达思想，又注意美感，所以称写文章。

为了研究的方便，我们可以把毛泽东常用的文体大概分为四大类，或者说四种文章，即讲话文章、公文文章、新闻文章和政论文章。从本质上讲，前两类文章都是广义的文章，是为某项具体工作而为的，是面对专门的工作对象，是“小众”，不是“大众”。第三类虽是面对“大众”，但并不强调美感。只有第四类是狭义上的文章，是真正意义上的文章。除以思想开导人，还要以情动人，以文美感人。但是毛泽东才高八斗，在可能的情况下，不管哪一类，他都一律写成美文。下面我们一一分析他怎样写这些文章。

一、毛泽东怎样写“讲话文章”

（一）领袖的讲话是民众智慧的结晶

既做了领导者，施政的第一关就是有口才，要善总结、会分析、能鼓动。

“讲话文章”是从讲话、谈话、演说而成的文章。之所以独立成题拿来分析，有这样几个理由：一是讲话永远是工作的一部分，过去是，将来还是，是干部的必修课，不可回避；二是由讲话而生的文章比一开始就用笔写的文章别有一种味道，有独特的风格和规律；三是讲话文章在中国散文中是个新品种，诸子散文有谈话式，但还未形成完备的文章结构。到唐宋八大家、明清小品、梁启超等一路下来都是"写"文章，"说"文章的还没有。讲话、鼓动是进入近代社会，特别是民主革命兴起后而大盛的。讲话而后又整理成文，携讲话之势，存讲话之风，又合文章规律，毛是集大成者，至今仍独占鳌头，毛之后无出其右。所以研究毛泽东的"讲话文章"，无论从学术角度还是从指导现实角度都是有必要的。

讲话，向来是政治领袖生命的一部分，也是他们文章中的一个分支。一个一生没有精彩演说和讲话的领袖，就像一个跑龙套的演员。

毛泽东一生在各种大小会上有无数的讲话与报告，后来有不少形成了文字。大部分收录在《毛泽东选集》和《毛泽东文集》中。我们可以把这些称作为"讲话文章"或"口头文章"，它是从讲话而来，而且是从一个始终在一线领导火热斗争的领袖的口中而来，于是便有了它的唯一性。天下官员何多，讲话何多，官员印发自己的文章何多，但像毛这样的讲话风格进而成文的却不多。

这类文章的特点是：一要主题鲜明，作者有鼓动家的本事，一席话就能使懦者勇，贪者廉，愚者悟，愤然图进；二要言语生动，作者有艺术家的本事，让人听得当场眉飞色舞，心花怒放。说到底就是思想性加艺术性。因为是面对面地交流，最考验讲演者的才华。既要肚子里有货，还要能临场发挥。

毛泽东的讲话文章又可分为两类：一是大型会议的报告，二是各种专门会议的讲话或即席发言。

毛在大型会议上的报告（包括开、闭幕词）高屋建瓴、雍容大方，最见领袖风度。一般都是为阐述或解决某一个阶段性的关键课题，分析形势，提出任务，制定目标，总结号召。其结论常为历史发展所验证，成为时代的里程碑。如红军时期的《关于纠正党内的错误思想》（古田会议决议）、《中国的红色政权为什么能够存在》（中共湘赣边界二次决议的一部分）；抗战时期的《中国共产党在抗日时期的任务》（中共全国代表会议上的报告）、《战争和战略问题》（中共六届六中全会上的报告的一部分）、《新民主主义论》（在陕甘宁边区文化协会第一次代表大会上的讲话）、《论联合政府》（中共七大政治报告）；解放战争时期的《关于重庆谈判》（在延安干部会上的报告）、《目前形势和我们的任务》（米脂县杨家沟会议上的报告）、《七届二中全会上的讲话》（在根据地开的最后一次中央全会）等。

第二类是毛在各种专门会议、座谈会上的讲话、谈话，是针对某一个问题。这不像前面那种大型、战略性的重要会议，要作较长准备，仔细论证。它甚至是突然性、遭遇式，所以总是有的放矢、击中要害，且常有现场感，即使半个世纪后读来仍如在眼前，有一种促膝谈心、拈花指月的灵动之情。这更见毛的浪漫与风采。如《在延安文艺座谈会上的讲话》《改造我们的学习》《反对党八股》《对晋绥日报编辑人员的谈话》，还有出访苏联时对我留苏学生的谈话等等。

毛的一生几乎不停地开会、讲话。我们现在的大小官员也还是在不停地开会讲话。这里引出一个问题，讲话的作用是什么？人为了表达思想有两个手段，一是用嘴说，二是用手写，即语言和文字。说，又不只是简单地告诉，还会有相互的讨论、交流、集中，这就是会议。所以会议就成了工作的主要手段，一个重要的会议常常成了一个党派、政权，甚至一个时代的标志点、里程碑。世界上没有没有会议的运动，也没有没有会议的事业。于是讲话、报告就成了一门专门的学问，一门解析、鼓动、号召的学问，特别是成了政治家的专利。

一场革命、一个大的群众实践活动，是靠一个个会议讨论、集中而推广开去的。而领袖在会议上的讲话则是这个团体和民众智慧的结晶。既做了领导者，履责、施政的第一关就是有口才、善总结、会分析、能鼓动。革命者、改革者所面对的总是一堆难题、一块坚冰、一团乌云，要靠领袖集大众之思，聚胸中之气，口吐长虹，破冰扫云。古今中外之革命、改革，特别是近代以来无不如此。像国外的华盛顿、丘吉尔、卡斯特罗，民国政治人物孙中山、胡适、冯玉祥等都是演说好手，甚至演说成瘾。过去我们把开国皇帝称为“马上天子”，意即亲自打仗开业。以后的太子们坐享其成，就大多无“马上”之能了。近现代的开国领袖则首先是“演说领袖”，因为革命的第一件事就是宣传、动员。

（二）领袖人物要讲新话，讲自己的话

领袖人物要用自己的腔调讲自己的思想，而不是念秘书的稿子。毛泽东的讲话有王者之气、灵动之美，语言风趣，警句迭出。

笔者在政界多年，不知接待过多少来自上面的视察和下面的汇报，生动者不多，可笑者不少。一次我们举办一个小型内部工作展览，请领导视察。看罢，在小会议室坐下，上茶，静候指示。不料领导从上衣西服口袋里掏出两页讲话稿，照读了一遍，全场愕然。这讲稿一定是昨夜小楼又东风，秘书挑灯抄拼成。我百思不解，今日所看之事，怎能入得昨夜之稿?

又某次到某省采访，听各方汇报工作，一二十个厅局长一律低头念稿。会议室内，唯闻念经之声，只少一个木鱼。我无奈，只好提一个小小的要求：请发言者抬头看着我的眼睛。然而抬头不到一秒钟，又低头看稿找字，其局促、羞涩之态仿佛是第一次相亲见人。后来我曾为此在《人民日报》写了一篇文章《这些干部怎么不会说话》。无论大小干部已不能、不会正常使用讲话这个文体、这个最基本的工作手段。

讲话本来是一种交流，一个随机采集、同步加工的过程，是一种即席的创作。它必然伴随着一种活泼灵动的文风，而由此产生的文字也会更鲜明更生动。好比树木的嫁接、美酒的勾兑，或者如长江与嘉陵江的汇合，在无形的交融中产生出一个新的品系、新的风格。应该说自有文章以来，口头文学就是书面文章不断更新复壮的源泉，从古

老的《诗经》到宋元平话、明清小说，直到今天的手机“段子”，一刻也未曾断流。

真正的文学史要到民间去找，上了书的都已经变味。能保证不让书面文字变味、变僵、变空、变假的只有口语，而口语来自生活。对一个领袖人物来说就是要讲新话，讲自己的话，用自己的发现、自己的腔调讲出有思想、有个性的话，而不是念稿。就像毛泽东用湖南腔讲“中国人从此站立起来了”，邓小平用四川话讲“不问黄猫、黑猫，抓住老鼠就是好猫”[①]。没有个性的语言就是没有个性的领袖。

有的领导全是念稿、背稿，甚至腔调也学播音员，几年也听不到一句属于他自己的话。肢有残，可为帅；不能言，毋为政。中国古代有个孙膑，髌骨被剜，坐在车上打败了仇敌庞涓。美国出了一个著名的总统罗斯福，有点残疾，坐着轮椅照样在二战中领导美国战胜法西斯。但从来没有听说哪个哑巴或播音员当领袖的。讲话实为领袖的第一素质，而许多著名的演说也作为文学名篇传之后世。如丘吉尔的就职演说、卡斯特罗的《历史将宣判我无罪》等。

---

① 1962年7月2日，邓小平在中共中央书记处会议讨论农业如何恢复问题时说，不管黄猫、黑猫，哪一种方法有利于恢复生产，就用哪一种方法。同年7月7日，在接见共青团三届七中全会全体同志的讲话中，又说：刘伯承同志经常讲一句四川话：“黄猫、黑猫，只要抓住老鼠就是好猫。”邓小平的这个比喻不胫而走，但流传中都把“黄猫”说成“白猫”。（邓小平. 邓小平年谱（一九七五—一九九七）：上卷. 北京：中央文献出版社，2004：147注2.）

毛泽东作为领袖，起码在讲话方面是称职的（当然他还有政治、军事、文学等更多方面的成就），他有实践，有创造，把讲话艺术发挥到了极致，有自己的个性。

首先，他的讲话有王者之气，舍我其谁，气壮山河。不像有的领导一上台就紧张，一念稿子就出汗。

你看，他宣布："占人类总数四分之一的中国人从此站立起来了。"他说："中国人民将会看见，中国的命运一经操在人民自己的手里，中国就将如太阳升起在东方那样，以自己的辉煌的光焰普照大地，迅速地荡涤反动政府留下来的污泥浊水，治好战争的创伤，建设起一个崭新的强盛的名副其实的人民共和国。"真是气贯长虹。他到重庆谈判，讲了四十多天的话，会上讲，会下讲，与各种人谈。山城特务如林，暗夜如磐。戴笠甚至制定了以"便于随时咨询政务"为名扣留毛的计划。但毛的王者之气、潇洒之风，借他的讲话之声扫开了雾城的阴霾，朋友欢呼，顽敌止步，他胜利归来。

再者，他的讲话有灵动之美。尖锐、敏感，善交流，不木讷，不怯场，能始终把握现场，牵引听众。

中国有句古话叫"扶不起的天子"，不是给你个位置你就会演戏。位高之人讲话时常犯两个毛病，或者底气不足，声音发抖；或者爱装个样子，拿腔拿调，失去真我。这都是不自信的表现。毛本来就是中国革命这个大舞台的总导演兼主角，何惧一场演说、一次讲话？相反，演说、讲话正是他与这个大舞台的有机组成部分。你看他在延安人民追悼平江惨案死难烈士大会上发表的演说：

今天是八月一日，我们在这里开追悼大会。为什么要开这样的追悼会呢？因为反动派杀死了革命的同志，杀死了抗日的战士。现在应该杀死什么人？应该杀死汉奸，杀死日本帝国主义者。但是，中国和日本帝国主义者打了两年仗，还没有分胜负。汉奸还是很活跃，杀死的也很少。革命的同志，抗日的战士，却被杀死了。……“限制”，现在要限制什么人？要限制日本帝国主义者，要限制汪精卫，要限制反动派，要限制投降分子。（全场鼓掌）为什么要限制最抗日最革命最进步的共产党呢？……（全场鼓掌）。

1954年他出访苏联，谈判紧张，难以抽身，但我留学生求见心切，在学校礼堂一直等了7个小时，不见不走。毛从外事现场赶来，发表了热情、风趣、理性的即席讲话，至今还传为美谈。这是真领袖，有魅力。古往今来有各种领袖，“扶不起的天子”与“真命天子”的区别之一就是敢不敢讲话。前者是时势牵着他的话语走，后者是他的讲话牵着时代走。言语通俗，善用修辞，讲话不但好懂，又很风趣。

毛虽是大知识分子，但不是经院派，始终和农民、工人、战士、干部厮磨滚爬在一起，他上接孔孟，下连工农，已做到集那个时代语言之大成。王明、康生由苏联乘飞机经新疆归来，他在延安的欢迎会上说，今天是喜从天降，我们在这里欢迎从昆仑山上下来的神仙。在延安文艺座谈会上他说，我们有武装的和文化的两支队伍，一支是朱（德）总司令的队伍，一支是鲁（迅）总司令的队伍。1956 年 4 月在中央政治局扩大会议上，他说春秋战国时期的百家争鸣，是 2 000 年前的人民意见，现在我们更应该百花齐放、百家争鸣。在 1959 年 1 月 20 日中央召开的知识分子会议上他讲，现在技术革命是革愚蠢无知的命，靠我们老粗是不行的。现在打仗，飞机飞到一万八千公尺的高空，飞的速度是超音速，没有高级知识分子不行。

你看，说昆仑山下来神仙，是从《封神演义》而来；由朱总司令风趣地过渡到鲁总司令；由春秋战国百家争鸣到现在的“双百”方针；说到要用高级知识分子，就高到一万八千公尺的高空。1939 年他在延安讲：“我们要用延安作风打败西安作风”。比喻、对称、拈连、借代、反差等修辞格熟练地运用，大幅度地时空调动，自然趣味横生。

这是最重要的，无论什么报告、讲话，总能上升到理性的高度，得出经得起实践和时间检验的结论，许多警句广为流传。

一首歌好听不好听，是看它能不能流传开来，能流传多少年；一个领导人的讲话好不好，是看这其中的句子能不能让人记住，让人引用，能留传多少年。好的句子是思想的结晶，是文章的名片，是文章传播的商标，能提升文章的品位和知名度。毛的讲话是一个领袖在指导工作，不是一个官员在应付，更不是一个小学生在背书。他的许多讲话、报告就是他对时局、对某个理论的研究成果。即使延安窑洞里那样艰苦的条件，那样紧张地战斗，他还是坚持读书、写作，认真准备讲稿。

奠定了抗日战争战略思想的《论持久战》就是毛1938年五六月在延安抗日战争研究会上的讲演。而即使是在一个普通战士追悼会上的讲话，也能谈及人生观、生死观，产生了“为人民服务”这样的名言。出访在外，接见留学生的即席谈话也有“世界是你们的，也是我们的，但是归根结底是你们的。你们青年人朝气蓬勃，正在兴旺时期，好像早晨八九点钟的太阳。希望寄托在你们身上”和“世界上怕就怕认真二字，共产党就最讲认真”这样的名言。这是真正的政治家、学问家的讲演，他胸有成竹，词从口出，既无政客式的作秀也没有刻意去附庸什么风雅。虽然，许多现场讲话在后来发表时做了一些修改，但那种轻松、自然、活泼、灵动的风格却留存下来，这是一种内功，单从字面上是永远学不来的。

现在收入《毛泽东选集》《毛泽东文集》中的119篇“讲话文章”无不体现了毛的这种风格。对一个干部来讲，会讲话，是能力的表现；对一个领袖来讲，会讲话是领导力的表现。而全党上下讲真话、讲新话，不讲空话、套话，则是一个政党的生命力的表现。

二、毛泽东怎样写公文文章

公文者，因工作而行的文字。因为这是具体事务，通常由公务人员来做。在封建时代衙门里有专职的师爷，后来又叫书记、文案、幕僚、秘书之类。他们是专职的公文写作人员，精于此道，研究此道，时间长了这也就成了一门学问，出了不少人才，留下一些名文。如原为李密义军书记，后成了唐太宗名臣的魏徵；徐敬业起兵反武则天，曾为徐幕僚起草了著名的《讨武曌檄》的骆宾王；蒋介石的“文胆”陈布雷。总之，这些公文之类文章，作为一把手的领袖很少亲为。

但毛泽东与人不同，战争时期他虎帐拟电文，依马草军书，撒豆成兵。进入建设时期，各种情况送达，案牍如山，他又批示、拟稿，甚至还亲自理稿子、写按语、编书。这确实是中外政治史和领袖丛中的一个特例。半是军情、政情所迫，他的亲政、勤政之习；半是才华横溢，文采自流。

第一点，这是最重要的，就是亲自动手，不要人代劳。所以毛的公文文章是领袖水平，不是秘书水平。

毛泽东一生亲自起草了大量的公文，如决议、通知、指示、决定、命令、电报等等。现收入四卷《毛泽东选集》和五卷《毛泽东文集》中的共 348 篇。毛是把“亲自动手”作为一项指令、一种要求、一个规定，下发全党严格推行的。这也是他倡导的工作作风，并以身作则，率先垂范。他在 1948 年为党内起草的《关于建立报告制度》中要求：“各中央局和分局，由书记负责（自己动手，不要秘书代劳），每两个月，向中央和中央主席作一次综合报告。”1958 年起草的《工作方法六十条》第 38 条规定“不可以一切依赖秘书”，“要以自己动手为主，别人帮助为辅”。

为什么强调“亲自动手”，事关勤政敬业，事关党风。草拟公文是一个领袖起码的素质。我们不是衙门里的老爷，是为民的公仆，况且所干之事大多为新情况、新问题，必须边调查研究，边行文试行，边总结提高。公文是工作的工具，是撬动难题的杠杆，草拟公文是领导人当然的工作。正如不能由别人代替吃饭一样，草拟公文也不能完全由部下代替。领导人的才干、水平在他亲拟的公文中体现，也在这个过程中不断增长提高。

毛泽东在西柏坡期间，一年时间亲手拟电报408封，指挥了三大战役，迎来了新中国的诞生。夺取政权靠枪杆子，更靠笔杆子。笔杆子是战略、策略、思想、方法，枪杆子是实力、武器、行动。毛是用笔杆子指挥着枪杆子夺取政权的。中国革命的胜利靠的是毛泽东思想，而从一定程度上说，靠的是毛泽东的一支笔。他从不带枪，却须臾不可离笔，天天写字行文。在指导公文方面毛甚至殚精竭虑，不厌其烦，经常提醒工作人员:“校对清楚，勿使有错”，“打清样时校对勿错”，还经常为公文改错。

1953年4月毛发现他的一个批示印错，便写信:

尚昆同志:

第一页上“讨论施行”是“付诸施行”之误，印错了，请发一更正通知。

毛泽东　四月七日

1958年6月《红旗》杂志第一期刊登毛的《介绍一个合作社》，毛发现多了一个“的”字，即写信:

陈伯达同志：

第四页第三行多了一个“的”字。其他各篇，可能也有错讹字，应列一个正误表，在下期刊出。

毛泽东　六月四日

1958 年成都会议期间印了毛主持选编的有关四川的古诗词，阅初稿时毛指出第 11 页第 2 行、第 13 页第 13 行各有一错。经查是李商隐《马嵬》中的“空闻虎旅传宵柝”错为“奉旅”，韦庄《荷叶》中的“花下见无期”错为“花不”。

这好像不可理解，不该是大人物去干的事。但李大钊、陈独秀、毛泽东、周恩来他们常常这样做。周恩来就常为了文件上的用词戴着老花镜查字典。第一代领导人许多都是知识分子出身，他们把这看得很有必要，又很平常。语言专家季羡林先生也常说不要羞于查字典。真是大音希声，深水不波。而我们现在一些领导干部，不肯亲为公文，却又爱寻词觅句，去做作秀文章。

第二，公文是实打实、一对一地工作指导，直接办公，要想一想是给谁看。必须准确、平实，禁用空话、套话。

公文属应用文、实用文之列，首先的要求是实用，陈言务去，不要套话，直指核心。如果说毛的讲话文章，多偏重思想理论的务虚，这一类则是实打实、一对一的工作指导，直接办公。公文不是用嘴，是用笔，它遵循的是文字写作的规律，又是指导工作的原则。所以一要准确，二要平实。准确，就是说出你的思想、你的要求，一针见血，到底要干什么。战争时期，形势瞬息万变，新中国成立初期，百废待兴，都容不得半点含糊。平实，就是有什么说什么，想要解决什么问题就说什么，不要东拉西扯，穿靴戴帽。同样，那时的形势也容不得你虚与委蛇。

毛泽东在 1951 年 1 月主持制定的《中央关于纠正电报、报告、指示、决定等文字缺点的指示》中特别加了一段“一切较长的文电，均应开门见山，首先提出要点，即于开端处，先用极简要文句，说明全文的目的或结论（现在新闻学上称为‘导语’，亦即中国古人所谓‘立片言以居要，乃一篇之警策’），唤起阅者的注意，使阅者脑子里先得一个总概念，不得不继续看下去”。这就是说公文的目的是要人知道你要干什么，你想解决什么问题。他在《反对党八股》中说：“共产党员如果真想做宣传，就要看对象，就要想一想自己的文章、演说、谈话、写字是给什么人看、给什么人听的，否则就等于下决心不要人看，不要人听。”

以毛草拟的这份《再克洛阳后给洛阳前线指挥部的电报》为例：

此次再克洛阳，可能巩固。关于城市政策，应注意下列各点。

一、极谨慎地清理国民党统治机构，只逮捕其中主要反动分子，不要牵连太广。

二、对于官僚资本要有明确界限，不要将国民党人经营的工商业都叫作官僚资本而加以没收。对于那些查明确实是由国民党中央政府、省政府、县市政府经营的，即完全官办的工商业，应该确定归民主政府接管营业的原则。但如民主政府一时来不及接管或一时尚无能力接管，则应该暂时委托原管理人负责管理，照常开业，直至民主政府派人接管时为止。对于这些工商业，应该组织工人和技师参加管理，并且信任他们的管理能力。如国民党人已逃跑，企业处于停歇状态，则应该由工人和技师选出代表，组织管理委员会管理，然后由民主政府委任经理和厂长，同工人一起加以管理。对于著名的国民党大官僚所经营的企业，应该按照上述原则和办法处理。

对于小官僚和地主所办的工商业，则不在没收之列。一切民族资产阶级经营的企业，严禁侵犯。

三、禁止农民团体进城捉拿和斗争地主。对于土地在乡村家在城里的地主，由民主市政府依法处理。其罪大恶极者，可根据乡村农民团体的请求送到乡村处理。

四、入城之初，不要轻易提出增加工资减少工时的口号。在战争时期，能够继续生产，能够不减工时，维持原有工资水平，就是好事。将来是否酌量减少工时增加工资，要依据经济情况即企业是否向上发展来决定。

五、不要忙于组织城市人民进行民主改革和生活改善的斗争。要等市政管理有了头绪，人心已经安定，经过周密调查，弄清情况和筹有妥善解决办法的时候，才可以按情况酌量处理。

六、大城市目前的中心问题是粮食和燃料问题，必须有计划地加以处理。城市一经由我们管理，就必须有计划地逐步解决贫民的生活问题。不要提“开仓济贫”的口号。不要使他们养成依赖政府救济的心理。

七、国民党员和三青团员，必须妥善地予以清理和登记。

八、一切作长期打算。严禁破坏任何公私生产资料和浪费生活资料，禁止大吃大喝，注意节约。

九、市委书记和市长必须委派懂政策有能力的人担任。市委书记和市长应该对所属一切工作人员加以训练，讲明各项城市政策和策略。城市已经属于人民，一切应该以城市由人民自己负责管理的精神为出发点。如果应用对待国民党管理的城市的政策和策略，来对待人民自己管理的城市，那就是完全错误的。

一九四八年四月八日

全文 900 多个字，条分缕析，将我党进入城市后遇到的新问题、新政策说得一清二楚，既好理解又便于执行。

不要以为准确、平实是起码、简单的要求，人人都能做到。而实际情况是平实最难，正如真人难做。官场的通病是官一当大、当久就有了架子。这“架子”一是为掩饰自己的空虚、低能；二是有意形成一个框子、套子，既能套住别人，自己又可偷懒，照葫芦画瓢。无论一个团体、政党还是政府，当上下都已形成老一套时，领导者是最好驾驭的，但这个团体、政党、政府也就老了。与这个“老”相配套的就是空话、老话、套话，写文章就拿腔拿调。韩愈、欧阳修反对的时文是这样，明清的八股文是这样，延安整风反对的“党八股”也是这样。政老则虚，师老兵疲，文走形式，这是政治规律也是文章规律。

第三，文章、文件尽量要短。“主要的和首先的任务，是把那些又长又臭的懒婆娘的裹脚，赶快扔到垃圾桶里去。”

毛在《反对党八股》中说：“我们有些同志欢喜写长文章，但是没有什么内容，真是‘懒婆娘的裹脚，又长又臭’。”“现在是在战争的时期，我们应该研究一下文章怎样写得短些，写得精粹些。延安虽然还没有战争，但军队天天在前方打仗，后方也唤工作忙，文章太长了，有谁来看呢？有些同志在前方也喜欢写长报告。他们辛辛苦苦地写了，送来了，其目的是要我们看的。可是怎么敢看呢？长而空不好，短而空就好吗？也不好。我们应当禁绝一切空话。但是主要的和首先的任务，是把那些又长又臭的懒婆娘的裹脚，赶快扔到垃圾桶里去。”

毛说的长文之风，现在已是见怪不怪。一个不管什么活动的通知，也要“指导思想”“宗旨”“目的”“内容”“组织领导”等等，一段一段地套。好像长江大桥，前后引桥很长，而就是一步可跨的小河，也要修这么长的引桥。文风日下，文字日长！我们看毛泽东指挥三大战役的电文，最长的一篇《关于平津战役的作战方针》不过800字；党中央撤出延安、转战陕北这么大的事，只发了两个文件：一个指示、一个通知，加起来700多字。他为人民英雄纪念碑拟的碑文只有124个字，英雄不朽，文字不朽：

> 三年以来，在人民解放战争和人民革命中牺牲的人民英雄们永垂不朽！三十年以来，在人民解放战争和人民革命中牺牲的人民英雄们永垂不朽！由此上溯到一千八百四十年，从那时起，为了反对内外敌人，争取民族独立和人民自由幸福，在历次斗争中牺牲的人民英雄们永垂不朽！

“文化大革命”后期，知青问题成了一大社会难题，这是毛当初号召知青上山下乡所始料不及的。为推动解决问题，也是一种表态，毛给反映问题的人回了一信，并公开发表，信只有20多个字：“寄上三百元，聊补无米之炊。全国此类事甚多，容当统筹解决。”就是这封信，开启了知青运动的转折。

文章一长，人们不读不看等于没有写。明知无用为什么还要写、要发呢？因为是公文，是权力文章，可以滥用职权，而职权滥用的结果是脱离群众，脱离实际，政治腐败。什么是政治？孙中山说是治理众人之事，毛泽东说是把我们的人搞得多多的。失去了大众（听公文、执行公文的人），失去了人心，追随者愈来愈少，就党亡政息。历史从来如此。魏晋的清谈、明清的八股就是例证。

第四，尽可能生动，多一点美感。“哪一年稍稍松动一点，使读者感觉有些春意，因而免于早上天堂，略为延长一年两年寿命呢！”

文字写作是一个庞大的体系，公文在修辞学上属于消极修辞，最讲平实，亦很枯燥，但毛泽东写公文也力求生动。他的审美追求无处不在，于鲜明、准确、实用之余，居然还有几分潇洒，这又见出他文人气质的一面。

一般来讲，公文写作要求明白、简洁，不一定求美，但是你不能折磨人。这就像吃饭，不一定是多么好的美味，但你不能总往饭里掺沙子，这谁受得了？作为最高领袖，毛每天要看多少公文，你老折磨他，他也是要发脾气的。

1958 年 9 月 2 日，他震怒了，批示《对北戴河会议工业类文件的意见》：“我读了两遍，不大懂，读后脑中无印象。将一些观点凑合起来，聚沙成堆，缺乏逻辑，准确性、鲜明性都看不见，文字又不通顺，更无高屋建瓴、势如破竹之态……。讲了一万次了，依然纹风不动，灵台如花岗之岩，笔下若玄冰之冻。哪一年稍稍松动一点，使读者感觉有些春意，因而免于早上天堂，略为延长一年两年寿命呢！”

在毛泽东眼里，公文要起调动情绪、统一思想、指导工作的作用。怎样才起作用？除内容外还靠语言的生动，靠美的感召。他说“修正文件，字斟句酌，逻辑清楚，文字兴致勃勃”，使人看了“解决问题，百倍信心，千钧干劲，行动起来”。公文主要是说事、说理，但也不完全排斥形、情、典，用得好事半功倍。

中国是个文章的国度，自古实行文官政治，先过科举再当官，到当上官时文章大都过关，所以许多公文亦是美文，传为佳话。李密的《陈情表》是一封写给皇上的拒绝当官的信，丘迟的《与陈伯之书》是一封两军阵前的劝降书，魏徵的《谏太宗十思疏》是一份议政的奏折。都是常选不衰，留存于文学史的。

《毛泽东选集》《毛泽东文集》中不乏美文。如《祭黄帝陵》《中国人民解放军宣言》等。在《宣言》中毛说："总而言之，蒋介石二十年的统治，就是卖国独裁反人民的统治。到了今天，全国绝大多数人民，地无分南北，年无分老幼，都认识了蒋介石的滔天罪恶，盼望本军从速反攻，打倒蒋介石，解放全中国。"这是绝妙的用典，用蒋在抗日声明中的名言来打蒋的耳光。再如这样的句子："本军全体指挥员、战斗员同志们！我们现在担负了我国革命历史上最重要最光荣的任务，我们应当积极努力，完成自己的任务。我伟大祖国哪一天能由黑暗转入光明，我亲爱同胞哪一天能过人的生活，能按自己的愿望选择自己的政府，依靠我们的努力来决定。"这是号召，是动员，也是抒时代之情。

三、毛泽东怎样写新闻文章

什么是新闻？新闻是受众关心的新近发生的事实的信息传递。

毛泽东领导中国人民进行伟大的解放事业，无时不在发生重大事件，又无时不受到解放区内外、国内外受众的关注。连斯诺这样的西方记者也要突破千重阻隔来报道毛和他的事业。写新闻本来不该是毛或政治领袖们干的事情，他们是新闻的主体，是创造时势的英雄，是被采访的对象，各国领袖亲自上阵写新闻的也确实少见。但毛泽东要亲自操刀，而且还留下了50多篇写作和修改的新闻作品（见《毛泽东新闻工作文选》新华出版社1983年12月版）。这在中外政治史和新闻史上也是罕见的一例。

可能有一个原因，中国革命是农民革命，队伍中的文化人不多，人手不够，毛急而无奈，只好亲自上阵。当然还有一个理由，毛未当领袖时就在北大旁听新闻，又回湖南创办刊物。他身怀绝技，技痒难熬，关键时刻别人撰的稿又不合他意，便亲自拍马上阵。他也确实技高一筹，留下了不朽的新闻名篇和几段新闻佳话。

毛泽东怎样写新闻？有两个鲜明的特点：一是讲政治，有高度，有气势，留下了时代印痕；二是语言生动、简洁，有个性。说到底是杀鸡用牛刀，冰山露一角，这是一个政治家、文学家在借媒体的一角来作文章。本来新闻这个行当有两个重要的助手：政治和文学。汝欲学新闻，功夫新闻外，政治制高点，文学为翅膀。毛泽东政治引领，文学润色，这种新闻以外的功夫，不是普通记者、报人所能比的。

（一）用政治家的眼光写新闻

毛泽东是主张政治家办报的。解放后有一次佛教人士赵朴初陪毛泽东见外宾，客人未到。毛问道："佛经里是不是有这样的句式：赵朴初不是赵朴初，是名赵朴初。"毛是大政治家，在他眼里，新闻不是新闻，是名为新闻，而实质是政治（新闻有四个属性：信息、政治、文化、商品）。他是把新闻当作政治，当作军事棋盘上的棋子来用的。在著名的《对晋绥日报编辑人员的谈话》中，开篇第一句就是："我们的政策，不光要使领导者知道，干部知道，还要使广大的群众知道。"他在《〈政治周报〉发刊理由》中说，反攻敌人的方法就是"忠实地报告我们革命工作的事实"。他亲自动笔，用新闻稿、评论、发言人谈话、按语等多种文体来宣传群众，反击敌人。

1945 年，蒋介石要破坏和平，挑起内战。胡宗南欲进攻陕甘宁边区，毛立即写了《爷台山战事扩大》揭其预谋，制敌于未动。1948 年，蒋介石、傅作义欲偷袭石家庄，威胁已进驻西柏坡的党中央。毛写了《华北各首长号召保石沿线人民准备迎击蒋傅军进扰》将蒋军之兵力、部署公之于报端，敌虽出兵，见我有备，只好撤回。其实当时我之守备实在空虚，这是一出名副其实的空城计。而当我军进入反攻阶段后，他的新闻稿《中原我军占领南阳》《我三十万大军胜利南渡长江》《人民解放军百万大军横渡长江》《南京国民党反动政府宣告灭亡》，又是一声声进军的号角。这些新闻稿都是政治炸弹。

虽然是从政治上着眼，为战略服务，毛的新闻稿还是写得中规中矩有板有眼，时间、地点、人物、现场，跃然眼前。他是用新闻来翻译政治的。下面仅举一例：东北解放军正举行全线进攻，辽西蒋军一个军被我包围击溃：

【新华社辽西前线二十七日十七时急电】由沈阳进至辽西的蒋军五个军，已全部被我包围和击溃。我军俘敌数万，现正猛烈扩张战果中。此五个军，即新一军、新三军、新六军、七十一军、四十九军，全部美械装备，由廖耀湘统率，锦州作战时即由沈阳进至新民、彰武、新立屯地区。锦州攻克，长春解放，该敌走投无路，全部猬集黑山、北镇、打虎山地区，企图逃跑。我军迅移锦州得胜之师回头围歼，飞将军从天而降，使该敌逃跑也来不及。蒋军尚有五十二军、五十三军、青年军整编二〇七师（辖三个旅）及各特种部队、杂色部队，在沈阳、铁岭、抚顺、本溪、辽阳、新民、台安等处，一部占我海城、营口，连廖兵团在内，共有二十二个正规师，加上其他各部，共约二十万至三十万人，为蒋军在东北的主力。廖兵团五个军，则为其主力中的主力。从十五日至二十五日十一天内，蒋介石三至沈阳，救锦州，救长春，救廖兵团，并且决定了所谓“总退却”，自己住在北平，每天睁起眼睛向东北看着。他看着失锦州，他看着失长春，现在他又看着廖兵团覆灭。总之一条规则，蒋介石到什么地方，就是他的可耻事业的灭亡。我东北人民解放军全军现正举行全线进攻，为歼灭全部蒋军而战。

——《人民日报》一九四八年十月二十九日

这条 465 个字的消息又是一颗政治炸弹，是强烈地针对战场形势和国共两党斗争的时局。

开始一句导语“蒋军五个军，已全部被我包围和击溃”之后，就不厌其烦地将战事的时间、地点、过程、结果反复交代，甚至敌军的番号、位置、路线也说得极详细具体。因为是决战的关键时刻，受众（包括敌我双方）对战场上每时每刻的势态、军力变化都极为关注。不要小看这一点，我们现在的许多记者、通讯员经常在稿件中丢掉重要细节，读者最想知道的要素他就是不说。究其原因是受众意识淡漠。

什么是新闻？新闻是受众关心的新近发生的事实的信息传递。1919 年徐宝璜在北京大学首开新闻学时就强调“新闻是阅者所关心之最近之事实”。可惜解放后半个多世纪，新闻教科书中的定义都不提“受众”（阅者）。特别是有些报纸形成了我说你听的坏文风，更忽视了这个最基本的新闻规律。平时记者写稿经常以我为主，忘了读者是上帝。受众是新闻能成立的前提，没有人看的新闻，说了没用，构不成新闻；受众关心的新闻，你说不全，等于白说，也构不成新闻。没有受众，就没有新闻，就这么简单。学术中许多最基本的原理并不高深，只是自然的存在，只要到实践中一悟就知。

毛的军事新闻稿都是用来长我志气、瓦解敌军、扭转形势的，有极强的指向性，在这里他使用新闻要素（军情）如同用兵。相信每读到稿中一个被歼灭的敌军番号，我军民都为之一跃，而蒋介石则心中一阵剧痛。用事实说话，这就是新闻的力量，也正如毛在《〈政治周报〉发刊理由》中连说的四个“请看事实”。

（二）用个性的语言写新闻

长期以来，我们的消息、广播，读来、听来都是一个味，没有了个性。我们常说“文如其人”，语言就是作者的镜子，能照见他的风采。毛泽东的新闻语言简练、通俗。这也是新闻写作最基本的要求，但又是最难的，难在出新，难在简练、通俗，难在共性之中有个性。

新闻语言有两个源头，一是电报语，要求简而明。因为当初报纸的消息都是电稿，以字算钱，不能奢侈，逼你精悍。二是口头语，消息要读，要听，要求通俗。可惜“经院派”“新华体”都做不到这一点。毛泽东古文底子深，长期以电文指导战争和工作，惜墨如金，数字如珠；又长期与干部、战士、农民生活在一起，声息相通，言语交融。又难得他能将这二者完美地结合。

如“锦州攻克，长春解放，该敌走投无路，全部猬集黑山、北镇、打虎山地区，企图逃跑。我军迅移锦州得胜之师回头围歼，飞将军从天而降，使该敌逃跑也来不及”。这两句基本上是古文、电文的味道，特别如“猬集黑山”“迅移锦州”“飞将军从天而降”更有书卷气，但到最后一句落地“该敌逃跑也来不及”则完全是口语，真是大俗大雅。类似的句式在其他新闻稿中还有不少，如“敌亦纷纷溃退，毫无斗志，我军所遇之抵抗，甚为微弱。此种情况，一方面由于人民解放军英勇善战，锐不可当；另一方面，这和国民党反动派拒绝签订和平协定有很大关系。国民党的广大官兵一致希望和平，不想再打了，听见南京拒绝和平，都很泄气”（《人民解放军百万大军横渡长江》）。这就是毛文，也是毛的新闻稿的魅力，严肃时如宣言，平易处像说话，以叙述为主，却充满感情，工人、农民读了不觉为深，专家教授读了不觉为浅，这种语言的功夫有几人能够。

（三）新闻以外的功夫，叙事之外的“情”与“理”

按常规，消息就是客观事实的报道，就是客观叙述，作者不能抒情，不能评论，如实在有话要说，再另写言论。但毛不管这一套，写稿如用兵，不循常规，想说就说，舍我其谁。如本稿中的结尾处“从十五日至二十五日十一天内，蒋介石三至沈阳，救锦州，救长春，救廖兵团，并且决定了所谓‘总退却’，自己住在北平，每天睁起眼睛向东北看着。他看着失锦州，他看着失长春，现在他又看着廖兵团覆灭。总之一条规则，蒋介石到什么地方，就是他的可耻事业的灭亡。我东北人民解放军全军现正举行全线进攻，为歼灭全部蒋军而战”。应该说这已超出本消息的事实，可以不要，但毛意犹未尽，随手一笔点评，辛辣地讽刺、调侃、嘲弄，更有一种必胜的豪情。

如《中原我军占领南阳》除开头一句导语说最新事实外，整篇都是对形势的叙述评论，结尾一句调侃加幽默，“王凌云到襄阳，大概是接替宋希濂当司令官。但是从南阳到襄阳，并没有走得多远，襄阳还是一个孤立据点，王凌云如不再逃，康泽的命运是在等着他的”。

这种笔法后人是学也学不来的，只有欣赏的份儿了。他是在写新闻，但这是一个政治家笔下的新闻，是“名新闻”、实政治。杀鸡用牛刀，冰山露一角。所谓经典就是空前绝后，因为你再也不可能重回那个时代，不可能有作者那样的经历、那样的气势、那样的修养。大道无形，许多艺术领域都是只可意会。如梁启超说苏东坡的书法不要去学，因为你是学不到的。

在政治家、文章家毛泽东的眼里，新闻确实不只是“名新闻”，而更是政治、更是文学。当年在湖南第一师范，毛热心读报，细心研究模仿梁启超的报章文字，在北京大学旁听新闻理论，在长沙办《湘江评论》，在广州办《政治周报》，现在他借新闻的外衣来裹滚烫的政治，来吹起响亮的战斗号角。他的新闻稿一有新闻之规，二有政治之势，三有文学之美。呜呼，唯其人才有其文，又唯其时才得其文，这恐怕也只能是绝唱了。

新闻消息之外，毛还为媒体写了许多社论、时评、声明、按语、发言人谈话等，都尖锐泼辣、生动活泼，在中国人民解放的大潮中风助火势，起到摧枯拉朽的作用。解放后，毛借新闻指导工作主要是修改社论文章，可惜时势已异，再没有出现新的高峰。

四、毛泽东怎样写政论文

（一）政论文就是政治加文学

毛泽东写得最多的是政论文，而且大多都写成了美文。本来政论文就是由两个部分组成：政治加文学。这是两个基本点。可惜近年来，文学因素常被忽视，政论文也成了枯燥、生硬的代名词，而被异化出散文领域。殊不知，中国古代散文一直是以政论文为王的，有许多最优秀的篇章恰恰出至政论题材和政治家之手。

政论就是论政，是在进行政治斗争、政治建设，写作之前心中有论敌，有靶子，言必中的；写作中笔下有论点、论据，以理服人。论文是政治家最常用的武器，一个政治领袖不会写论文，犹如一个战士不会打枪。政论文是中国文章史的脊梁，从贾谊到梁启超，代代相续，玉树常青。一部政治文章史就是一部政治发展史，与中国的朝代更替、时代变革相缠相绕，绵延不绝。

政论文是以文论政，是用文学翻译政治，是笑谈真理。一个政治家开会、谈话、制定策略、领导战争和建设等等，是搞政治。但还有一个重要的手段就是宣传自己的思想，这要用到文字，要借助文学之美，不但入理还要动情。

毛泽东是熟读并仔细研究过前人的政论文的，汲取了他们的营养，也学习了他们的技法。毛最佩服贾谊，说他是两汉最好的政论家。毛还推崇范仲淹、曾国藩，说他们既能做事，又会写文章。他又曾有一段时间模仿梁启超的文章，说梁是他写作的老师。他最推崇鲁迅，说：“他用他那一支又泼辣，又幽默，又有力的笔，画出了黑暗势力的鬼脸，画出了丑恶的帝国主义的鬼脸，他简直是一个高等的画家。”他说朱自清的文章也好，但不如鲁迅有战斗性。毛是仔细研究过怎样把政治写得更文学一些的。

毛文是典型的政治家文章。一是有强烈的战斗性，不离政纲，旗帜鲜明，指向明确，绝无呻吟之作。毛说：“与天奋斗，其乐无穷！与地奋斗，其乐无穷！与人奋斗，其乐无穷！”在他的文章里能体会到与他的政敌搏斗的无穷乐趣。他把笔杆子当作战斗的武器，而毫无文人吟风弄月、玩弄文字之习。这是时代使然，一代领袖占据着空前的政治高度，在用文章指挥队伍冲锋陷阵。

二是思想深刻，犀利尖锐，有理有据，绝无空话、套话。他说要用马克思主义的方法观察问题，提出问题，分析问题和解决问题，要“想一想在写给谁看”，他是从理论的高度解决实践中的问题。

三是学识丰富，用典贴切，是从中国文化、民族传统的角度出发创造性地运用和丰富马克思主义，反过来又发展了中国文化。文章极富有中国特色、中国气魄。这已超出政治范畴而具有了文化意义。

四是有自己个性的语言，虽然是在说政治但并不枯燥，既典雅又通俗，既庄重又幽默，既古典又现代。这语言来自古典文学语言、群众语言、报告讲话语、新闻报章语、公文用语，是熔多种语言于一炉冶炼成的高强合金，掷地有声、闪闪发光、斑斓多姿。只有他这样饱读诗书、揭竿起事、信仰马列、历经战火、终成领袖的人才可能造就这种特别的语言。

依其公务之身和领袖之责，毛文的内容总脱不了谈工作、谈政治，但是毛泽东骨子里有文人的一面，有追求文章审美的情怀。毛是把政论当文学来做的。毛身上至少有四重身份：政治家、军事家、哲学家、文章家。他是假文学之手来行政治之责，在工作之时不自觉地创作政治美文。这种手写的文章与“讲话文章”比多了书面的讲究；与行政公文比脱去了具体事务的枯燥；与新闻稿比又跳出了叙事的体例，不受时空环境的限制，常嬉笑怒骂，更见情见理。每篇文章虽都负有专门的指导任务，但从审美角度看，则都已进入了文学领域。或者作者习以为常，竟未察觉，而后人读来益觉其美。

文学与政治的区别在哪里？政治是理，文学是情。政治是权力，是斗争、夺权、掌权，是硬实力；文学是艺术，是审美、怡情，是软实力。政治文章可以强迫人接受（如布告、命令），文学作品只靠情与理来吸引人阅读。政治是要服从遵守的，文学是可以欣赏的。

一篇文章美不美有三个标准：描述的美、抒情的美和哲理的美。在一般专业文人的作品中大都止于前两个层次的美，而一般政治家的文章大都没有前两个层次的美，哲理倒是有一点，但又常常表达笨拙、枯燥，也不甚美。我们在毛泽东的文章中除了可以读到深刻的思想，经常能同时欣赏到描述的、抒情的和哲理的美（这在后面有专门介绍）。这是毛文的一大特点，是毛的过人之处。

在中国共产党历史上，为什么唯有毛文独领风骚呢？奥妙就在于毛从政治跨入了文学，古典文学、民间文学、诗词赋等抒情文学、小说笔记等叙事文学，无所不通。而许多政治领袖没有跨出这一步。不要小看这一点，就像金属中的合金，加进一点，性质就有了根本的改变。仅这一点就拉开了距离，硬是赶不上。

政治美文要能写出美感，能将政治理念表达为美好的可欣赏的东西，这是一门学问，是一门跨界的综合艺术。纯文人或单纯的政治家都干不了。毛是既占有好料又能做出好菜的大厨，是空前绝后的散文大家。

政论文之外，同样是服从于政治斗争，毛还熟练地运用了其他文体，如书信体（致宋庆龄、蔡元培、徐特立等的信）、悼亡体（《为人民服务》《纪念白求恩》等）、通电体（类似古代的檄文，如讨汪精卫电）、考察报告（如《湖南农民运动考察报告》）等等。对毛来说，已分不清是挟着政治风雷在文学领域振聋发聩，标新立异；还是乘着文学的春风，在政治领域移花接木，植松栽柳。他亦文亦政，亦古亦新，古今领袖唯此一人。

（二）关键是有自己的思想：高屋建瓴，唯求出新

如前所述，政论文既是政治加文学，那么研究政论文的写法就可以简化为两个问题：一是如何表达思想，即它的内容；二是如何提升美感，即它的形式。

思想即文章的观点、主题、立意。这是政论文的灵魂。一篇文章

总要给人一点新的思想，读了才有用。我们都知道是科学推动着社会的进步，科学又分自然科学和社会科学。前者是靠新的发现、发明，被称为科学家；后者是靠新的思想，被称为政治家、思想家。在自然科学界，如果没有新的发现就被人淘汰，历史只记住牛顿、爱因斯坦。在政界如果没有新的思想，也要被人淘汰，历史只记住马克思、毛泽东、邓小平。

当前政界、知识界有一种轻浮、狂躁症，急着写文章、出书，为自己贴标签，树形象。写政论文就像科学家搞科研一样严肃，是靠思想成果说话。社会、革命、建设、改革就是他的实验室。政论文是他的实验成果报告。所以政论文好不好，第一条是看他有没有新思想，看立意的高度、深度。这本来也是一切政论文所遵从的规律。如贾谊的《过秦论》，讲一个政权为什么覆灭的道理；魏徵的《谏太宗十思疏》，讲一个政权怎样巩固的道理；梁启超的《少年中国说》，讲复兴中华的道理。他们讲得对，讲得好，文章就流传下来。

毛是进入 20 世纪以来的伟人，是当中国处于由封建、半封建向民主主义、社会主义过渡之时的领袖人物，他站在以往所有巨人的肩膀上，讲 20 世纪的中国怎样革命、进步。他讲历史唯物主义，讲社会历史的演进之理；讲马克思主义怎样与中国的实际相结合，改造旧中国；讲中国共产党建党和中国革命之理；讲人民战争、民族战争取胜之理；讲群众路线之理；讲辩证唯物主义的哲学之理；等等。这些道理都是可以放到每一本政治、哲学、军事专业书里去讲的，但是毛却用文学的语言，结合当时当地的情况，把它表达出来。他是用文学翻译政治的高手。毛泽东是政治家，他写文章的目的是宣传、解释党的方针、路线，团结人民向一个目标奋斗，所以无一文章不在说理。高屋建瓴，唯求一新，毛文的好看，首先是因为他说出了许多新鲜的、深刻的道理。

你看他这样讲革命斗争：

斗争，失败，再斗争，再失败，直至胜利——这就是人民的逻辑。

——《丢掉幻想，准备斗争》

夺取全国胜利，这只是万里长征走完了第一步。如果这一步也值得骄傲，那是比较渺小的，更值得骄傲的还在后头。……

中国的革命是伟大的，但革命以后的路程更长，工作更伟大，更艰苦。这一点现在就必须向党内讲明白，务必使同志们继续地保持谦虚、谨慎、不骄、不躁的作风，务必使同志们继续地保持艰苦奋斗的作风。

——《在七届二中全会上的讲话》

这样讲战略战术：

外表很强，实际上不可怕，纸老虎。外表是个老虎，但是，是纸的，经不起风吹雨打。……比如它有十个牙齿，第一次敲掉一个，它还有九个，再敲掉一个，它还有八个。牙齿敲完了，它还有爪子。一步一步地认真做，最后总能成功。

——《美帝国主义是纸老虎》

这样讲批评与自我批评：

要注意听人家的话，就是要像房子一样，经常打开窗户让新鲜空气进来。为什么我们的新鲜空气不够？是怪空气还是怪我们？空气是经常流动的，我们没有打开窗户，新鲜空气就不够，打开了我们的窗户，空气便会进房子里来。

——《在中国共产党第七次全国代表大会上的口头政治报告》

这样讲认识论：

什么叫问题？问题就是事物的矛盾。哪里有没有解决的矛盾，哪里就有问题。

——《反对党八股》

什么叫工作，工作就是斗争。那些地方有困难、有问题，需要我们去解决。我们是为着解决困难去工作、去斗争的。

——《关于重庆谈判》

规律是在事物的运动中反复出现的东西，规律既然反复出现，因此就能够被认识。

——《读苏联〈政治经济学教科书〉的谈话》

我们要使错误小一些，这是可能的。但否认我们会有错误，那是不现实的，那就不是世界，不是地球，而是火星了。

——《不要迷信在社会主义国家里一切都是好的》

在他之前中国的政治家、文学家的作品中没有讲过这些道理，更没有人用亲身的经历来诠释这些道理。我们读毛泽东的文章总是新风扑面、不烦不厌。就是因为他总能说出一点新道理，总能把问题说清、说透，让你茅塞顿开。

政论文章最怕没完没了地重复老调。中国历史发展迟缓，就是因为太多地重复旧思想。中国到封建社会的末期总在重复“子曰”而走向末路；“文化大革命”就是因为总在重复阶级斗争那些老调，再也搞不下去；到 1978 年真理标准讨论前，就是因为搞“凡是”，总重复毛的语录，党就走向僵化。现在最可怕的是今天重复昨天的，下面重复上面的，这个报告抄那个报告，这个报纸抄那个报纸，层层重复，天天重复，美其名曰“步调一致，形成合力”，结果味同嚼蜡，没有人看。我们看《毛泽东选集》，每一篇文章都是何等的鲜活。

（三）永不脱离实践：理从事出，片言成典

依托实践，从实际出发写作，借事说理，是毛文的一大特点。理论本来就是出于实践又高于实践，指导实践。政论文就是论政、议政，它既是工作的过程，是完成任务的工具，又是工作的结果，是工作这棵大树上的花朵。它虽然也是文学，但它不是叙事文、抒情文，更不是诗词歌赋，它是政治，是真理，在文章诸兄弟中是最秉性严肃而作风实在的一个。它主要不是用来抒情、审美的，而是用来工作或者战斗的。

这就带出一个基本问题，政论文的写作必须事出有因，通过具体的事来说理，然后上升到理论。也就是我们常说的理论来自实践，指

导实践。这在文学创作则是来于生活，高于生活。正如文学与生活密不可分，政论文也需要生活——政治生活，单纯在书房里是写不出来的。毛泽东的文章总是自自然然地从其中一件事说起，然后抽出理性的结论。不要小看这一点，这就是为什么政治家、领袖的文章总是比专业作家的文章更有力，更好看。

毛泽东的文章都是依据他所经历的中国革命的大事而写成的。从1921年建党到1949年新中国成立，凡中国人民、中华民族经历的大事毛文中都写到了，而且往往是直取核心，如大革命时期的农民运动（《湖南农民运动考察报告》），土地革命战争时期的根据地斗争（《中国的红色政权为什么能够存在》），抗日战争时期的对日斗争（《论持久战》），解放战争时期的战略、策略（《将革命进行到底》）。甚至一些重要的事件都有专门文章，如西安事变、皖南事变、重庆谈判。我们看毛泽东是怎样从实际斗争中酿造思想的。

重庆谈判，无疑是解放战争期间的一件大事。抗日战争刚刚胜利，国内阶级矛盾又上升为主要矛盾。两党30多年打打停停、怨深似海，蒋介石对共产党言必称“匪”，这时却突然邀毛去谈判，不知葫芦里卖的什么药。毛慨然前往，并达成协议，全党上下疑问不少。他就写了《关于重庆谈判》。他先讲了在重庆的谈判这件事：

这一次，国共两党在重庆谈判，谈了四十三天。谈判的结果，已经在报上公布了。现在两党的代表，还在继续谈判。这次谈判是有收获的。国民党承认了和平团结的方针和人民的某些民主权利，承认了避免内战，两党和平合作建设新中国。这是达成了协议的。还有没有达成协议的。解放区的问题没有解决，军队的问题实际上也没有解决。

当时国民党并无诚意，不断制造摩擦，党内外最担心的是毛的安全。毛在重庆说不要怕摩擦，你们狠狠打，你那里打得越好，我这里越安全。他又讲了谈判会场外面的形势：

国民党一方面同我们谈判，另一方面又在积极进攻解放区。包围陕甘宁边区的军队不算，直接进攻解放区的国民党军队已经有八十万人。现在一切有解放区的地方，都在打仗，或者在准备打仗。现在有些地方的仗打得相当大，例如在山西的上党区。太行山、太岳山、中条山的中间，有一个脚盆，就是上党区。在那个脚盆里，有鱼有肉，阎锡山派了十三个师去抢。我们的方针也是老早定了的，就是针锋相对，寸土必争。这一回，我们“对”了，“争”了，而且“对”得很好，“争”得很好。就是说，把他们的十三个师全部消灭。他们进攻的军队共计三万八千人，我们出动三万一千人。他们的三万八千被消灭了三万五千，逃掉两千，散掉一千。这样的仗，还要打下去。

然后他得出结论，我们的方针，就是“针锋相对”，他要谈，我们就去谈；他要打，我们就打。

> 他来进攻，我们把他消灭了，他就舒服了。消灭一点，舒服一点；消灭得多，舒服得多；彻底消灭，彻底舒服。事情就是这样，中国的问题是复杂的，我们的脑子也要复杂一点。

中学课堂上作文，老师就开始教“夹叙夹议”。毛这里就是夹叙夹议，但他是这样举重若轻。谈判和时局说得清清楚楚，而且不乏文学叙述的美感。

你看“太行山、太岳山、中条山的中间，有一个脚盆，就是上党区。在那个脚盆里，有鱼有肉，阎锡山派了十三个师去抢”。这种轻松与幽默的叙事，哪里像政论文？最后推出一个大结论，一个中国革命的真理：“他来进攻，我们把他消灭了，他就舒服了。消灭一点，舒服一点；消灭得多，舒服得多；彻底消灭，彻底舒服。”这句话已经深入人心，以后在许多地方经常被引用，甚至人们已经不大注意最初的出处。这就叫“理从事出，片言为典”，从一件具体的事出发总结出普遍的真理，浓缩成一句话，而成为经典。

青出于蓝而胜于蓝，理论就是这样，它一旦从实践中破壳而出，就有了独立的指导意义。类似的例子我们还可以举出很多，比如著名的“为人民服务”思想就是在一个普通战士的追悼会上说的，而纪念国际主义战士白求恩的文章则产生了关于做人标准的名言：“我们大家要学习他毫无自私自利之心的精神。从这点出发，就可以变为大有利于人民的人。一个人能力有大小，但只要有这点精神，就是一个高尚的人，一个纯粹的人，一个有道德的人，一个脱离了低级趣味的人，一个有益于人民的人。”什么叫经典？常念为经，常说为典。经得起后人不断地重复，不停地使用。理从事出，片言为典，这是毛泽东的本事，是毛文的魅力。

时下政界、报界有一个误区，以为只要组织一个写作班子，起一个响亮的笔名，在报上占大一块版面，就能有轰动的文章。其实这种空中楼阁，没有人看。党的十八大专门就党风、文风的整顿提出“八条”意见，习近平总书记指出“长、空、假”是当前文风的主要毛病。为什么“长、空、假”呢？主要不是写作技巧问题，而是思想作风层面的问题，是私心作怪。这又有两个原因。

一是私心所起之虚荣心、功利心。小则把发表文章看成一种荣誉、成绩、才华，用来作秀，从来不想解决什么实际问题；大则把文章当作升官的阶梯，企图引起领导重视，造成社会舆论，为提拔重用铺路。

二是私心所起之懒惰心。懒得去深入调查研究，读书思考，加工创造。按照上面的调子套下来，常用的口号填进去，剪贴拼凑一点社论、评论、领导讲话。这就是我们常说的“套话”文章。或者两种心里都有，既想偷懒，又想升官、作秀。这种作风已经脱离了工作的宗旨。

毛泽东讲：“什么叫工作，工作就是斗争。那些地方有困难、有问题，需要我们去解决。”既然是为私，偷懒，不准备斗争、解决问题、解决困难，怎么能指望文风出新、文章出新呢？作者在报社工作多年，深为编读“长、空、假”的稿件所苦（如毛所说：“哪一年稍稍松动一点，使读者感觉有些春意，因而免于早上天堂，略为延长一年两年寿命呢！”），深为干部、领导干部争上版面所苦。连头版二版都要争，字多字少都要比，何谈什么无私、牺牲、创新呢？可见文风之败是因党风、世风之衰。一个干部如果工作能创新，文章也就有新意；如果工作平平，却望借文章出名，那真是欺世盗名。汝欲学文章，功夫在文外，先正人心，再谈技巧。

说到技巧，我这里试号脉并开一个药方。依作者多年编稿所见，干部写作投稿常犯这样几个毛病：（1）居高临下，发号施令。训话式写作，与读者不平等。（2）太长太空，没有内容。应酬式、作秀式的写作，没有明确的目标、靶子。本来也不准备解决问题。（3）枯燥干瘪，没有细节。公文式写作，不会运用形象思维。（4）语不准确，糊涂为文。基本的概念、逻辑关系都没有搞清。（5）语言不美，动不起来。读书太少，没有修辞训练。

当然，最根本的解决方法是多读书，提高修养，但这不是一天就可以做到的。只要心诚，不要自欺欺人，真想写作可以试一试这个笨办法，“五步写作法”，也比较好操作：（1）能提出一个新问题（证明你是在思考，有的放矢）；（2）有一个自己悟到的新思想（可看出你对理论的理解）；（3）有一个自己精心挑选的例子（证明你经过了调查研究，已能理论结合实际）；（4）有一个合适的比喻或典故（这说明你已吃透了原理，能深入浅出）;（5）有与文件不同的语言（说明你不是抄文件、抄社论、讲话）。这个办法比较笨，但只要上了这个线，你就从党八股中解放出来了。不是文件语、秘书语，是你自己在说话了。

不脱离实践，强调理从事出，这有点像作家不脱离生活，其实是一个道理，只不过文学作品产生的主要是审美效果，政论文产生的主要是思想效果。

（四）善于综合运用：一字立骨，五彩斑斓

我曾有专文《文章五诀》，谈作文方法。文章之法就是杂糅之法、出奇之法、反差映衬之法、反串互换之法。文者，纹也，五色花纹交错成锦绣文章。古人云：文无定法，行云流水。是取行云流水总在交错、运动、变化之意，没有模式，没有重样。多色彩，能变化就是美文。怎么变呢？主要是综合运用形、事、情、理、典这五种手段，变化出描述的美、意境的美、哲理的美三个层次。我们姑且叫“三层五诀法”。

因为文章的基本文体是描写、叙述、抒情、说理，所以再复杂的文章总不脱形、事、情、理、典这五个元素。不过因文章的体裁不同，内容、对象不同各有侧重。毛文几乎是清一色的政论文，内容都是宣传政治道理，以理为主，属说理文。而平庸与杰出的区别也正在这里。一般的政治家总是一“理”到底，反复地说教、动员，甚至耳

提面命，强迫灌输。而毛文却用杂糅之法，“理”字立骨，形、事、情、理、典，穿插组合，五彩斑斓。毛是善用兵的，他对各种文体的熟练运用犹如大兵团、多兵种战略作战，“五诀”之用则是战术层面的用兵了。

为了说明“文章五诀”的用法，我们不妨先举一个专业作家的例子。朱自清是五四之后现代散文作家的代表，毛对他也是喜欢的，曾说过：“朱自清的散文写得好，平白晓畅。”（1959 年 4 月 5 日在党的八届七中全会上的讲话）他的代表作《荷塘月色》是抒情文，“情”字立骨，其余四字围绕穿插，编织为文。你看文中有“事”：静夜一人出游；有“形”：荷塘月下的美景；有“典”：《采莲赋》《西洲曲》；有“理”：讲独处的妙处。但是全篇都洋溢着情感，字里行间都是“情”。

再举范仲淹的古文名篇《岳阳楼记》。毛对范也是很崇拜的。范在这篇文章中是想说一个为政的道理，以“理”字立骨，但是他开头先说“事”：滕子京修楼；再写“形”：湖上的景色；又抒“情”：或满目萧然，感极而悲，或把酒临风，其喜洋洋。最后才推出一个“理”：“先天下之忧而忧，后天下之乐而乐”。

毛泽东不是专业作家，更不是虚构故事的小说家。他做政治文章目的在说理，但是他不直说、干说、空说，而是借形、事、情、典来辅助地说，如彩云托月，绿叶扶花。就如你是一个善画高山峻岭的山水画家，但只画山不行，你也得辅以石、树、竹、村庄、人物等，并且要有机地组合。毛的文章以理为主，但他善用形、事、情、典去表现、烘托、突出理。

1. 借形说理

形，就是有画面感的形象，包括人物、山水、场景等。这在叙述文、抒情文中是基本要素，在小说中更是一刻也不能少，政论文中却几乎不见，因为它不能直接阐述道理，但是用得好可起烘托作用。毛是熟读中国古典小说的，懂得塑造形象、刻画场景，他拿来在政论文中偶一穿插使用，便妙趣横生。如：

> 我们脸上有灰尘，就要天天洗脸，地上有灰尘，就要天天扫地。尽管我们在地方工作中的官僚主义倾向，在军队工作中的军阀主义倾向，已经根本上克服了，但是这些恶劣倾向又可以生长起来的。我们是处在日本帝国主义和中国反动势力的层层包围之中，我们是处在散漫的小资产阶级的包围之中，极端恶浊的官僚主义灰尘和军阀主义灰尘天天都向我们的脸上大批地扑来。因此，我们决不能一见成绩就自满自足起来。我们应该抑制自满，时时批评自己的缺点，好像我们为了清洁，为了去掉灰尘，天天要洗脸，天天要扫地一样。
>
> ——《组织起来》

这里用了“洗脸”这个形象来喻批评。

我们再看他的人物形象的使用：

> 他们举起他们那粗黑的手，加在绅士们头上了。他们用绳子捆绑了劣绅，给他戴上高帽子，牵着游乡。他们那粗重无情的斥责声，每天都有些送进绅士们的耳朵里去。

这是《湖南农民运动考察报告》里造反农民的形象，我们知道《报告》的主题是讲造反有理，驳斥对农民运动的攻击，所以文中有多处这样的形象。又如：

> 当着国民党军队的将领们都像一些死狗，咬不动人民解放军一根毫毛，而被人民解放军赶打得走投无路的时候，白崇禧、傅作义就被美国帝国主义者所选中，成了国民党的宝贝了。
>
> ——《评蒋傅军梦想偷袭石家庄》

这是国民党军败将的形象，用在评论中长我志气，灭敌威风。

政治是概念，是逻辑、逻辑思维；文学是形象艺术、形象思维。对于一般人，肯定是愿意看小说而不愿读论文。为了克服逻辑思维的艰涩枯燥，就要借用形象说话，毛文在政论中随时会跳出一个形象，冲淡理性的沉闷。特别是对所要批驳的靶子，常常用形象说出。

如:“因为大规模的内战还没有到来，内战还不普遍、不公开、不大量，就有许多人认为:‘不一定吧!’”这里本可说“许多人有麻痹情绪”，但这是用概念，他宁肯换成“许多人认为:‘不一定吧!’”还有“我们在南面扫、北面扫，都不行，后来把扫帚搞到里面去扫，他才说:‘啊哟!我不干了。’世界上的事情，都是这样。钟不敲是不响的。桌子不搬是不走的。”(以上见《抗日战争胜利后的时局和我们的方针》，选自《毛泽东选集》第四卷，人民出版社1991年版)这句话的本意是敌人很顽固，你不打，他不走。毛却把它转化为一个文学形象，就调动了读者的视觉，从而也强化了作者的论点。有时候他并不是专门去塑造，而是随口说出便也十分形象生动。如:

> 我们这一代吃了亏，大人不照顾孩子。大人吃饭有桌子，小人没有。娃娃在家里没有发言权，哭了就是一巴掌。现在新中国要把方针改一改，要为青少年设想。
>
> 有“小广播”，是因为“大广播”不发达。只要民主生活充分，当面揭了疮疤，让人家“小广播”，他还会说没时间，要休息了。
>
> ——《青年团的工作要照顾青年的特点》

有趣的是毛与蒋介石针锋相对斗了几十年，中国最大的两个政治派别、两个政治人物，不知互相“政论”了多少文章。蒋文中常骂

“共匪”“毛匪”，而毛文中则不忘幽默，为蒋画了一幅又一幅的漫画像，这在《毛泽东选集》中随处可见：

从十五日至二十五日十一天内，蒋介石三至沈阳，救锦州，救长春，救廖兵团，并且决定了所谓“总退却”，自己住在北平，每天睁起眼睛向东北看着。他看着失锦州，他看着失长春，现在他又看着廖兵团覆灭。总之一条规则，蒋介石到什么地方，就是他的可耻事业的灭亡。

——《东北我军全线进攻，
辽西蒋军五个军被我包围击溃》

在中国，有这样一个人，他叛变了孙中山的三民主义和一九二七年的大革命。他将中国人民推入了十年内战的血海，因而引来了日本帝国主义的侵略。然后，他失魂落魄地拔步便跑，率领一群人，从黑龙江一直退到贵州省。他袖手旁观，坐待胜利。果然，胜利到来了，他叫人民军队“驻防待命”，他叫敌人汉奸“维持治安”，以便他摇摇摆摆地回南京。只要提到这些，中国人民就知道是蒋介石。

——《评蒋介石发言人谈话》

抗战胜利的果实应该属谁？这是很明白的。比如一棵桃树，树上结了桃子，这桃子就是胜利果实。桃子该由谁摘？这要问桃树是谁栽的，谁挑水浇的。蒋介石蹲在山上一担水也不挑，现在他却把手伸得老长老长地要摘桃子。他说，此桃子的所有权属于我蒋介石，我是地主，你们是农奴，我不准你们摘。

——《抗日战争胜利后的时局和我们的方针》

这些形象都借形说理，强化了议论效果。

2. 借事明理

事，指过程，情节，故事，是叙述的方法（形是描写的方法）。事与形不同，形是静止的画面，事是动态的过程；形是停留、定格的表面形象，事却有内容、情节。前面已经有专门一节谈“理从事出，片言成典”，是从文章的宏观立意上说毛文总是从大事出发，从实际出发，求真理。这里是从具体方法上谈在文中说理时怎样穿插叙事，借事明理。叙事多用于纪实、新闻、小说，现代论说文中几乎见不到了。毛却常借它来以事见理，以事带理，以事证理。这与毛大量阅读中国史籍文献、古典小说，又常亲自撰写新闻作品有关。如：

红军远涉万里，急驱而前，所求者救中国，所事者抗日寇。今春渡河东进，原以冀察为目的地，以日寇为正面敌，不幸不见谅于阎蒋两先生，是以引军西还，从事各方抗日统一战线之促进。

——《给傅作义的信》

这是《史记》手法，简明的叙述，以证我方的立场。

乡农民协会的办事人（多属所谓“痞子”之类），拿了农会的册子，跨进富农的大门，对富农说：“请你进农民协会。”富农怎样回答呢？“农民协会吗？我在这里住了几十年，种了几十年田，没有见过什么农民协会，也吃饭。我劝你们不办的好！”富农中态度好点的这样说。“什么农民协会，砍脑壳会，莫害人！”富农中态度恶劣的这样说。

——《湖南农民运动考察报告》

这已是小说手法，有对话，有情节，说明不同阶层对农民运动的态度。

下面更是一大段的叙事，讲“我”遇到的真实的事，讲共产党不会上当、不怕威胁、人民必胜的道理：

我们要有清醒的头脑，这里包括不相信帝国主义的“好话”和不害怕帝国主义的恐吓。曾经有个美国人向我说：“你们要听一听赫尔利的话，派几个人到国民党政府里去做官。”我说：“捆住手脚的官不好做，我们不做。要做，就得放开手放开脚，自由自在地做，这就是在民主的基础上成立联合政府。”他说：“不做不好。”我问：“为什么不好？”他说：“第一，美国人会骂你们；第二，美国人要给蒋介石撑腰。”我说：“你们吃饱了面包，睡足了觉，要骂人，要撑蒋介石的腰，这是你们美国人的事，我不干涉。现在我们有的是小米加步枪，你们有的是面包加大炮。你们爱撑蒋介石的腰就撑，愿撑多久就撑多久。不过要记住一条，中国是什么人的中国？中国绝不是蒋介石的，中国是中国人民的。总有一天你们会撑不下去！”

——《抗日战争胜利后的时局和我们的方针》

除了举出具体事实外，毛还经常引用小说、寓言里的故事说明自己讲的道理，这也是借事明理。如他说：

在野兽面前，不可以表示丝毫的怯懦。我们要学景阳冈上的武松。在武松看来，景阳冈上的老虎，刺激它也是那样，不刺激它也是那样，总之是要吃人的，或者把老虎打死，或者被老虎吃掉，二者必居其一。

——《论人民民主专政》

3. 借情助理

情感之美，常常是文学作品的标志。恩格斯在马克思墓前的演说中说，马克思“可能有过许多敌人，但未必有一个私敌”。政治家无私敌、少私情，却有大情。文学史上向来以写大情之作最为珍贵，如诸葛亮的《出师表》、林觉民的《与妻书》、胡铨的《请杀秦桧书》、方志敏的《可爱的中国》、丘吉尔的就职演说等。毛泽东文章中流露出来的感情都是时代之情、人民之情。他的一生，时刻都为战争、苦难、理想和胜利所激动着。这在文学方面却是好事，文学需要想象，需要浪漫。毛就很喜欢屈原、宋玉、李白、李商隐这一类的作家。他即使在作严肃的政论文时也掩饰不住他的文学情怀。我们不妨抽取几段：

中国革命高潮快要到来，……它是站在海岸遥望海中已经看得见桅杆尖头了的一只航船，它是立于高山之巅远看东方已见光芒四射喷薄欲出的一轮朝日，它是躁动于母腹中的快要成熟了的一个婴儿。

——《星星之火，可以燎原》

中国共产党依据马克思列宁主义的科学，清醒地估计了国际和国内的形势，知道一切内外反动派的进攻，不但是必须打败的，而且是能够打败的。当着天空中出现乌云的时候，我们就指出：

这不过是暂时的现象，黑暗即将过去，曙光即在前头。

——《目前形势和我们的任务》

这些是在革命低潮时或遇到困难时对胜利充满信心的憧憬之情。又如：

我们中华民族有同自己的敌人血战到底的气概，有在自力更生的基础上光复旧物的决心，有自立于世界民族之林的能力。

——《论反对日本帝国主义的策略》

诸位代表先生们，我们有一个共同的感觉，这就是我们的工作将写在人类的历史上，它将表明：占人类总数四分之一的中国人从此站立起来了。……让那些内外反动派在我们面前发抖罢，让他们去说我们这也不行那也不行罢，中国人民的不屈不挠的努力必将稳步地达到自己的目的。

——《毛泽东在中国人民政治协商会议第一届全体会议上的开幕词》

这是革命英雄主义的豪情。

我们共产党人好比种子，人民好比土地。我们到了一个地方，就要同那里的人民结合起来，在人民中间生根、开花。

——《关于重庆谈判》

这是对人民的眷恋之情。

以上这些都是在他政论文中抽出的片段，但完全是诗的语言。任何一个诗人、散文家都不可能有这样大的情感和豪放的语言，在他之前及与他同时的政治家中也没有过这样的情感与语言。这种革命家的豪情贯穿于毛的作品的始终，它为毛的政论文配上了一种明亮的底色和嘹亮的背景音乐。虽然都是严肃的政论文，但有感情无感情大不一样，用什么样的口气说出大不一样，这一个“情”字里有力量、态度、决心、方向，领袖情动，群众动情，千军万马，海啸雷鸣。

《论联合政府》是党的七大的政治报告，主要是阐述党的当前任务。这是一个最后打败日寇、建设新中国的总动员，是共产党在战争时期的最后一党代会。报告分五大部分，阐述形势、任务、政策，是一个典型的、严肃的、庄重的政治报告，但是其中有多处大段的抒情文字以情助理，不但没有冲淡报告的严肃性，反而增强了报告的战斗性和豪迈感。如：

在这种情况下，我们应该怎样做呢？毫无疑义，中国急需把各党各派和无党无派的代表人物团结在一起，成立民主的临时的联合政府，以便实行民主的改革，克服目前的危机，动员和统一全中国的抗日力量，有力地和同盟国配合作战，打败日本侵略者，……领导解放后的全国人民，将中国建设成为一个独立、自由、民主、统一和富强的新国家。一句话，走团结和民主的路线，打败侵略者，建设新中国。

我们共产党人从来不隐瞒自己的政治主张。我们的将来纲领或最高纲领，是要将中国推进到社会主义社会和共产主义社会去的，这是确定的和毫无疑义的。我们的党的名称和我们的马克思主义的宇宙观，明确地指明了这个将来的、无限光明的、无限美妙的最高理想。每个共产党员入党的时候，心目中就悬着为现在的新民主主义革命而奋斗和为将来的社会主义和共产主义而奋斗这样两个明确的目标，而不顾那些共产主义敌人的无知的和卑劣的敌视、污蔑、谩骂或讥笑；对于这些，我们必须给以坚决的排击。

以中国最广大人民的最大利益为出发点的中国共产党人，相信自己的事业是完全合乎正义的，不惜牺牲自己个人的一切，随时准备拿出自己的生命去殉我们的事业，难道还有什么不适合人民需要的思想、观点、意见、办法，舍不得丢掉的吗？难道我们还欢迎任何政治的灰尘、政治的微生物来玷污我们的清洁的面貌和侵蚀我们的健全的肌体吗？无数革命先烈为了人民的利益牺牲了他们的生命，使我们每个活着的人想起他们就心里难过，难道我们还有什么个人利益不能牺牲，还有什么错误不能抛弃吗？

成千成万的先烈，为着人民的利益，在我们的前头英勇地牺牲了，让我们高举起他们的旗帜，踏着他们的血迹前进吧！

——《论联合政府》

4. 借典证理

领袖必须是学问家。他要懂社会规律，要知道它过去的轨迹，要用这些知识改造社会、管理社会，引导社会前行。政治领袖起码是一个爱读书、多读书、通历史、懂哲学、爱文学的人。因为文学不只是艺术，还是人学、社会学。只读自然科学的人不能当政治领袖，二战后以色列建国，请爱因斯坦出任总统，他有自知之明，坚决不干。毛泽东熟悉中国的文史典籍，在文章中信手拈来，十分贴切，借过去说明现在。

毛文中的用典有三种情况。

一是直接从典籍中找根据，证目前之理，就是常说的“引经”。比如在《为人民服务》中引司马迁的话：

> 人总是要死的，但死的意义有不同。中国古时候有个文学家叫做司马迁的说过：“人固有一死，或重于泰山，或轻于鸿毛。”为人民利益而死，就比泰山还重；替法西斯卖力，替剥削人民和压迫人民的人去死，就比鸿毛还轻。

他在《论人民民主政权》一文中，引用了朱熹的一句名言。

> 宋朝的哲学家朱熹，写了许多书，说了许多话，大家都忘记了，但有一句话还没有忘记：“即以其人之道，还治其人之身。”我们就是这样做的，即以帝国主义及其走狗蒋介石反动派之道，还治帝国主义及其走狗蒋介石反动派之身。如此而已，岂有他哉！

这就是政治领袖和文章大家的功力：能借力发力，翻新经典，为己所用；既弘扬了民族文化，又普及了经典知识。

二是借经典事例来比喻阐述一种道理。有时用史料，有时用文学故事。就是常说的“据典”。

如他借东周列国的故事说“庆父不死，鲁难未已。战犯不除，国无宁日。”借李密的《陈情表》说司徒雷登“总之是没有人去理他，使得他‘茕茕孑立，形影相吊’，没有什么事做了，只好挟起皮包走路。”

毛的文章大部分是说给中国的老百姓或中低层干部听的。所以他常讲中国人熟悉的故事。如在七大闭幕词中引用了《愚公移山》的故事。毛常将《水浒传》《西游记》《三国演义》这些文学故事当哲学、军事教材来用，深入浅出、生动活泼。他用《水浒传》中的故事来阐述战争的战略战术，如在《中国革命战争的战略问题》中，他阐述道：

> 谁人不知，两个拳师放对，聪明的拳师往往退让一步，而蠢人则其势汹汹，辟头就使出全副本领，结果却往往被退让者打倒。《水浒传》上的洪教头，在柴进家中要打林冲，连唤几个“来”“来”“来”，结果是退让的林冲看出洪教头的破绽，一脚踢翻了洪教头。

孙悟空在他笔下，一会儿是智慧化身，钻入铁扇公主的肚子里；一会儿是敌人，跑不出人民这个“如来佛”的手心。所以他的报告总是听者云集，欢声笑语，毫无理论的枯涩感。他是真正把古典融于现实，把实践融进了理论。

1949年新年到来之际，解放战争眼看就要胜利了。蒋介石又要搞假和谈。他立即以新华社名义发表了一个新年献词《将革命进行到底》，巧妙地用了一个《伊索寓言》典故：

> 这里用得着古代希腊的一段寓言："一个农夫在冬天看见一条蛇冻僵着。他很可怜它，便拿来放在自己的胸口上。那蛇受了暖气就苏醒了，等到回复了它的天性，便把它的恩人咬了一口，使他受了致命的伤。农夫临死的时候说：我怜惜恶人，应该受这个恶报！"外国和中国的毒蛇们希望中国人民还像这个农夫一样地死去，希望中国共产党，中国的一切革命民主派，都像这个农夫一样地怀有对于毒蛇的好心肠。但是中国人民、中国共产党和中国真正的革命民主派，却听见了并且记住了这个劳动者的遗嘱。况且盘踞在大部分中国土地上的大蛇和小蛇，黑蛇和白蛇，露出毒牙的蛇和化成美女的蛇，虽然它们已经感觉到冬天的威胁，但是还没有冻僵呢！

三是用典来"起兴"，与典的内容无关，但可增加文章的效果，妙趣横生。

"起兴"是诗歌，特别是民歌常用的手法。比如："山丹丹开花红姣姣，香香人材长得好。……玉米开花半中腰，王贵早把香香看中了。”（李季《王贵与李香香》）我们现在常常看到的所谓“段子”也用这种形式。如“曾经沧海难为水，大锅萝卜炖猪腿。”“在天愿做比翼鸟，相约今天吃虾饺。”“君问归期未有期，去吃新疆大盘鸡。”等都很幽默。

毛懂文学，爱诗、写诗，知道怎样让文章更美一些。他这时用典并不直接为“证理”，或者并不主要是“证理”，而是为美，借典“起兴”，引起下面的道理，造成一种幽默，加深印象，是“借典助理”。

如 1939 年 7 月 7 日，他对即将上前线的陕北公学（后来的华北联合大学）师生讲话，以《封神演义》中的故事作比：

> 姜子牙下昆仑山，元始天尊赠了他杏黄旗、四不像、打神鞭三样法宝。现在你们出发上前线，我也赠给你们三样法宝，这就是：统一战线、武装斗争、党的建设。

这里只是要从“法宝”的字面引出下文。

他在《别了，司徒雷登》中说：“唐朝的韩愈写过《伯夷颂》，颂的是一个对自己国家的人民不负责任、开小差逃跑、又反对武王领导的当时的人民解放战争、颇有些‘民主个人主义’思想的伯夷，那是颂错了。我们应当写闻一多颂，写朱自清颂，他们表现了我们民族的英雄气概。”

这里也是只为从“颂”字引出下文。

总之，毛泽东在政论文中大量用典、灵活用典也是空前绝后的。

《毛泽东选集》4卷中共引用成语、典故342条。

5. 综合运用

下面我们选两篇文章举例，看一看毛文是怎样“一字立骨，五彩斑斓”，综合运用形、事、情、理、典的。

《愚公移山》是毛泽东1945年6月11日在党的七大的闭幕词。七大是一个很重要的会议。当时抗日战争将要胜利又面临国共大决战。这么重要的大会，毛的闭幕词只用了1 200多个字。他响亮地提出要“下定决心，不怕牺牲，排除万难，去争取胜利”，这是大会的路线，也是文章的立论，是文章要讲的“理”。但是作者没有以理说理，像有些政治报告那样没完没了地、原地踏步式地说教，而是以“事”说理，以“典”证理，以“情”助理。总体来讲，全文的风格是平静地叙说，寓说理于叙事，再辅以形象、情感。

文章开门见山，一叙开了一个大会，讲大会路线；二叙一个寓言故事，下定决心，争取胜利；三叙为美国人送行，讲对美政策；四叙这几天国共都在开会，但是结果将会不同。叙述中有具体的事件、人物、情节、形象，跳出了政治报告的高远，拉近了与读者的距离，充分地展示了作者的自信，谈笑间，大局一目了然，前途就在眼前。最后，是一句带感情色彩的结尾。这也说明文章的力量并不只是文字本身，而主要是时势的力量、作者的权威。如果换一个人，同样来讲这一席话，未必有此效果。以下简单分析毛泽东在《愚公移山》中对“事”“典”“情”的运用：

事：

我们开了一个很好的大会。我们做了三件事：第一，决定了党的路线，这就是放手发动群众，壮大人民力量，在我党的领导下，打败日本侵略者，解放全国人民，建立一个新民主主义的中国。第二，通过了新的党章。第三，选举了党的领导机关——中央委员会。今后的任务就是领导全党实现党的路线。我们开了一个胜利的大会，一个团结的大会。代表们对三个报告发表了很好的意见。许多同志作了自我批评，从团结的目标出发，经过自我批评，达到了团结。这次大会是团结的模范，是自我批评的模范，又是党内民主的模范。

大会闭幕以后，很多同志将要回到自己的工作岗位上去，将要分赴各个战场。同志们到各地去，要宣传大会的路线，并经过全党同志向人民作广泛的解释。

理：

我们宣传大会的路线，就是要使全党和全国人民建立起一个信心，即革命一定要胜利。……但这还不够，还必须使全国广大人民群众觉悟，甘心情愿和我们一起奋斗，去争取胜利。要使全国人民有这样的信心：中国是中国人民的，不是反动派的。

典：

中国古代有个寓言，叫做“愚公移山”。说的是古代有一位老人，住在华北，名叫北山愚公。他的家门南面有两座大山挡住他家的出路，一座叫做太行山，一座叫做王屋山。愚公下决心率领他的儿子们要用锄头挖去这两座大山。有个老头子名叫智叟的看了发笑，说是你们这样干未免太愚蠢了，你们父子数人要挖掉这样两座大山是完全不可能的。愚公回答说：我死了以后有我的儿子，儿子死了，又有孙子，子子孙孙是没有穷尽的。这两座山虽然很高，却是不会再增高了，挖一点就会少一点，为什么挖不平呢？愚公批驳了智叟的错误思想，毫不动摇，每天挖山不止。这件事感动了上帝，他就派了两个神仙下凡，把两座山背走了。

理：

现在也有两座压在中国人民头上的大山，一座叫做帝国主义，一座叫做封建主义。中国共产党早就下了决心，要挖掉这两座山。我们一定要坚持下去，一定要不断地工作，我们也会感动上帝的。这个上帝不是别人，就是全中国的人民大众。全国人民大众一齐起来和我们一道挖这两座山，有什么挖不平呢?

形、事:

昨天有两个美国人要回美国去，我对他们讲了，美国政府要破坏我们，这是不允许的。我们反对美国政府扶蒋反共的政策。但是我们第一要把美国人民和他们的政府相区别，第二要把美国政府中决定政策的人们和下面的普通工作人员相区别。我对这两个美国人说：告诉你们美国政府中决定政策的人们，我们解放区禁止你们到那里去，因为你们的政策是扶蒋反共，我们不放心。假如你们是为了打日本，要到解放区是可以去的，但要订一个条约。倘若你们偷偷摸摸到处乱跑，那是不许可的。赫尔利已经公开宣言不同中国共产党合作，既然如此，为什么还要到我们解放区去乱跑呢?

理:

美国政府的扶蒋反共政策，说明了美国反动派的猖狂。但是一切中外反动派的阻止中国人民胜利的企图，都是注定要失败的。现在的世界潮流，民主是主流，反民主的反动只是一股逆流。目前反动的逆流企图压倒民族独立和人民民主的主流，但反动的逆流终究不会变为主流。现在依然如斯大林很早就说过的一样，旧世界有三个大矛盾：第一个是帝国主义国家中的无产阶级和资产阶级的矛盾，第二个是帝国主义国家之间的矛盾，第三个是殖民地半殖民地国家和帝国主义宗主国之间的矛盾。这三种矛盾不但依然存在，而且发展得更尖锐了，更扩大了。由于这些矛盾的存在和发展，所以虽有反苏反共反民主的逆流存在，但是这种反动逆流总有一天会要被克服下去。

事：

现在中国正在开着两个大会，一个是国民党的第六次代表大会，一个是共产党的第七次代表大会。

理：

两个大会有完全不同的目的：一个要消灭共产党和中国民主势力，把中国引向黑暗；一个要打倒日本帝国主义和它的走狗中国封建势力，建设一个新民主主义的中国，把中国引向光明。这两条路线在互相斗争着。

情：

> 我们坚决相信，中国人民将要在中国共产党领导之下，在中国共产党第七次大会的路线的领导之下，得到完全的胜利，而国民党的反革命路线必然要失败。

这里顺便说一下细节叙事在议论文写作中的运用。《愚公移山》中有一处“昨天有两个美国人要回美国去，我对他们讲了……”，一般来讲，这样的句式不用在政论文中。这是描述句，而描写、叙述的句式多用在写景、叙事文中，求形象、要细节，是为调动读者的形象思维；议论文主要用逻辑思维，多用概念、推理。毛文大胆地借用形象思维，使读者于沉闷、枯燥的推理中突然眼前一亮，心中一振。

还有，形象思维是管记忆的，细节正是为了强化形象、调动记忆。文中这一句话于文章内容关系不大，于阅读效果则关系极大。一是拉近距离，营造气氛；二是加深记忆。这叫“起棱”，我们看木器家具，比如一个小桌、一个首饰盒，如果四面平光就显得一般，很普通，如果起一点棱，做出点花纹立即就不一样，人们更爱把玩。文章也是这样，不能是一块平板玻璃。我在报社工作时见到编辑编稿，总爱把人家文章的“棱”磨掉，这是图省事，不懂读者心理。为此，曾写了一篇《编稿要多用刻刀，少用锉刀》，专讲改稿留棱，不要把文章锉平。

比如：“毛泽东在接见英国元帅蒙哥马利时说，中国底子薄，要赶上西方先进国家，我看要一百年。”“在接见英国元帅蒙哥马利时”，就是文章中起的一个棱，是在借用“形”和“事”说理，而编辑却以为无用，勾掉了，只留“毛泽东说”。殊不知这样一来，文章少了生动，多了平淡，少了一些可记忆的符号。假如我们把“昨天有两个美国人要回美国去，我对他们讲了……”这样的句子都勾掉，《愚公移山》也就不是这个味道了。一篇稿子能否成功不只是作者、记者的事，也是编辑的事。这种“磨锉改稿法”实在太普遍了。这也是报纸不好看、无人看的主要原因之一。这里也把毛泽东1958年批评文件中的坏文风的话再说一遍：“讲了一万次了，依然纹风不动，灵台如花岗之岩，笔下若玄冰之冻。哪一年稍稍松动一点，使读者感觉有些春意，因而免于早上天堂，略为延长一年两年寿命呢！”

再以《别了，司徒雷登》为例，谈一下毛文中对意象的运用。

这篇文章的主题是揭露美国“扶蒋反共”的对华政策。这是政治，是观点和立场。但只有正确的观点、敏锐的目光、深刻的理论还不行，如果只有这些，你去当你的政治家、理论家好了。你现在是要用文章宣传政治、普及政治，要借助文学的外衣产生政治的作用，好让人亲近政治。欲为政治，先学文学。作为文学作品，要讲形象、生动、含蓄、凝练，要有景、有情。所以政治家为文，或者文学家写政治，要能从政治之理中翻出情、翻出美。这才是真功夫。

《别了，司徒雷登》是毛泽东政论文章中最具文学性的一篇。所以这样说是因为文中除了“形、事、情、理、典”各要素俱全外，作者还罕见地使用了一个典型的散文手法：意象。而这正是散文写作的高难动作，就是在一般散文中也不常用的。这里涉及一个创作理论，容我多说几句。

意象是什么？就是最能体现文章立意的形象，是一种象征，是还魂的躯壳，是诗化了的典型，是文章意境的定格。意象是拿一个景物、一个镜头或一个形象来象征一种情感或阐述一种道理，是借实写虚。此法是纯文学手法，是行家里手的标志，犹如高音歌唱家之花腔、足球射手之倒钩、篮球之背投。

但要注意，意象与其他手法不同。意象不同于形象，形象侧重视觉效果，意象侧重心理效应，意象比形象更深一步，形象里能变出点耐人寻味的东西。意象不是比喻，比喻是两个事物，意象是从一件物生发开去，是从一颗茧里抽丝。意象与咏物、寓言相近，但也不同。咏物、寓言是直接从景物和故事中生发出情理，而意象是间接说事，如直接考察反与这物、事无关。

如《爱莲说》是以莲说理，《愚公移山》是以愚公移山这个故事说理。莲的形象与品质高洁，《愚公移山》的故事与奋斗坚持的道理都有直接关联。但《别了，司徒雷登》中的政治主题与“别了”这个意象反而没有直接的表面的联系，它只取其曲折、隐晦之一点，曲径通幽，自圆其说，解出一篇大文章。所以说意象是集形象、比喻、咏物、寓言于一身的。这个“高难动作”在诗歌中会用到（如徐志摩的《再别康桥》），在抒情文中也只是偶一为之（如朱自清的《背影》），政论文中几乎不见。文似看山不喜平，东边日出西边雨。毛是军事高手，当然懂得暗度陈仓，出奇制胜。

下面我们结合“文章五诀”来看他怎样做这篇文章。

文章开头还是从“事”说起，“白皮书来了，司徒雷登走了”，很具体，很形象。作者就从这个小口切入，慢慢道来。中间的文字可以分为两大部分。前一部分从美国的角度讲它的侵略政策和所作所为，包括白皮书的内容；后部分从中国人的角度，谈如何不要受骗，对白皮书进行驳斥解剖。最后两段是收尾部分，却用了一个非常形象的镜头，是“形”字诀：

> 人民解放军横渡长江，南京的美国殖民政府如鸟兽散。司徒雷登大使老爷却坐着不动，睁起眼睛看着，希望开设新店，捞一把。司徒雷登看见了什么呢？除了看见人民解放军一队一队地走过，工人、农民、学生一群一群地起来之外，他还看见了一种现象，就是中国的自由主义者们或民主个人主义者也大群地和工农兵学生等人一道喊口号，讲革命。总之是没有人去理他，使得他“茕茕孑立，形影相吊”，没有什么事做了，只好挟起皮包走路。
>
> 中国还有一部分知识分子和其他人等存有糊涂思想，对美国存有幻想，因此应当对他们进行说服、争取、教育和团结的工作，使他们站到人民方面来，不上帝国主义的当。但是整个美帝国主义在中国人民中的威信已经破产了，美国的白皮书，就是一部破产的记录。先进的人们，应当很好地利用白皮书对中国人民进行教育工作。
>
> 司徒雷登走了，白皮书来了，很好，很好。这两件事都是值得庆祝的。

你看，首尾呼应，形象生动。这哪里是政论文，是小说，是杂文，是电影，嬉笑怒骂，冷嘲热讽。国际形势、中美关系、国共之战，这么大的题材全被他压进“别了”这个小葫芦里，把玩于手心。司徒雷登，一个曾创办了燕京大学的文化名人，在最不合适的时候当了驻华使节，也只好代主子挨骂受过了。别了，美国的侵华野心；别了，腐败的国民党政权；别了，中国人曾经的受骗上当；别了，一个旧中国、旧时代。“别了”这个意象在作者手里抽出了无尽的诗意。

文中还有不少生动地写“形”之处：

> 美国出钱出枪，蒋介石出人，替美国打仗杀中国人，……
>
> 美国人在北平，在天津，在上海，都洒了些救济粉，看一看什么人愿意弯腰拾起来。……
>
> 闻一多拍案而起，横眉怒对国民党的手枪，宁可倒下去，不愿屈服。

文中带有感情色彩的句子也不少：

> 多少一点困难怕什么。封锁吧，封锁十年八年，中国的一切问题都解决了。中国人死都不怕，还怕困难吗？……现在这种情况已近尾声了，他们打了败仗了，不是他们杀过来

而是我们杀过去了，他们快要完蛋了。留给我们多少一点困难，封锁、失业、灾荒、通货膨胀、物价上升之类，确实是困难，但是比起过去三年来已经松了一口气了。过去三年的一关也闯过了，难道不能克服现在这点困难吗？没有美国就不能活命吗？

我们中国人是有骨气的。许多曾经是自由主义者或民主个人主义者的人们，在美国帝国主义者及其走狗国民党反动派面前站起来了。

至于用“典”就更多了：

太公钓鱼，愿者上钩。

嗟来之食，吃下去肚子要痛的。

民不畏死，奈何以死惧之。

茕茕孑立，形影相吊。

…………

文章五诀，信手拈来，一字立骨，五彩斑斓。

五、毛泽东，不可复制的经典

总之，在文章写作方面，毛泽东是一座高峰，一座历史长河绕不开的高峰。自中国共产党成立以来，党的早期领导人或为大学教授，或为留洋归来的马列理论家，或为工人运动、军事斗争的领袖。总之是群雄际会，各有资本。毛之所以能脱颖而出，一是脚踏实地，从中国的实际出发，在第一线、在群众中踏踏实实做事；二是饱读书本，包括马克思列宁主义理论，特别是中国各种典籍；三是独立思考，必求创新。他是既虚心好学又雄才大略睥睨一切的，唯此才铸就他的事业与文章。所以毛文有王者之风、汪洋之姿、阳刚之美、幽默之趣。唯其人，唯其文。

毛文是一个经典，一个不可复制的经典。我在《说经典》一文中说，凡经典一是空前绝后；二是上升到了理性，有指导意义；三是经得起重复使用。毛文所产生的时代已经过去，它当时指导的工作任务也早已完成，但是为什么人们还在读它、用它，一有事就想起它？这就是经典的意义，它早已退去了有形的外壳而上升到理性的高度，成为永远悬在天空、时刻启迪我们的星辰。我们至今在做文章时还时时想起它、借鉴它。中国政治史和文学史上有许多经典，都是不断吸收前人的成果，又自己创造生成一座座的高峰，毛泽东就是这样一座离我们最近的高峰。

时下党风、文风弊端丛生，假、大、长、空、媚，泛滥成灾，以至于十八届中央政治局通过“八项规定”，要整顿党风、文风。在这样的背景下再看看毛文，实在是一面绝好的镜子。在毛泽东120周年诞辰之际，研究一下毛泽东怎样写文章，再检省一下现在的文风，这是我们对他最好的纪念。

《毛泽东怎样写文章》，北京联合出版公司，2016

西柏坡赋

西柏坡乃冀西一普通山村。然其声沸海内，名传八方；瞻者益众，研者益广。天降大任，托国运于僻壤；小村何幸，成历史之拐点。

1948 年春，中国北方大地正寒凝将消，阳气初升，国共两党还胜负未分。时毛泽东方战罢陕北，过黄河，进太行，一路西来；刘少奇正经略华北，闹土改，分田地，发动群众。中央几位书记，自一年前延安分手，重又际会于此，设立中国革命之最后一个农村指挥部，将要夺取大城市，问鼎北平。

是时也，日寇甫败，蒋介石心气正盛，仍欲圆“剿匪”旧梦。于是设指挥部于南京，乃六朝古都，纸醉金迷之城。共产党则选定这个山沟，乃穷乡僻壤，无名无姓之村。当是时，势虽必胜，党却还穷。战事紧，参谋竟无标图之笔，而以红蓝毛线推盘演兵；文电急，领袖苦无办公之所，只就炕桌马灯草拟电文。借得民房一室三桌，是为情报、作战、资料三科；假小院石碾一盘，以供毛、周、朱选将、发令、点兵。虽军情火急，院门吱呀，不废房东荷锄归；指挥若定，读罢战报，还听窗外磨面声。谈笑间，一战而取辽沈，二战而收淮海，三战而下平津。全国解放，大局已定。

当此乾坤逆转、开国定都之时，党的高层却格外之冷静。一间大伙房里正在开党的中央全会。静悄悄，审时度势，析未来；言切切，防微杜渐，议党风。斯是陋室，无彩旗之张挂，无水茶之递送；甚而上无主席台之摆设，下无出席者之席尊。主持者唯一把旧藤椅，代表席即老乡家的几十个小柴凳。通过的决议却是不祝寿、不敬酒、

刻于西柏坡中共中央旧址的《西柏坡赋》

不命名，务必艰苦朴素，务必谦虚谨慎。其心之诚，直叫拒者降、望者归，大江南北，传檄而定；其纪之严，令贪者收、贿者敛，军政上下，两袖清风。孟子言，先贤而后王；哲人曰，先忧而后乐。共产党人，未曾掌权，先受戒骄之洗礼；五大领袖，进京之前，相约不做李自成。

中国革命乃土地革命，政权之争实民心之争。仰观自陈胜、吴广至太平天国，起起灭灭，热血空洒黄土旧，悲歌唱罢王朝新。只有共产党，地契旧约照天烧，彻底解放工与农。党无己利，人无私心，决心走出人亡政息周期率；言也为民，行也为民，载舟覆舟如履薄冰。西柏坡，一块丰碑，一面铜镜，一声警钟；二中全会，两个务必，两个预言，再三提醒。自古成由艰辛败由奢，谦则受益满招损。正西风烈，柏松翠，坡草青，精神在，长久存。

《人民日报》2011 年 6 月 29 日

2012年8月4日，作者在西柏坡毛泽东旧居小院

周公

大无大有周恩来

虽然周恩来总理已离开我们很久，但是他至今无法让人们忘怀。至今，许多人仍是一提总理双泪流，一谈国事就念总理。陆放翁诗：“何方可化身千亿，一树梅前一放翁。”是什么办法化作总理身千亿，人人面前有总理呢？难道世界上真的有什么灵魂的永恒？伟人之魂竟是可以这样地充盈天地、浸润万物吗？就像老僧悟禅，就如朱子格物，自从 1976 年 1 月国丧以来，我就常穷思默想这个费解的难题。20 多年了，终于有一天我悟出了一个理：总理这时时处处的“有”，原来是因为他那许许多多的“无”，那些最不该，最让人想不到、受不了的“无”啊！

总理的惊人之“无”有六。

一是死不留灰。

当总理去世的时候，正是中国政治风云变幻的日子，林彪集团刚被粉碎，江青“四人帮”集团正自鸣得意，中国上空黑云压城，百姓肚里愁肠千结。1976 年新年刚过，一个寒冷的早晨，广播里突然传出了哀乐。人们噙着泪水，对着电视一遍遍地看着那个简陋的遗体告别仪式。过了几天，报上又公布了遗体火化，并且根据总理遗嘱不留骨灰。许多人都不相信这个事实，直到多少年后，人们才清楚，这确实是总理的遗愿。1 月 15 日下午追悼会结束后，邓颖超就把家属召集到一起，说总理在十几年前就与她约定死后不留骨灰。灰入大地，可以肥田。当晚，邓颖超找来总理生前党小组的几个成员帮忙，一架农用飞机在北京如磐的夜色中冷清地起飞，飞临天津，这个总理少年时代生活和最早投身革命的地方，又沿着渤海湾飞临黄河入海口，将那一捧银白的灰粉化入海空，也许就是这一撒，总理的魂魄就永远充满人间、贯通天地。

但人们还是不能接受这一事实。多少年后还是有人提问，难道总理的骨灰就真的一点也没有留下吗？中国人和世界上大多数民族都习惯修墓土葬，这对生者来说，以备不时之念，对死者来说，则希望还能长留人间。多少年来越有权的人就越下力气去做这件事。世界上许多著名的陵寝，如中国的十三陵、印度的泰姬陵、埃及的金字塔，还有一些埋葬神父的大教堂，我都看过。共产党主张无神论，又是以解放全人类为己任，当然不会为自己的身后事去费许多神。所以一解放，毛泽东就带头签名火葬，以节约耕地，但彻底如周恩来这样连骨灰都不留却还是第一次。你看一座八宝山上，还不就是存灰为记吗？历史上有多少名人，死后即使无尸，人们也要为他修一个衣冠冢。老舍先生的追悼会上，骨灰盒里放的是一副眼镜、一支钢笔。纪念死者总得有个念物、有个引子啊！

没有灰，当然也谈不上埋灰之处，也就没有碑和墓，欲哭无泪，欲祭无碑。魂兮何在，无限相思寄何处？中外文学史上有许多名篇都是碑文、墓志或在名人墓前的凭吊之作，有许多还发挥出炽热的情和永恒的理。如韩愈为柳宗元写的墓志痛呼“士穷乃见节义”，如杜甫在诸葛亮祠中所叹“出师未捷身先死，长使英雄泪满襟”，都成了千古名言。明代张溥著名的《五人墓碑记》中的“扼腕墓道，发其志士之悲”，简直就是一篇正义对邪恶的檄文。就是空前伟大如马克思这样的人，死后也有一块墓地，恩格斯在他墓前的演说也选入马恩文选，成了国际共运的重要文献。马克思的形象也因这篇文章而更加辉煌。为伟人修墓立碑已成为中国文化的传统、中国百姓的习惯。你看明山秀水间、市井乡村里，还有那些州县府志的字里行间，有多少知名的、不知名的故人墓、碑、庙、祠、铭、志，怎么偏偏轮到总理，就连一个我们可以为之扼腕、叹息、流泪的地方也没有呢？于是人们难免生出一丝丝的猜测，有的说是总理英明，见“四人帮”猖狂，政局反复，不愿身后有伍子胥鞭尸之事；有的说是总理节俭，不愿为自己的身后事再破费国家钱财。但我想，他主要的就是要求一个干净：生时鞠躬尽瘁，死后不留麻烦。他是一个只讲奉献，献完转身就走的人，不求什么纪念的回报。日本的纪念碑是一块天然的石头，上面刻着他留学日本时写的那首《雨中岚山》。1994 年，我去日本时专门到樱花丛中去寻找这块诗碑。我双手抚石，不觉泪水涟涟。天力难回，斯人长逝已是天大的遗憾，而在国内又无墓可寻，叫人又是一种怎样的惆怅？一个曾叫世界天翻地覆的英雄，一个为民族留下了一个共和国的总理，却连一点骨灰也没有留下，这强烈的反差，让人一想，心里就有如坠落千丈似的空茫。

总理的二无是生而无后。

中国人习惯续家谱，重出身，爱攀名人之后也重名人之后。刘备明明是个编席卖履的小贩，却在攀了个皇族之后，被尊为皇叔，诸葛亮和关、张、赵、马、黄等一批文武，就捧着这块招牌，居然三分天下。一般人有后无后，还只是个人和家族的事，名人无后却成了国人的遗憾。不孝有三，无后为大。纪念故人也有三：故居、墓地、后人，后人为大。虽然后人不能尽续其先人的功德才智，但对世人来说，有一条血缘的根传下来，总比无声的遗物更惹人怀旧。人们尊其后，说到底还是尊其人。这是一种纪念、一种传扬，要不怎么不去找出几个秦桧的世孙呢？清朝乾隆年间有位叫秦大士的名士过岳坟，不由感叹道：“人从宋后羞名桧，我到坟前愧姓秦。”可见前人与后人还是大有关系，名人之后更是关系重大。越是功高德重为民族做出牺牲的逝者，人们就越尊重他们的后代，好像只有这样才能表达对他们的感激，赎回生者的遗憾。总理并不脱俗，也不寡情。我在他的绍兴祖居，亲眼见过抗战时期他和邓颖超回乡动员抗日时，恭恭敬敬地续写在家谱上的名字。他在白区经常做的一件事，就是搜求烈士遗孤，安排抚养。他常说:“不这样，我怎么能对得起他们的父母?”他在延安时亲自安排，将瞿秋白、蔡和森、苏兆征、张太雷、赵世炎、王若飞等烈士之子女送到苏联好生教育、看护，并亲自到苏联去与斯大林谈判，达成了一个谁也想不到的协议:这批子弟在苏联只求学，不上前线（而苏联国际儿童院中其他国家的子弟，在战争中上前线共牺牲了 21 名）。这恐怕是当时世界上两个最大的人物达成的一个最小的协议。总理何等苦心，他是要为烈士存孤续后啊！六七十年代，中日民间友好往来，日本著名女运动员松崎君代多次受到总理接见。当总理知道她婚后无子时，便关切地留她在京治病，并说有了孩子可要告诉一声啊！ 1976 年总理去世，她悲呼道:“周先生，我们已经有了孩子，但还没有来得及告诉您！”确实，子孙的繁衍是人类最实际的需要，是人最基本的情感。但是天何不公，轮到总理却偏偏无后，这怎么能不使人遗憾呢?是残酷的地下斗争和战争夺去邓颖超同志腹中的胎儿，以后又摧残了她的健康。特别是眼见和总理同代人的子女，或又子女的子女，不少都名显于世，不禁又要黯然神伤。中国传统文化是求全求美的，如总理这样的伟人该是父英子雄、家运绵长的啊！然而，这一切都没有。这怎么能不在国人心中凿下一个空洞呢?人们的习惯思维如列车疾驶，负着浓浓的希望，却一下子冲出轨道，跌入了一个无底的深渊。

总理的三无是官而不显。

千百年来，官和权是连在一起的。官就是显赫的地位，就是特殊的享受，就是人上人，就是福中福，官和民成了一个对立的概念，也有了一种对立的形象。但周恩来作为一国总理则只求不显。在外交、公务场合他是官；而在生活中，在内心深处，他是一个最低标准甚至不够标准的平民。他是中国有史以来的第一个平民宰相，是世界上最平民化的总理。一次他出国访问，内衣破了送到我驻外使馆去补、去洗。当大使夫人抱着这一团衣服回来时，伤心得泪水盈眶，她怒指着工作人员道："原来你们就这样照顾总理啊！这是一个大国总理的衣服吗？"总理的衬衣多处打过补丁，白领子和袖口是换过几次的，一件毛巾睡衣本来白底蓝格，但早已磨得像一件纱衣。后来我见过这件睡衣，瞪大眼睛也找不出原来的纹路。这样寒酸的行头，当然不敢示人，更不敢示外国人。所以总理出国总带一只特殊的箱子，不管住多高级的宾馆，每天起床，先由我方人员将这一套行头收入箱内锁好，才许宾馆服务生进去整理房间。人家一直以为这是一个最高机密的文件箱呢。这专用箱里锁着一个平民的灵魂。而当总理在国内办公时就不必这样遮挡"家丑"了，他一坐到桌旁，就套上一副蓝布袖套，那样子就像一个坐在包装台前的工人。许多政府工作报告、国务院文件和震惊世界的声明，都是在这蓝袖套下写出的啊。只有总理的贴身人员才知道他的生活实在太不像个总理！总理一入城就在中南海西花厅办公，一直住了25年。这座老平房又湿又暗，多次请示总理都不准维修。终于有一次工作人员趁总理外出时将房子小修了一下。《周恩来年谱》记载：1960年3月6日，总理回京，发现房已维修，当晚即离去暂住钓鱼台，要求将房内的旧家具（含旧窗帘）全部换回来，否则就不回去住。工作人员只得从命。

一次，总理在杭州出差，临上飞机时地方上送了一筐南方的时鲜蔬菜，到京时被他发现，他严厉批评了工作人员，并命令折价寄钱去。一次，总理在洛阳视察，见到一册碑帖，问秘书身上带钱没有；没有钱，总理摇摇头走了。总理从小随伯父求学，伯父的坟迁移，他不能回去，先派弟弟去，临行前又改派侄儿去，为的是尽量不惊动地方。一国总理啊！他理天下事，管天下财，住一室、食一蔬、用一物、办一事算得了什么？多少年来，在人们的脑子里，做官就是显耀。你看，封建社会的官帽，不是乌纱便是红顶；官员的出行，或鸣锣开道，或静街回避，不就是要一个“显”字！这种显耀或为显示权力，或为显示财富，总之是要显出高人一等。古人一考上进士就要鸣锣报喜，一考上状元就要骑马披红走街，一当上官就要回乡到父老面前转一圈，所谓衣锦还乡，为的就是显一显。刘邦做了皇帝后，曾痛痛快快地回乡显示过一回，元散曲中专有一篇著名的《高祖还乡》挖苦此事。你看那排场：“红漆了叉，银铮了斧，甜瓜苦瓜黄金镀。明晃晃马镫枪尖上挑，白雪雪鹅毛扇上铺。这几个乔人物，拿着些不曾见的器杖，穿着些大作怪的衣服。”西晋时有个石崇官做到个荆州刺史，也就相当于现在的地委书记吧，就敢于同皇帝司马昭的小舅子王恺斗富。他平时生活“丝竹尽当时之精，庖膳穷水陆之珍”，招待客人，以锦围步幛五十里，以蜡烧柴做饭，王恺自叹不如。现在这种显弄之举更有新招，比座位，比上镜头，比好房，比好车，比架子。一次一位县级小官到我办公室，身披呢子大衣，刚握完手，突然后面蹿上一小童，双手托举一张名片。原来这是他的跟班。连递名片也要秘书代劳，这个架子设计之精，我万没有想到。刚说几句话又掏出“大哥大”，向千里之外的故乡报告他现已到京，正在某某办公室，连我也被他编入了显耀自己的广告词。我不知他在地方上有多大政绩，为百姓办了多少实事，看这架子心里只有说不出的苦和酸。想总理有权不私、有名不显，权倾一国却两袖清风，这种近似残酷的反差随着岁月的增加倒叫人更加不安和不忍了。

总理的四无是党而不私。

列宁讲：群众是分为阶级的，阶级是由政党来领导的，政党是由领袖来主持的。大概有人类就有党，除政党外还有朋党、乡党等小党。在私有制的基础上，结党为了营私，党成了求权、求荣、求利的工具。项羽、刘邦为楚汉两党，汉党胜，建刘汉王朝；三国演义就是曹、吴、刘三党演义；朱元璋结党扯旗，他的对立面除元政权这个执政党外，还有张士诚、陈友谅各在野党，结果朱党胜而建朱明王朝。只有共产党成立以后才宣布，它是专门为解放全人类而做出牺牲的党，除了人民利益、国家民族利益，党无私利，党员个人无私求。无数如白求恩、张思德、雷锋、焦裕禄这样的基层党员，都做到了入党无私、在党无私。但是当身处要位甚至领袖之位，权握一国之财，而要私无一点、利无一分，却是最难最难的。权用于私，权大一分就私大一丈，失之毫厘差之千里。做无私的战士易，做无私的官员难，做无私的大官更难。

周总理同胞兄弟三人，他是老大，老二早逝，他与三弟恩寿感情很好。恩寿解放前经商为我党提供过不少经费支持，解放后安排工作到内务部，总理指示职务要安排得尽量低些，因为他是自己的弟弟。后恩寿有胃病，不能正常上班，总理又指示要办退休，说不上班就不能领国家工资。曾山部长执行得慢了些，总理又严厉批评说:“你不办，我就要给你处分了。”“文化大革命”中总理竭尽全力保护救助干部。一次范长江的夫人沈谱（著名民主人士沈钧儒之女）找到总理的侄女周秉德，希望能向总理转交一封信，救救长江。周秉德是沈钧儒长孙媳妇，沈谱是她丈夫的亲姑姑。范长江是我党新闻事业的开拓者，又是沈老的女婿，总理还是他的入党介绍人。以这样深的背景，周秉德却不敢接这封信，因为总理有一条家规:任何家人不得参与公事。

周恩来以自己坚定的党性和人格的凝聚力，消除了党内的多次摩擦和四次大的危机。50 多年来他是党内须臾不可缺少的凝固剂。第一次是红军长征时，当时周恩来身兼五职，是中央三人团（博古、李德、周恩来）成员之一、中央政治局常委、书记处书记、军委副主席、红军总政委。在遵义会议上，只有他才有资格去和博古、李德争吵，把毛泽东请了回来。王明派对党的干扰基本排除了（彻底排除要到延安整风以后），红一、四方面军会师后又冒出个张国焘。张的兵力远胜中央红军，是个实力派。有枪就要权，不给权就翻脸，党和红军又面临一次分裂。这时周恩来主动将自己担任的红军总政委让给了张国焘。红军总算统一，得以继续北上，扎根陕北。第二次是“大跃进”和三年困难时期。1957 年底，冒进情绪明显抬头，周恩来、刘少奇、陈云等提出反冒进，毛泽东说不是冒进，是跃进，并多次让周恩来检讨。周恩来立即站出来将责任全部揽到自己身上，几乎逢会就检讨，目的只有一个，就是保住党的团结，保住一批如陈云、刘少奇等有正确经济思想的干部，留得青山在，为党渡危机。而他在修订规划时，又小心地坚持原则，实事求是。他藏而不露地将“15 年赶上英国”，改为“15 年或者更多的一点时间”，加了 9 个字。将“在今后 10 年或者更短的时间内实现全国农业发展纲要”一句删去了“或者更短的时间内”8 个字。不要小看这一加一减八九个字，1959 年以后，经济凋敝，毛泽东说，国难识良将，家贫思良妻。搞经济还得靠恩来、陈云，多亏恩来给我们留了三年余地。第三次是“文化大革命”中，林彪骗取了毛泽东的信任。这时作为二把手的周恩来再次让出了自己的位置。九大之后只有两年多，林彪自我爆炸，总理连夜坐镇人民大会堂，弹指一挥，为国为党再定乾坤。让也总理，争也总理，一屈一伸又弥合了一次分裂。第四次，“林彪事件”之后“四人帮”的篡权阴谋也到了剑拔弩张的境地。这时已经不是拯救党的分裂，而是拯救党的危亡了。总理自知身患绝症，一病难起，于是他抓紧寻找接班人，寻找可以接替他与“四人帮”抗衡的人物，他找到了邓小平。1974 年 12 月，他不顾危病在身飞到长沙与毛泽东商量邓小平的任职。小平一出山，双方就展开拉锯战，这时总理躺在医院里，就像诸葛亮当年卧病军帐之中，仍侧耳静听着帐外的金戈铁马声。现在他躺在床上，像手中没有了弹药的战士，只能以重病之躯扑上去堵枪眼了。癌症折磨得他消瘦、发烧，常处在如针刺刀割般的疼痛中，后来连大剂量的镇痛、麻醉药都已不起作用。但是他忍着，他知道多坚持一分钟，党的希望就多一分。因为人民正在觉醒，叶帅他们正在组织反击。他已到弥留之际，当他清醒过来时，对身边的人员说：“你去给中央打一个电话，中央让我活几天，我就活几天！”就这样一直撑到1976年1月8日。这时消息还未正式公布，但群众一看医院内外的动静就猜出大事不好。这天总理的保健医生外出办事，一个熟人拦住问：“是不是总理出事了，真的吗？”他不敢回答，稍一迟疑，对方转身就走，边走边哭，最后放声大哭起来。9个月后，百姓凭心中的这股怨气，一举掀翻了“四人帮”。总理在死后又一次救了党。

宋代欧阳修写过一篇著名的《朋党论》，指出有两种朋党：一种是小人之朋，“所好者禄利也，所贪者财货也”；一种是君子之朋，“所守者道义，所行者忠信，所惜者名节”。而只有君子之朋才能万众一心，“周武王之臣，三千人为一大朋”，以周公为首。这就是周灭商的道理。周恩来在重庆时就被人称周公，直到晚年，他立党为公、功同周公的形象更加鲜明。“周公吐哺，天下归心。”周公不过是“一饭三吐哺”，而我们的总理在病榻上还心忧国事，“一次输液三拔针”啊！如此忧国，如此竭诚，怎么能不天下归心呢？

总理的五无是劳而无怨。

周总理是中国革命的第一受苦人。上海工人起义，“八一”南昌起义，万里长征，三大战役，这种真刀真枪的事他干；地下“特科”斗争，国统区长驻虎穴，这种生死度外的事他干；解放后政治工作、经济工作、文化工作，这种大管家的烦人杂事他干；“文化大革命”

中上下周旋，这种在夹缝中委曲求全的事他干。他一生的最后一些年头，直到临终，身上一直佩着的一块徽章是：为人民服务。如果计算工作量，他真正是党内之最。周恩来是 1974 年 6 月 1 日住进医院的，而据资料统计：1—5 月共 139 天，他每天工作 12~14 小时有 9 天；14~18 小时有 74 天；19~23 小时有 38 天；连续 24 小时有 5 天；只有 13 天工作在 12 小时之内。而从 3 月中旬到 5 月底，两个半月，日常工作之外，他又参加中央会议 21 次，外事活动 54 次，其他会议和谈话 57 次。他像一头牛，只知道负重，没完没了地受苦，有时还要受气。1934 年，因为王明的“左”倾路线和洋顾问李德的指挥之误，红军丢了苏区，血染湘江，长征北上。这时周恩来是军事三人团之一，他既要负失败之责，又要说服博古恢复毛泽东的指挥权，惶惶然，就如《打金枝》中的皇后，劝了金枝，回过头来又劝驸马。1938 年，他右臂受伤，两次治疗不愈，只好赴苏联求医。医生说为了彻底好，治疗时间就要长一些。他却说时局危急，不能长离国内，只短住了 6 个月，最后还是落下个臂伸不直的残疾。而林彪也是治病，也是这个时局，却在苏联从 1938 年住到了 1941 年。“文化大革命”中，周恩来成了救火队队长，他像老母鸡以双翅护雏防老鹰叼食一样，尽其所能保护干部。红卫兵要揪斗陈毅，周恩来苦苦说服无效，最后震怒道：“我就站在大会堂门口，看你们从我身上踩过去！”这时国家已经瘫痪，全国人除少数造反派外大多数都成了逍遥派，就只剩下周恩来一人。他像扛着城门的力士，放不下，走不开。每天无休止地接见，无休止地调解，饭都来不及吃，服务员只好在茶杯里调一点面糊。当时干部一层层地被打倒，他周围的战友、副总理、政治局委员已被打倒一大片，连国家主席刘少奇都被打倒了。他连这种“休息”的机会也得不到啊。全国到处点火，留一个周恩来东奔西跑去救火，这真是命运的捉弄。他坦然一笑说：“我不下地狱，谁下地狱？”由于他的自我牺牲、他的厚道宽容、他的任劳任怨，革命的每一个重要关头，每一次进退两难，都离不开他。许多时候他都左右逢源、稳定时局，多苦、多难、多累、多险的活，都由他去顶。

1957 年底，我国经济出现急功近利的苗头，周恩来提出反冒进。毛泽东大怒。1958 年 1 月初杭州会议，毛泽东说：“你脱离了各省、各部。”1 月中旬南宁会议，毛泽东说：你反冒进，我是反“反冒进”的。这时柯庆施写了一篇升虚火的文章，毛泽东说：“恩来，你是总理，你能写出这样的文章吗？”3 月成都会议，周恩来做检查，毛泽东表示仍然要作为一个犯错误的例子再议。从成都回京之后，一个静静的夜晚，西花厅夜凉如水，周恩来把秘书叫来说：“我要给主席写份检查，我讲一句，你记一句。”但是他枯对孤灯，常常五六分钟说不出一个字。冒进造成的险情已经四处露头，在对下与对上之间，他陷入了深深的矛盾、深深的痛苦。他对领袖的忠诚与服从绝不是封建式的愚忠。他是基于领袖是党的核心、是党统一的标志这一原则和毛泽东的威信这一事实，从唯物史观和党性标准出发来严格要求自己的。连毛泽东都说过，真理有时在少数人手中，卑贱者最聪明。但是你必须等待多数人或高贵者的觉醒。为了大局，在前几次会上他已经把反冒进的责任全揽在了自己身上，现在还要怎样深挖呢？而这深深游走的笔刃又怎样才能做到既解剖自己又不伤实情、不伤国事大局呢？天亮时，秘书终于整理成一篇文字，其中加了这样一句：“我与主席多年风雨同舟，朝夕与共，还是跟不上主席的思想。”总理指着“风雨同舟，朝夕与共”八个字说，怎么能这样提呢？你太不懂党史。说时眼眶里已泪水盈盈了。秘书不知总理苦，为文犹用昨日辞。几天后，他在八大二次会上做完检讨，并委婉地请求辞职。结论是不许辞。哀莫大于心死，苦莫大于心苦，但痛苦更在于心虽苦极又没有死。周恩来对国对民对领袖都痴心不死啊！于是，他只有负起那让常人看来无论如何也负不动的委屈。

总理的六无是死不留言。

1976 年元旦前后，总理已经到了弥留之际。这时中央领导对总理病情已是一日一问，邓颖超同志每日必到病房陪坐。可惜总理将

《大无大有周恩来》发表后周家所赠纪念封

去之时正是中央领导核心中鱼龙混杂、忠奸共处的混乱之际。奸佞之徒江青、王洪文常假惺惺地慰问却又暗藏杀机。叶剑英与总理自黄埔时期起便患难与共，又共同经历过党史上许多是非曲直。眼见总理已是一日三厥，气若游丝，而“四人帮”又趁危乱国，叶帅心乱如麻，老泪纵横。一日他取来一叠白纸，对病房值班人员说，总理一生顾全大局，严守机密，肚子里装着很多东西，死前肯定有话要说，你们要随时记下。但总理去世后，值班人员交到叶帅手里的仍然是一叠白纸。

当真是总理肚中无话吗？当然不是。在会场上，在向领袖汇报时，在与“四人帮”斗争时，在与同志谈心时，该说的都说过了，他觉得不该说的，平时不多说一字，现在并不因为要撒手而去就可以不负责任，随心所欲。总理的办公室和卧室同处一栋，邓颖超同志是他一生的革命知己，又同是中央高干，但总理工作上的事邓颖超同志自动回避，总理也不与她多讲一字。总理办公室有三把钥匙，他一把，秘书一把，警卫一把，邓颖超没有，她要进办公室必须先敲门。周总理把自己一劈两半，一半是公家的人、党的人，一半是他自己。他也有家私，也有个人丰富的内心世界，但是这两部分泾渭分明，绝不相混。周恩来与邓颖超的爱可谓至纯至诚，但也不敢因私犯公。他们两人，丈夫的心可以全部掏给妻子，但绝不能搭上公家的一点东西；反过来，妻子对丈夫可以是十二分的关心，但绝不能关心到公事上去。总理与邓大姐这对权高德重的伴侣堪称是正确处理家事国事的楷模。诗言志，是为说心里话而写。总理年轻时还有诗作，现在东瀛岛的诗碑上就刻着他那首著名的《雨中岚山》。皖南事变骤起，他愤怒地以诗惩敌：“千古奇冤，江南一叶，同室操戈，相煎何急？！”但解放后，他除了公文报告，却很少有诗。当真他的内心情感之门关闭了吗？没有。工作人员回忆，总理工作之余也写诗，用毛笔写在信笺上，反复改。但写好后又撕成碎片，碎碎的，投入纸篓，宛如一群梦中的蝴蝶。除了工作，除了按照党的决定和纪律所做的事，他不愿再表白什么、留下什么。瞿秋白在临终前留下一篇《多余的话》，将一个真实的我剖析得淋漓尽致，然后昂然就义，舍身成仁。坦白是一种崇高。周恩来在临终前只留下一叠白纸。“菩提本无树，明镜亦非台”，本来就无我，我复何言哉？不必再说，又是一种崇高。

周恩来的六个“大无”，说到底是一个无私。公私之分古来有之，但真正的大公无私自共产党始。1998 年是周恩来诞生 100 周年，也是划时代的《共产党宣言》发表 150 周年。是这个宣言公开提出要消灭私有制，要求每个党员只有解放全人类才能最后解放自己。我敢大胆说一句，150 年来，实践《共产党宣言》精神，将公私关系处理得这样彻底、完美，达到如此绝妙之境界者，周恩来必定是其中一个，因为即使如马恩、列宁也没有像他这样长期处于手握党权、政权的诱惑和身处各种矛盾的煎熬。总理在甩脱自我、真正实现“大无”的同时却得到了别人没有的“大有”：有大智、大勇、大才和大貌——那种倾城倾国、倾倒联合国的风貌，特别是他的大爱大德。

他爱心博大，覆盖国家、人民及整个世界。你看他大至处理国际关系，小至处理人际关系，无不充满浓浓的、厚厚的爱心。美帝国主义和中国人民、中国共产党曾是积怨如山的，但是战争结束后，1954年周恩来第一次与美国代表团在日内瓦见面时就发出友好的表示，虽然美国国务卿杜勒斯拒绝了，或者是不敢接受，但周恩来还是满脸的宽厚与自信。就是这种宽厚与自信，终于吸引尼克松在1972年横跨太平洋来到中国。国共两党是曾有血海深仇的，蒋介石曾以巨额大洋悬赏要周恩来的头。但是当西安事变发生，蒋介石成为阶下囚，国人皆曰可杀，连曾经向蒋介石右倾过的陈独秀都高兴地连呼“打酒来”，蒋介石必死无疑。但是周恩来只带了10个人，进到刀枪如林的西安城去与蒋介石握手。周恩来长期代表共产党与国民党谈判，在重庆，在南京，在北平，到最后，这些敌方代表为他的魅力所吸引，投向了共产党。只有团长张治中说别人可以留下，从手续上讲他应回去复命。周却坚决挽留，说西安事变时已对不起一位姓张的朋友（张学良），这次不能重演悲剧，并立即通过地下党将张的家属也接到了北平。他的爱心征服了多少人，温暖了多少人，甚至连敌人也不得不叹服。宋美龄连问蒋介石，为什么我们就没有这样的人？美方与他长期打交道后，甚至后悔当初不该去扶植蒋介石。至于他对人民的爱、对革命队伍内同志的爱，则更是如雨润田、如土载物般的浑厚深沉。曾任党的总书记、犯过“左”倾路线错误的博古，可以说是经周恩来亲手“颠覆”下台的，但后来他们相处得很好，在重庆博古成了周的得力助手。恩格斯在马克思墓前说：“他可能有过许多敌人，但未必有一个私敌。”这话移来评价周恩来最合适不过。当周恩来去世时，无论东方西方，同声悲泣，整个地球都载不动这许多遗憾、许多愁。

他的大德，将一个共产主义者的无私和儒家传统的仁义忠信糅合成一种新的美德，为中华文明提供了新的典范。如果说毛泽东是中国共产党和中华人民共和国的缔造者，周恩来就是党和国家的养护人。他硬是让各方面的压力、各种矛盾将自己压成了粉、挤成了油，润滑着党和共和国这架机器，维持着它的正常运行。50 年来他亲手托起党的两任领袖，又拯救过共和国的三次危机。遵义会议他扶起了毛泽东，“文化大革命”后期他托出邓小平。作为两代领袖，毛、邓之功彪炳史册，而周恩来却静静地化作了那六个“无”。新中国成立后他首治战争创伤，国家复苏；二治“大跃进”灾难，国又中兴；三抗林彪江青集团，铲除妖孽。而他在举国欢庆的前夜却先悄悄地走了，连一点骨灰也没有留。

周恩来为什么这样地感人至深、感人至久呢？正是这“六无”“六有”，在人们心中撞击、翻搅和掀动着大起大落、大跌大荡的波浪。他的博爱与大德，拯救、温暖和护佑了太多太多的人。自古以来，爱民之官受人爱。诸葛亮治蜀 27 年，而武侯祠香火不断 1 700 年。陈毅游武侯祠道：“孔明反胜昭烈（刘备），其何故也？余意孔明治蜀留有遗爱。”遗爱愈厚，念之愈切。平日常人相处尚投桃报李，有恩必报，而一个伟人再造了国家，复兴了民族，泽润了百姓，后人又怎能轻易地淡忘了他呢？周总理无论在自身修养还是在治国理政方面，功德、才智、民心等都很像诸葛亮。诸葛亮教子很严，他那篇有名的《诫子书》，教子“静以修身，俭以养德，非淡泊无以明志，非宁静无以致远”。他勤俭持家，上书后主说，自己家有桑树 800 棵，薄田 15 顷，供给一家人的生活，余再无积蓄。这两件事都常为史家称道。呜呼，总理何如？他没有后，当然也没有什么教子格言；他没有遗产，去世时，家属各分到几件补丁衣服做纪念；他没有祠，没有墓，连骨灰都不知落在何方；他不立言，没有一篇《出师表》可以传世。他越是这样的没有没有，后人就越感念他的遗爱，那一个个没有也就越像一条条鞭子抽在人们的心上。鲁迅说，悲剧是把人生有价值的东西撕裂给人看。是命运从总理身上一条条地撕去许多本该属于他的东西，同时也在撕裂后人的心肺肝肠。那是永远无法弥补的遗憾，这遗憾又加倍转化为深深的思念。22 年渐渐过去了，思念又转化为人们更深的思考，于是总理的人格力量在浓缩，在定格，在凸显。而人格的力量一旦形成便是超越时空的。不独总理，所有历史上的伟人，中国的司马迁、文天祥，外国的马克思、列宁，我们又何曾见过呢？爱因斯坦生生将一座物理大山凿穿而得出一个哲学结论：当速度等于光速时，时间就停止；当质量足够大时，它周围的空间就弯曲。那么，我们为什么不可以再提出一个“人格相对论”呢？当人格的力量达到一定强度时，它就会迅如光速而追附万物，穹庐空间而护佑生灵。我们与伟人当然就既无时间之差又无空间之别了。

这就是生命的哲学。

周恩来还会伴我们到永远。

《新华文摘》1998 年第 2 期

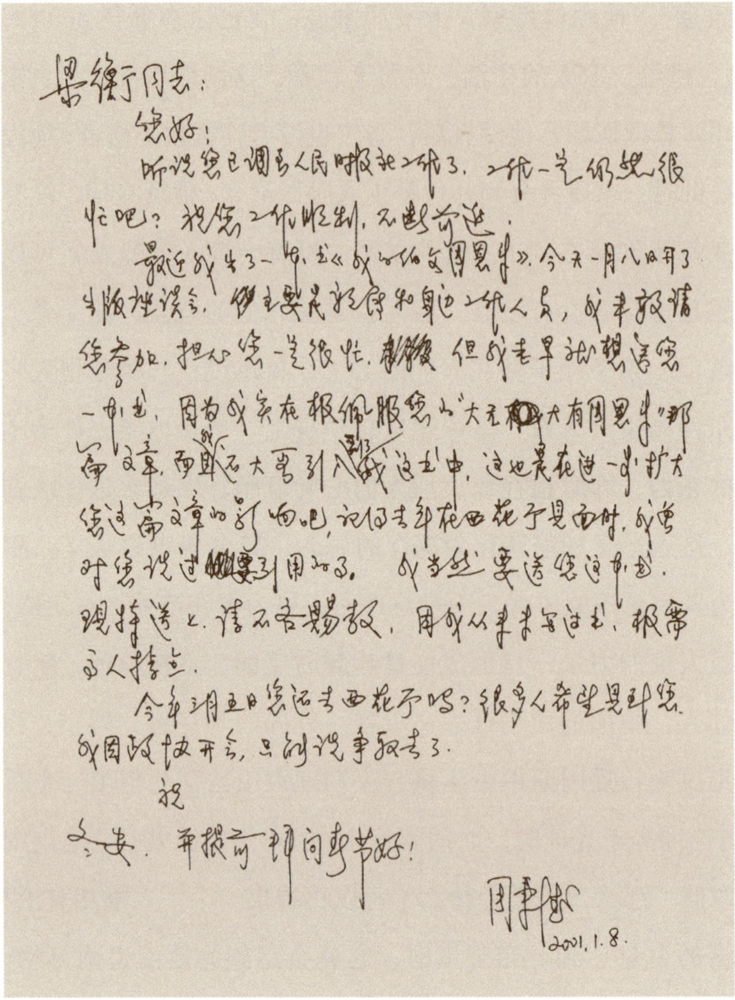

梁衡同志：

您好！

听说您已调至人民日报社工作了。工作一定很忙很忙吧？祝您工作顺利，不断前进。

最近我出了一本书《我的伯父周恩来》，今天一月八日开了出版座谈会，主要是记者和出版工作人员，我本想请您参加，担心您一定很忙，但我是早就想送您一本书，因为我实在根据您的"大无大有周恩来"那篇文章，而且还大量引入了我这书中，这也是在进一步扩大您这篇文章的影响吧，记得去年在西花厅见面时，我曾对您说过要引用的了。我当然要送您这本书，现特送上，请不吝赐教，因我从来未写过书，根本无人指点。

今年3月5日您还去西花厅吗？很多人希望见到您。我因政协开会，只能说争取去了。

祝

文安，并提前拜问春节好！

周秉德

2001.1.8.

《大无大有周恩来》一文发表后，周恩来的侄女周秉德给作者的信

一个伟人生命的价值

前不久我参观了周恩来纪念展览。

展览就设在天安门广场的东侧人民大会堂对面的历史博物馆里。展览举办以来虽已有两年的时间，但两年来参观的人从第一天起就云集门外，直到现在并不稍减。展品从总理学生时期在天津、北京搞五四运动开始，到他为革命事业战斗到最后一息，有上万件吧。这些文物真实地记录了周总理的一生，一件件、一幅幅，静静地展示在人们的面前，默默地安慰着千千万万颗怀念的心。

总理是人人称颂的，但是他到底有多少业绩却无法数清。展品中有一本《警厅拘留记》，书已旧得发黄，并已有一些剥损。这是周恩来五四时期因领导天津“觉悟社”的斗争而被捕后在监狱里编写的，它真实地记录了周恩来在中国革命的启蒙时期就勇敢坚定地冲杀在斗争的最前线。解放后有人在旧书摊上发现了这本书，就去请示总理，他却坚决不同意收购。还有一份周恩来亲自修改过的“八一”南昌起义提纲。在“周恩来同志为首的前敌委员会”一句中，“为首的”后面加上了“党的”二字。还有凡提到周恩来，后面都改成了“等同志”或具体列出了朱德、贺龙、叶挺等同志。我不禁想起，当年八一电影制片厂的同志几次提出要拍“八一”南昌起义的片子，总理都不批准，几次要为总理拍点资料镜头又都被拒绝。要不是总理伟大的谦虚，今天这个展览大厅里不知还会有多少珍贵的文物。

总理日理万机，昼夜操劳，这也是人所共知的，但这其中更深一层的艰辛，人们却极少知道。展品中有一个奇怪的小炕桌，四条细腿，桌面微斜，四围加边，这竟是总理批阅文件的办公桌。原来，总理的工作是无时无处的。他极累时就靠在椅子上，倚在床上批阅文件。这时就往往在腿上垫几本书或一块三合板。后来邓颖超同志就亲自设计了这个小炕桌。总理住进医院后又在病床上用它来处理纷繁的政务。那些日子，我们从报上看到总理在医院里接见外宾，又哪能想到即使这时他还在用这个小炕桌顽强地工作呢？展墙上有这样一份文件，是 1975 年 3 月 1 日凌晨，新华社发“二二八”起义 27 周年的消息送请总理批示的。总理在重病中立即做了详细批示，并让迅速送当时主管报纸的姚文元。而这时姚文元却早已呼呼大睡了。就在这同一文件上，姚的办公室人员批着：“姚已休息，不阅了。”我看着这炕桌、这文件、这文件上不同的批语，心里有说不出的滋味。鲁迅先生说过，他是腹背受敌进行“韧”的战斗。总理，您的晚年何尝不是这样呢?

总理，八亿人民的总理，手握重权，而又那样平易近人，艰苦朴素，竟是世人无法想象的。展览柜里有这样一张收据:“今收到高振朴（周总理）粮票肆两，人民币二角伍分。”后“二角伍分”又改为“三角”。原来是“文化大革命”中总理每到一个学校去，就在学生食堂里就餐。炊事员特意为他做了一碗汤，他见同学们没有，就让同学们喝，自己却倒了一碗开水。饭后又让工作人员交了粮票、菜金。他见收据上没有汤钱就又让再补了伍分。这一张普通的收据，实实在在地说明，一个伟大的人物又是这样的普通。还有一件睡衣，是总理1951 年做的，一直穿到逝世。说明牌上写着原来是白底蓝格的绒布。但我瞪大眼睛，怎么看也是雪白的纱布。啊，原来的蓝色哪里去了?原来的线绒哪里去了?总理忧国忧民，白天日理万机，晚上辗转难眠，20 多年的岁月啊，那颜色和线绒哪能不被磨掉呢?啊，伟大的人物，非凡的才能，清贫的生活。总理，古今中外，哪里去寻您这样的伟人呢?

展览的最后一部分有一个橱窗，里面陈列着三件文物。一件是总理生前终日佩戴的“为人民服务”的毛主席像章，红底金字光彩照人；一件是总理办公用的台历，正翻在 1976 年 1 月 8 日；一件是总理生前戴的手表，这是一块极普通的“上海”表，尼龙表带已磨破多处，并少了一截儿，时针正指着 9 时 58 分。这是一个晴天炸响了霹雳的时刻，是一个至今还勾起人们心头创痛的时刻！我不禁热泪滚满了两颊。总理，您的巨手翻过了多少页裹着硝烟、浸满汗水的日历，您的心脏和着人民的脉搏跳过了近一个世纪。您立志救国不怕坐牢；您领导上海工人起义、南昌起义，不避炮火；您在重庆、南京深入虎穴，不畏敌焰；直到您重病在身后又一再嘱咐医务人员："一定要把我的病情随时如实地告诉我，因为还有许多工作要做个交代。"啊！您是随时准备为人民献身的——终于您把一切都献出来了。

我步出展览大厅，总感到刚看完的不是一个人的生平展览，好像是读了一本书，上了一堂课，有许多哲理、许多问题还在脑中萦回。我踏着天安门广场上的方砖，信步走着。突然想到《三国演义》中的一个故事，说诸葛亮死后还从容击退了魏兵的一次进攻。事情的真伪且不必考，但它反映了人们对贤能人的死去是感到多么遗憾。而这样的事情却在20世纪70年代，在这个广场，在英雄碑下，真正地发生了。总理离开我们后的第一个清明节，那时不是敌兵压境，而是黑云压城。但是人民却不畏强暴，聚集在这里，用鲜花、黑纱、诗词做武器，向"四人帮"猛烈开火，那种民心鼎沸、飞檄讨贼的场面是中国历史上空前的。是谁在指挥呢？没有任何一个人，只是由于人民对总理的爱，对"四人帮"的恨，是总理对人民的恩泽组织起这场空前的示威。我们是不信人的肉体死后还会有什么灵魂的，但是我们却坚信一个伟人的思想将会永存。总理，在他的心脏停止跳动之后，还在确确实实地发挥着领袖的作用，还在指挥人民去继续战斗，完成那未竟之业，还在推动着历史前进。

这就是一个伟人的生命的价值，无穷无尽的、无法估量的价值。

《红色经典 · 岁月留痕》，中国人民大学出版社，2016

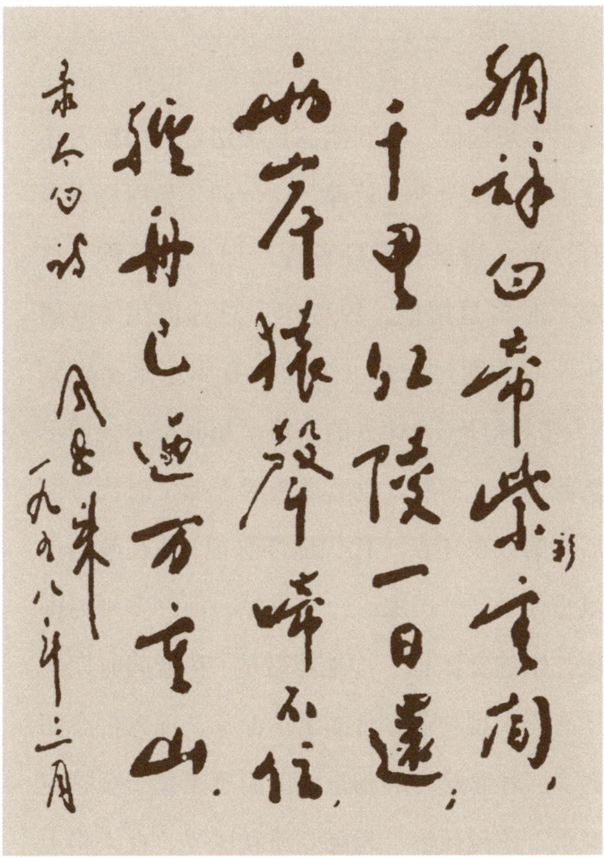

周恩来书李白诗

周恩来的道德定律

周恩来离开我们已近40年，但是人们还是常常想起他、说到他，其亲切自然如斯人还在眼前。以至于“总理”这个词几为周恩来专有，他之后虽有多任总理，但人们单称“总理”时多是指他。1998年，总理诞生100周年时我曾写过一篇《大无大有周恩来》说到“人格相对论”，伟人的人格是超时空的。要不然我们怎么解释：他虽是生活于那个时代，而后来的人也还在一代代地怀念他；他在政治上虽是代表一个国家、一个党派，而许多别的国家、别的党派也一样地尊敬他；和他同时期的还有一大批功业卓著的老革命家，而人们念叨最多、怀念最烈的却是他。周恩来是一个超越时代、超越政治、超越党派和国界，在人格上很有魅力的人。他的思想是对人类文明的贡献。一个民族出了一个全世界都能接受的人物是我们民族的骄傲。研究周恩来，小者可知怎样做官，大者可知怎样做人，再大者可知怎样构建一个社会。

周恩来人格魅力有多方面，其基本点有三：仁爱、牺牲和包容，而犹以仁爱为最。

一、仁爱——从仁心到爱民

我在《大无大有周恩来》中谈到周有六个“大有”，其中第一个就是“大爱”。在我们的文化史、思想史中，对“爱”有过误解、走过弯路。殊不知中国共产党是从同情被压迫者出发，热爱他们，因而产生革命的动机和动力，最后获得他们的拥护的。

周恩来式的爱，有三种表现。

一是仁爱待人，即从人性出发的爱。他对所遇之人，只要不是战场上的敌我相见，在大是大非的前提下，都怀有一种人道主义的慈悲，给予真诚的帮助。因此，政治、外交、统战、党的生活在他那里都有了浓浓的人情味。周的一生有很大一部分时间和精力都是用在与敌对方谈判，与国民党谈，与美国谈，后来与苏联谈，这是一件很烦心的事，周说把人都谈老了，但他始终真诚待人。1949 年国共胜负大局已定，国民党只是为争取时间才派张治中率团到北平与中共和谈，这当然不会有什么结果，最后连谈判代表都自愿留而不归了。但张治中说，别人可以不回，我作为团长应该回去复命。本来一场政治故事到此已经结束，周恩来也已完成使命，可以坐享胜利者的骄傲。但一场人性的故事才刚刚开始，周说：西安事变时我们已经对不起一位姓张的朋友（指张学良为蒋所扣），现在不能对不起另一位姓张的朋友。他亲自到六国饭店看望张治中，劝他认清蒋介石的为人，绝不可天真，并约好第二天到机场去接一个人。翌日，在西苑机场的张治中怎么也不敢相信，走下飞机的竟是他的夫人。原来，周早已通过地下党把和谈代表们在国统区的家属安全转移，谈判一有结果就立即接到了北平。

1972 年，周多方周旋促成恢复了张闻天的组织生活，后又安排他到无锡养病。钱三强是我国研制原子弹的著名科学家，曾在欧洲居里夫人实验室工作。他忠心报国，精于业务，但是对极左政治常有微词，不被领导喜欢，1957 年险些被打成右派，总理保他过了关。“文化大革命”初又要整他，总理赶忙安排他参加下乡工作队。这就是为什么在第一颗原子弹爆炸的重要时刻，钱却不在现场。

二是善解人意，无论公私尽量多为对方考虑。我国一家乐团出国访问前擅改日程、自定曲目，周批示：“我们完全不为对方设想，只一厢情愿地要人家接受我们的要求，这不是大国沙文主义是什么？”他告诉工作人员，会议的中间要安排休息，房间里有水果，要给客人留出享用的时间。他对别人的关怀，几乎是一种本能。朝鲜战争时，乔冠华是中方的谈判代表，他是只带了一件衬衫去前线的，没想到一谈就是两年。1952 年，周就派乔的妻子龚澎去参加赴朝慰问团，顺便探亲。1958 年，周从报上看到广东新会县一农民育种家育出一高产稻，便到当地视察。满是泥水的田头有一把小椅，周一到就把小椅推给农民专家，说：你长年蹲地头辛苦了，坐这个。至今那张总理与农民在田头泥水中的照片还悬挂在新会纪念馆里。

人情这个饱含爱心的词，“文化大革命”以前是被当作资产阶级思想来批判的，而“人性化”是在经过半个多世纪的斗争之后，痛定思痛，才重新回归到我们的报纸上、文件中。周恩来却一直在默默地践行着，“我行我素”。该不该有人性？这实际上是到底该怎样做人。《三国演义》里曹操讲：“宁教我负天下人，不教天下人负我。”曹操只要功业，不要人情，所以后来追随他的陈宫心寒而去。细观察，我们就会发现社会上有两种人：有的人像一个刺猬，总是觉得别人欠他什么，争斗、忌妒、抱怨、反社会，永不满意；有的人像一个手持净瓶的观音，总是急人之急，想着为别人做点什么，静静地遍洒雨露，普度众生。周是第二种人的典型，这可以追溯到中国哲学的仁，无关政治，无关党派，是一种核心价值、普世情怀。

三是大爱为民，把基于人性的爱扩大到对人民的爱，而成为一种政治模式。政治家的爱毕竟不同于宗教家、慈善家的爱，他不是施舍而是施政，是从人性出发的，是基于仁心去为大多数人谋福利的。中国古代政治中一直有民本、仁政的思想。孟子讲“政在得民”，范仲淹讲“居庙堂之高则忧其民”。虽然历史上所有进步力量的宗旨都是为人民，但将这个道理贯彻到底的是共产党，《共产党宣言》讲无产阶级先解放全人类，最后才能解放自己。中国共产党更把其宗旨概括为一句话：为人民服务。但是在众多的革命家中把对人民之爱落实得最彻底的是周恩来。

周恩来是新中国成立后在任最长的总理，是国家的“总管”，第一要考虑的是民生。1946 年，他说:“人民的世纪到了，所以应该像条牛一样努力奋斗，团结一致，为人民服务而死。”解放后，他常说:“我们的一切工作都是为了人民的。”“文化大革命”中，他的胸前始终佩戴“为人民服务”徽章，以此勉励自己永远把人民的利益放在最高位。1972—1973 年，甘肃定西连续 22 个月无雨，百万人缺粮，数十万人缺水，又值“文化大革命”大乱，病床上的周恩来听了汇报后伤心落泪:“解放几十年了，甘肃老百姓还这么困难，我当总理的有责任，对不起百姓。”刚做过手术的他用颤抖的手连批了 9 个“不够”，又画了 3 个叹号: 口粮不够，救济款不够，种子留得不够，饲料饲草不够，衣服缺得最多，副业没有，农具不够，燃料不够，饮水不够，打井配套都不够，生产基金、农贷似乎没有按重点放，医疗队不够，医药卫生更差等，必须立即解决。否则外流更多，死人死畜，大大影响劳动力！！！邢台地震，大地还没有停止颤抖，周就出现在灾区。一位失去儿子的老人泪流满面，痛不欲生，周握着他的手说:“我就是您的儿子。”他向聚拢来的群众讲话，却发现自己是站在背风一面，群众在迎风一面，他就立即换了过来。他办公和居住的中南海西花厅墙外正好是 14 路公共汽车站，上下车很吵闹，有人建议把汽车站挪开。周说，我们办事要从人民方便着想，不同意挪。直到现在，14 路公共汽车站还设在那里。他的这些举动纯出于爱心，毫不作秀。

同样是为人民服务，是以人民的名义干事业，仍可细分出几种类型：有的把这事业连同人民做了自己功业的道具，虽功成而劳民伤财；有的把自身全部溶化渗透到为人民的事业中，功成而身退名隐；而有的干脆就是骑在人民的头上作威作福。为人民服务，关键是真的有仁爱之心。

二、牺牲——我不下地狱，谁下地狱?

牺牲是一种自愿的付出，有爱才有牺牲。有各种各样的牺牲，如为情、为亲、为友、为理想、为主义、为事业的牺牲。有各种程度的牺牲，如时间、精力、健康，甚至生命。又有不同性质的牺牲，有的是激于一时的义愤或个人的争强好胜，如汪精卫刺杀清摄政王、中世纪的决斗、情人的殉情等；有的是出于对理想、事业的忠诚，冷静从容地牺牲，如文天祥的殉国、诸葛亮的殉职、谭嗣同的就义等。但是有一条，凡敢牺牲者都是基于义，源于爱，自私者不能牺牲。在中国传统文化中，牺牲属于义的范畴，大公无私，勇于牺牲是一种美德。马克思主义的道德观也弘扬这种精神，更又给予了新的含义。马克思在其早期著作《青年在选择职业时的考虑》中指出："历史把那些为共同目标工作因而自己变得高尚的人称为最伟大的人物；经验赞美那些为大多数人带来幸福的人是最幸福的人；宗教本身也教诲我们，人人敬仰的典范，就曾为人类而牺牲自己——有谁敢否定这类教诲呢？"毛泽东更是从司马迁说到张思德，"张思德同志是为人民利益而死的，他的死是比泰山还要重的”。无论古今中外，无论是马克思学说还是中国共产党的思想都是把为社会公义而牺牲看作高尚。这是基于人类的本性。

大公无私，为别人牺牲自己，这是周的本性，一种生来具有的基因。陆定一在回忆录中讲了一件令他一生难忘的事。当年陆定一随周在重庆工作，常乘飞机往返于重庆和延安。一次遇坏天气，飞机表面结冰下沉。飞行员着急，让大家把行李全部抛出舱外，并准备跳伞。这时叶挺 11 岁的小女儿因座位上无伞急得大哭。周就将自己的伞让给她。他并没有觉得自己的命比一个孩子还重要。周当了总理，在一般人看来已显贵之极、荣耀之极，而他则真正开始了生命的磨难、消耗与牺牲。我们任选一天工作日记，看看他的工作量。1974 年 3 月 26 日：

下午三时：起床；

下午四时：与尼雷尔会谈（五楼）；

晚七时：陪餐；

晚十时：政治局会议；

晨二时半：约民航同志开会；

晨七时：在七号楼办公；

中午十二时：去东郊迎接西哈努克亲王和王后；

下午二时：休息。

这就是他的工作节奏。周恩来规定凡有重要事情，无论他是在盥洗室、办公室、会议室，还是在睡眠，都要随时报告。他经常坐在马桶上批阅要件；因为无时间吃饭，服务员只好把面糊冲在茶杯里送进会议室；已重病在身还要接见外宾、谈判、到外地向毛汇报工作。他绞尽脑汁地工作，砍光青山烧尽柴，一生都在毫无保留地消耗自己。很多人都记得他晚年坐在沙发上的那张著名的照片，枯瘦、憔悴，手上、脸上满是老年斑，唯留一缕安详的目光，真正已油灯耗尽，春蚕到死，蜡炬成灰，鞠躬尽瘁。

除了身累之外还有心累，即精神上的牺牲。周一方面要考虑亿万人的生计问题，国家的生存与发展；另一方面又要顾及毛泽东的态度。新中国成立后，周常处于两难境地，只有他自己一次次地做出牺牲。“文化大革命”中，有一次服务员送水进会议室，竟发现周恩来低头不语，江青等正轮流发言，开他的批判会。但是，走出会议室后周又照样连轴转地工作，尽力解放干部，恢复秩序。邓小平说：“我们这些人都下去了，幸好保住了他。”“文化大革命”中周说过一句让人揪心的话：“我不下地狱，谁下地狱？”这是把一切都置之度外的牺牲。

牺牲是讲个人与外部世界的关系，在社会上做事和与人相处总要舍得吃一点亏，这样人与人之间才能留出距离，才能合作。著名的六尺巷的故事就是讲这个道理。社会是一个互利共同体，一般人虽然做不到像周恩来那样彻底，但总要舍出一点，牺牲一点；作为官员，因为是人民用税收养着你，你就得全部舍出。而作为一种精神，无论古今中外，无私牺牲都是高尚的追求，儒家所谓舍身成仁，佛家更是舍身饲虎。

周恩来的牺牲精神还有一个更严格之处，我称之为“超牺牲”。他有“十条家规”，除了要求自己，也同样要求家属、部下和身边的人。这和现在官场上的一些人为家属谋利、提拔重用亲信，形成了强烈的反差。中国古代最忌讳但又最难根治的就是外戚政治与朋党政治。周深知这一点，他严于律己，勿使有一点灰尘，不留下一点遗憾，这样，亲属、部下也要跟着做出牺牲，超常规的牺牲。就如我们常说要建一座抗百年一遇洪水的大坝，那99年也就跟着作陪了。夫荣妻贵是千百年来官场的铁定律。但是在周恩来这里有另一条定律：只要他当一天总理，邓颖超就不能进国务院。邓颖超在党内是绝对的老资格，1925年入党，出席莫斯科六大的代表，瑞金时期的中央机要局局长（相当于秘书长，后因病转由邓小平接任），长征干部，二次国共合作时的六位中共参政代表之一。论资格，新中国成立初组阁任一个正部长绰绰有余。周提名民主人士傅作义当了水利部部长，冯玉祥的夫人李德全当了卫生部部长，知名度不大的李书诚当了农业部部长，邓却无缘一职。张治中看不过，说：“你这个周公不‘周’（周到）啊，邓颖超不安排人不服。”周笑答：“这是我们共产党的事，先生就不必多操心了。”党内老同志看不过，来说情。周说：“她当部长，我当总理。国事家事搅在一起不利事业。只要我当一天总理她就不能到政府任职。”邓颖超不但不能进内阁，工资还要让。当时正部工资是3级，邓颖超任妇联副主席，资格老，完全够3级。但他们夫妇主动报告降两级，拿5级。批下来后，周说你身体不好上班少，又降一级，拿6级。国庆十周年上天安门的名单本有邓颖超，周审核时划掉。1974年12月，周抱病到长沙向毛泽东汇报四届全国人大的人事安排，毛泽东同意邓颖超任副委员长，可能是考虑到周恩来的性格，又亲自写了一个手令："政治局：我同意在四届人大安排邓颖超同志一个副委员长的职务。"周回来传达时却将此事扣下。到他去世后清理办公室，才在抽屉里发现这个"最高指示"。直到1980年华国锋才根据毛泽东生前意见提议增补邓颖超为副委员长。我曾有缘与周恩来的两代后人相熟，他们也都未脱此例而摊上了这种奉献。侄女周秉建"文化大革命"中带头到内蒙古草原插队，数年后应征参军。她很兴奋地穿着军装来看伯父，周说，让你去插队就要在那里扎根。结果她脱了军装重回牧区，嫁给一个蒙古族青年。国家恢复高考，周的侄孙女周晓瑾从外地考到北京广播学院。这时总理已经去世，侄孙女很兴奋地给邓颖超奶奶打电话，要去看她。邓颖超说不急，先让秘书到学院去查档案，看她是否真是靠成绩入学的，查过无事后才见面。周对身边人员的要求亦近苛刻。新中国成立之初，老秘书何谦定为12级，周问何，毛泽东的警卫李银桥多少级，答，13级。但何谦比李银桥资格老两年，周还是将何降为13级。周住的西花厅年久失修，特别是地板潮湿，对他的身体很不利。一次趁他外出，何主持将房间简单装修了一下。他回来后，何被调出西花厅。现在官场腐败，有一个词叫"利益集团"，而周的身边却有一个甘为国事牺牲的"牺牲集团"。当然，当年这样严格的不只是周恩来一人，这在党的第一代领导人中很普遍，毛泽东就主动不拿最高的一级工资，否则中国共产党也不可能得天下。

当年总理去世时我正在外地一城市，从郊外入城忽见广场悬空垂下一黑色条幅，上书“悼念人民的好总理”，满城黑纱，万人恸哭。而在北京，泪水洗面万巷空，十里长街送总理成了共和国史上悲壮的一页。人们恨不能宁以我身换总理，当时已 80 岁高龄的胡厥文老人写诗道：“庸才我不死，俊杰尔先亡。恨不以身代，凄然为国伤。”总理爱人民，人民爱总理，这绝不是简单的领袖与公民的关系，而是人心与人性的共鸣，已成历史的绝响。

三、包容——宰相肚里撑大船

仁爱是讲人心的主观出发点，是“善根”；牺牲是讲处理个人与外部世界关系时的态度，是一种无私的境界；包容则是对爱心和牺牲精神的实践检验，是具体行动。当仁爱之心和牺牲精神变成一种宽大包容时自然就感化万物，不战而屈人之兵，施政则无为而治，为人则桃李不言下自成蹊。

不肯宽容别人，无法共事；不能包容不同意见、不同派别就不能成大事。包容精神既是政治素质也是人品素养。儒家讲仁，老子讲以德报怨。周恩来以惊人的肚量和个人的魅力为中国共产党团结了不知多少朋友、多少团体、多少国家。这就是为什么在他去世后普天同悼，连曾经的敌人也唏嘘不已。李先念说：“中国共产党确实因为有周恩来同志而增添了光荣，中国人民确实因为有周恩来同志而增添了自豪感。”一位党外人士说，长期以来，提起共产党，脑子里就浮现出周恩来的形象。美国《时代》周刊20世纪40年代驻华记者白修德说，一见到周恩来，自己的“怀疑和不信任几乎荡然无存”。

周恩来的包容精神集中体现在如何对待反对过自己的人，甚至是曾经的敌人。20世纪30年代初，国共两党第一次合作失败，周是中共“特科”的负责人，专门对付国民党特务，张冲是国民党的特务头子，中央组织部调查科（“中统”前身）总干事，两人曾经是死对头。张冲成功策划了“伍豪事件”，在报上造谣周已叛变，给周的工作造成极大的被动。西安事变后，为了民族存亡，国共二次合作，周、张各为双方谈判代表，周竭诚相待，两人遂成好友。抗战还未成功，张冲病逝，周提议为张冲的追悼会捐3万元，亲自前往哀悼并致送挽联“安危谁与共，风雨忆同舟”，并发表讲演，语不成声，满座为之动容。他在报上撰文说:“先生与我，并非无党见者，惟站在民族利益之上的党见，非私见私利可比，故无事不可谈通，无问题不可解决。先生与我各以此为信，亦以此互信。”这件事在国民党上层的影响如同引爆了一颗炸弹。后来他对张冲的两个子女又尽心关照。当时的重庆特务如林，周的一举一动都在监视之中，随时有生命危险。而他却以一颗真诚的心平静地广交朋友，编织了一张正义的大网，反过来弥盖整个重庆，戴笠也无可奈何。周代表共产党在重庆协调各方组织反法西斯统一战线，最大限度地调动了各方人士灵魂深处的良知，终形成团结互爱的统战大局。共产党的一个重要武器是统一战线，不管多少派别，在政治上找共同点；周恩来的一个重要武器是尊重别人，在人心深处找共同点，不管什么人都真诚相待。30 年后，为中美建交尼克松来访，在参观十三陵时，当地官员找了一些孩子穿着漂亮的衣服在现场点缀，美国记者认为造假。周对尼克松说："你们指出这一点是对的，我们不愿文过饰非，已批评了当事人。"尼克松后来评价说："他待人很谦虚，但沉着坚定。他优雅的举止，直率而从容的姿态，都显示出巨大的魅力和泰然自若的风度。在个人交往和政治关系中，他忠实地遵循着中国人古老的信条：绝不伤人情面。"此时，周手中的武器并不是党纲、政见、共产主义学说等，而是传统道德和个人魅力以及与人为善的赤诚之心等这些普世认同的价值观。

周恩来的包容精神还体现在他处理党内关系上。中国共产党诞生于复杂的历史环境中，又经历了漫长的成长过程，党内高层人员文化背景复杂，有工人、中小知识分子、教授学者、留洋人员、旧军人，出身不同、性格各异。自陈独秀始，经过瞿秋白、向忠发、博古、张闻天直到毛泽东，周与六任领导人全部合作过，并与毛泽东合作始终。靠什么？靠坦诚、谦虚、忍让、包容，靠宰相肚里能撑船，无论新中国成立前或后，无论在党或在政，周都关系全局。长征中，周说服博古请毛出来工作，又把红军总政委一职让给张国焘，保住红军和党不分裂。转战陕北时，中央机关组成昆仑纵队被敌包围，任弼时是司令，周是政委，毛要向西，任要向东。任说我是司令听我的，毛说我是主席先撤了你这个司令，吵得不可开交。周协调，先北再西，化解了危机。解放后，因经济思想产生分歧，周主动让步，逢会就检讨并愿意辞职，又避免了一次分裂。“文化大革命”中，周更是碍着毛泽东的面子，受尽林彪和江青的气，但仍出来独撑危局。对外，他勇于承担责任，一次次地出面做红卫兵及各派的工作。周还亲自出面请被冲击、迫害的外国专家、家属吃饭，并赔礼道歉。我在《大无大有周恩来》中讲过：“他硬是让各方面的压力、各种矛盾将自己压成了粉，挤成了油，润滑着党和共和国这架机器，维持着它的正常运行。”周是领导过毛泽东的，当他认识到毛泽东的才能后，遵义会议就请毛泽东出山，以后一直辅佐他。1956年后，他与毛泽东的经济思想不合，1958年毛泽东在杭州会议、南宁会议、成都会议、八大二次会议等会上多次点名批评周是“促退派”，他主动辞职，但未通过，国家离不开他，毛泽东也离不开他。“文化大革命”中，他与毛泽东关于继续革命的思想不合，总是明里暗里保护老干部，抓生产，恢复秩序，毛泽东掀起了一场“批林批孔批周公”运动。这种胜利不是政治派别的胜利，是人心深处真、善、美的胜利，是人格完善的胜利。他一袭斗篷收裹了时代的风雨，静静地驾驭着共和国这条大船。几十年后，我们讲改革开放的成就时常说船大难掉头，是小平带领我们和这条大船一起掉过来了。但是不要忘记，首先是总理当年竭尽全力保住了这条船，当年若翻船，何处去掉头？

包容是一种博大的胸怀，清澈见底，容纳万物，它使仇者和，错者悔，嗔者平，忌者静，使任何人都不可能有不接受的理由。《三国演义》是中国人熟悉的名著，以权术计谋闻名，有谚语“少不读《水浒》，老不读《三国》”。可就是在这样一部计谋书中，人性的诚实、坦白、宽容亦然在隐隐地流动。《三国演义》开篇第一回就是桃园三结义，中间诸葛亮鞠躬尽瘁更是一条红线；在最后一回，全书73万字，叙述了绵延60年的血腥仇杀、阴谋算计之后，作者平静地讲述了晋、吴边境敌我主帅相互释疑、真诚为友的故事。两军在边境打猎后各自回营，晋帅羊祜命将对方先射中之猎物送归吴营。吴帅陆抗将私藏之酒回赠羊，部下说怕有毒，羊笑曰勿疑，倾壶而饮。陆卧病，羊赠药，部下说怕非良药，陆曰彼非毒人之人，服之，立愈。陆召集部下说：人家以德，我怎能以暴？边境遂平安无事。现实生活中最典型的例子是诺贝尔和平奖获得者、南非总统曼德拉，他年轻时推崇暴力，但27年的牢狱生涯让他悟到必须超越一己一族之仇去追求人性之光，终于实现了民族和解。他出狱时说："当我走出囚室，若不能把悲伤与怨恨留在身后，那么其实我仍在狱中。"他就职总统时请的嘉宾是曾看守过他的三位狱警。这么看来周恩来并不孤独，在历史的星空中，他们同属于那些让人们一仰望就灵魂澄净的星辰。

人类历史并不只是一部阶级斗争史，还是文化史、道德史、人格史。阶级斗争只是文化史中的一小部分，而无论怎样的历史也逃不出人的思想和道德。如马克思所说："我们的事业将默默地、但是永恒发挥作用地存在下去，而面对我们的骨灰，高尚的人们将洒下热泪。"这也应了康德的那句话：有两种东西我对它们的思考越是深沉和持久，心中越是充满不断更新的认识和有增无减的敬畏，这就是我头上的星空和心中的道德定律。

我们怀念周恩来，年复一年为他洒下热泪，默默地体悟着他那些源于人类本性的道德定律。

《人民日报》2013 年 3 月 20 日

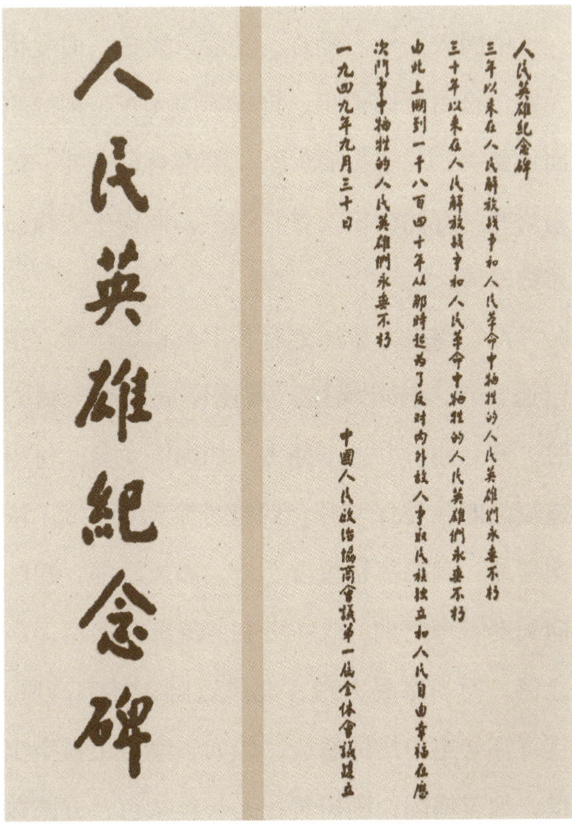

周恩来为人民英雄纪念碑书写的碑文

周恩来手植一品梅赋

中国人爱松、爱竹、爱菊、爱兰，而爱梅尤甚。松耐寒而无花，竹青翠而无香，菊经霜而不受雪，兰多香而少坚。唯梅有色有味，经霜耐寒，寿比松柏，香胜幽兰。而梅中之极品尤数蜡梅。

淮安周恩来故居处有其手植蜡梅一株，现已逾百年，枝叶满院，高比屋肩。其一树六股，遒劲曲折，上下翻飞，如绳缠龙盘。每当盛夏之时，枝探墙外，四壁难禁勃勃生机；浓荫覆地，满院都是盈盈之情。晨风轻摇，碧叶向天奏有声之曲；皓月初上，疏影在墙写无声之诗。而当寒凝大地，北风过野，雪盖高原，这青瓦老宅中蜡梅怒放，忽如一座金山横空出世，灿若朝阳，满树黄花无一丝杂色，方圆数里，暗香浮动，荡气回肠。此周总理手植蜡梅之大观也。

周总理在时，此蜡梅静生默长，人们亦不觉有奇。墙外风雨墙内树，落叶飘飘送华年。花开花落，无论冬夏短长。然自 1976 年总理大去，举国同悲，万家悼伤，怀念之情与日俱长。虽开国总理，这 960 万之国土竟无一碑之立、一石之安，魂之所系不知何方，祭之所向一片空茫。今年是周总理诞生 115 周年，念神州大地，有何物曾与周总理同生同长，却仍在生命绽放？又有何物经总理手泽，却依然长此留香？唯此株手植蜡梅，玉树临风，山高水长！于是仰树怀人，对梅神伤，游人如织，默念忠良。念总理官而不显，劳而无怨；念总理德高一品，却生而无后，死不留灰，去不留言。噫，大道无形，大德无声。其大智、大勇、大德、大才、大貌，齐化作这株一品古梅遗爱在人间。君不见这蜡梅铁干铜枝、曲节回环、伤痕斑斑，曾经多少辛酸仍挺身向天；君不见这故居青砖小院，每当大雪漫天，上下皆白，一梅出墙香清溢远。

呜呼，人去梅开，总理归来。叶落归根，香飘江淮。民族之魂，国之一脉。大无大有，周公恩来。

《人民日报》2013 年 2 月 18 日

周恩来手植梅

春回

一座小院和一条小路

作为伟人的邓小平，一生不知住过多少宅院宾馆，但唯有这个小院最珍贵，这是“文化大革命”中他突然被打倒、被管制时住的地方。作为伟人的邓小平，一生转战南北，不知走过多少路，唯有这条小路最宝贵，这是他从中央总书记、国务院副总理任上突然被安排到一个县里当钳工时，上班走的路。在小平同志去世后两个月，我有缘到江西新建县拜谒这座小院和轻踏这条小路。

这是一座有六七百平方米的院子，原本是一所军校校长的住宅，“文化大革命”中军校停办。1969 年 10 月，小平同志在中南海被软禁，3 年之后和卓琳还有他的继母又被转到江西，3 个平均年龄近 70 岁的老人守着这座孤楼小院。仿佛是一场梦，他从中南海的红墙内，从总书记的高位上被甩到了这里，开始过一个普通百姓的生活，不，比普通百姓还要低一等的生活。他没有自由，要受监视，要被强制劳动。

我以崇敬之心，轻轻地踏进院门。现在单看这座院子，应该说是一处不错的地方。楼前两棵桂花树簇拥着浓绿的枝叶，似有一层浮动的暗香。地上的草坪透出油油的新绿。人去楼空，二层的窗户静静地垂着窗帘，储存着一段珍贵的历史。整个院子庄严肃穆，甚至还有几分高贵。但是当我绕行到楼后时，心就不由一阵紧缩，只见在青草秀木之间斜立着一个发黑的柴棚和一个破旧的鸡窝，稍远处还有一块菜地，这一下子破坏了小院的秀丽与平静，将军楼也无法昂起它高贵的头。小院的主人曾经是受到了一种怎样的屈辱啊！当时 3 个老人中，65 岁的邓小平成了唯一的壮劳力，因此劈柴烧火之类的粗活就落在他的身上。他曾经是指挥过淮海战役的直接统帅啊！当年巨手一挥收敌 55 万，接着又挥师过江，再收半壁河山。可是现在，他这双手只能在烟熏火燎的煤炉旁劈柴，只能弯下腰去，到鸡窝里收那颗还微微发热的鸡蛋，到菜地里去泼一瓢大粪，好收获几苗青菜，聊补菜金的不足。要知道，这时他早已停发工资，只有少许生活费。就这样，还得节余一些捎给那一双在乡下插队的小儿女。这不亚于韩信的胯下之辱，但是他忍住了。士可杀而不可辱，名重于命固然可贵，但仍然是为一己之名。士之明大义者，命与名外更有责，是以责为重，名为轻，命又次之。有责未尽时，命不可轻抛，名不敢虚求。司马迁所谓："耻辱者，勇之决也。"自古能担大辱而成大事者是为真士，大智大勇，真情真理。人生有苦就有乐，有得意就有落魄。共产党人既然自许只有解放全人类才能最后解放自己，就能忍得人间所有的苦，受得世上所有的气。共产党从诞生那一天起就开始受挤压、受煎熬。有时一个国家都难逃国耻，何况一个人呢？世事沧桑不由己，唯有静观待变时。

一年后，他的长子，“文化大革命”中被迫害致残的邓朴方也被送到这里。多么壮实的儿子啊，现在却只能躺在床上了。他给儿子翻身，背儿子到外面去晒太阳。他将澡盆里倒满热水，为儿子一把一把地搓澡。热气和着泪水一起模糊了老父的双眼，水滴顺着颤抖的手指轻轻滑落，父爱在指间轻轻地流淌，隐痛却在他的心间阵阵发作。这时他抚着的不只是儿子摔坏的脊梁，他摸到了国家民族的伤口，他心痛欲绝，老泪纵横。我们刚刚站立不久的国家，我们正如日中天的党，突然遭此拦腰一击，其伤何重，元气何存啊？后来邓小平说，“文化大革命”，是他一生最痛苦的时刻。痛苦也能产生灵感，伟人的痛苦是和国家的命运连在一起的。作家的灵感能产生一部作品，伟人的灵感却可以产生一个时代。小平同志在这种痛苦的灵感中看到历史又到了一个拐弯处。

我在院子里漫步，在楼上楼下寻觅，觉得身前身后总有一双忧郁的眼睛。二楼的书橱里，至今还摆着小平同志研读过的《列宁全集》。楼前楼后的草坪，早已让他踩出一道浅痕，每天晚饭后他就这样一圈一圈地踱步，他在思索，在等待。他戎马一生，奔波一生，从未在一个地方闲处过一年以上。现在却虎落平川，闲踏青草，暗落泪花。如今沿着这一圈踩倒的草痕已经铺上了方砖，后人踏上小径可以细细体味一位伟人落难时的心情。

但形势绝不会满足于就让小平在这座院子里种菜、喂鸡、散步，也不能让他有太多的时间去遐想。按照当时的逻辑，“走资派”的改造，是重新到劳动中去还原。小平又被安排到住地附近的一个农机厂去劳动。开始，工厂想让他去洗零件，活轻，但人老了，蹲不下去；想让他去看图纸，眼又花了太费神。这时小平自己提出去当钳工，工厂不可理解。不想，几天下来，老师傅伸出大拇指说：“想不到，你这活够四级水平。”小平脸上静静的，没有任何表情。他的报国之心、他的治国水平，该是几级呢？这时全国所有报纸上的大标题称他是：中国二号“走资派”（但是奇怪，“文化大革命”后查遍所有的党内外文件，却找不到任何一个对他处分的决定）。金戈铁马东流水，治国安邦付西风。现在他只剩下了钳工这个老手艺了。钳工就是他 16 岁刚到法国勤工俭学时学的那个工种，时隔半个世纪，恍兮，惚兮，历史竟绕了这么大一个圈子。工厂照顾小平年迈，就在篱笆墙上开了一个口子，这样他就可以抄近路上班，大约走 20 分钟。当时决定撕开篱笆墙的人绝没有想到，这一举措竟为我们留下一件重要文物，现在这条路已被当地人称为“小平小道”。工厂和住地之间有浅沟、农田，“小平小道”蜿蜒其间，青青的草丛中露出一条红土飘带。我从工厂围墙（现已改成砖墙）的小门里钻出来，放眼这条小路，禁不住一阵激动。这是一条再普通不过的乡间小路，我还是在儿时，就在这种路上摘酸枣、抓蚂蚱，看着父辈们背着牛腰粗的柴草，腰弯如弓，在路上来去。路上走过牧归的羊群，羊群荡起尘土，模糊了天边如血的夕阳。中国乡间有多少条这样的路啊！有三年时间，小平每天要在这条小路上走两趟。他前后跟着两个负监视之责的士兵，他不能随便和士兵说话，而且也无法诉说自己的心曲。他低头走路时只有默想，想自己过去走的路，想以后将要走的路。他脑子里已经装了太多太多的东西，他有许多许多的想法。他是与中国现代史、与中国共产党党史同步的人。五四运动爆发那年，他 15 岁就考入留法预备学校，中国共产党成立的第二年，他就在法国加入少年共产党。以后到苏联学习，回国领导百色起义，经历长征，太行抗日，淮海决战，新中国成立，当总书记、副总理。党和国家走过的每一步，都有他的脚印。但是他想走的路，并没有能全部走成；相反，还因此而受打击，被贬抑。他像一只带头羊，有时刚想领群羊走一条捷径，背后却突然飞来一块石头，砸在后脖颈上。他一惊，只好作罢，再低头走老路。第一次是 1933 年，“左”倾的临时中央搞军事冒险主义，他说这不行，挨了一石头，从省委宣传部部长任上一下被贬到苏区一个村里去开荒。第二次是 1962 年，“大跃进”、人民公社化运动严重破坏了农村生产力，他说这不行，要让群众自己选择生产方式，不问黄猫、黑猫，抓住老鼠就是好猫，结果又挨了一石头，这次他倒没有被贬职，只是挨了批评，当然上面也没有接受他的建议。第三次就是“文化大革命”了，他不能同意林彪、江青一伙胡来，就被彻底贬了下来，贬到了江西老区——他第一次就曾被贬过的地方，也是他当年开始长征的地方。历史又转了一个圈，他重新踏到了这块红土地上。

这里地处郊县，还算安静。但是报纸、广播还有串联的人群不断传递着全国的躁动。到处是大字报的海洋，到处在喊“砸烂党委闹革命”，在喊“宁要社会主义的草，不要资本主义的苗”。这条路再走下去，国将不国、党将不党了啊！难道我们从江西苏区走出去的路，从南到北长征万里，又从北到南铁流千里，现在却要走向断崖，走入死胡同了吗？他在想着历史开的这个玩笑。他在小路上走着，细细地捋着党的七大、八大、九大，我们到底出了什么问题？曾作为国家领导人，一位惯常思考大事的伟人，他的办公桌没有了，会议室没有了，文件没有了，用来思考和加工思想的机器全被打碎了，现在只剩下这条他自己踩出来的小路。他每天循环往复走在这条远离京都的小路上，来时 20 分钟，去时还是 20 分钟。

1997 年 4 月，作者走访南昌『小平小道』

秋风乍起，衰草连天，田园将芜。他一定想到了当年被发配到西伯利亚的列宁。海天寂寂，列宁在湖畔的那间草棚里反复就俄国革命的理论问题做着痛苦的思考，写成了《俄国社会民主党人的任务》，提出了一个著名的原理：没有革命的理论，就不会有革命的运动。那么，我们现在正遵从着一个什么样的理论呢？他一定也想到了当年的毛泽东，也是在江西，毛泽东被“左”倾的党中央排挤之后，静心思考写作了《中国的红色政权为什么能够存在？》。那是从这红土地的石隙沙缝间汲取养分而成长起来的思想之苗啊！实践出理论，但是实践需要总结，需要拉开一定的距离进行观察和反思。就像一个画家挥笔作画时，常常要退后两步，重新审视一番，才能把握自己的作品一样，革命家有时要离开运动的旋涡，才能看清自己事业的脉络。他从15岁起就寻找社会主义，从法国到苏联，再到江西苏区，直到后来掌了权，自己动手搞社会主义，搞合作化、“大跃进”、人民公社化，还有“文化大革命”。现在离开了运动本身，又由领袖降成了平民，他突然问自己：到底什么是社会主义？中国需要什么样的社会主义？整整有3年的时间，小平就在这条路上来来回回地思索，他脑子里闪过一个题目，渐渐有了一个轮廓。就像毛泽东当年设计一个有中国特色的武装斗争道路一样，他在构思一个有中国特色的社会主义。这思想种子的发芽破土，是在10年后党的十二大上，他终于发出一声振聋发聩的呼喊：走自己的道路，建设有中国特色的社会主义，这就是我们总结长期历史经验得出的基本结论！伟人落难和常人受困是不一样的。常人者急衣食之缺，号饥寒之苦；而伟人却默穷兴衰之理，暗运回天之力。所谓西伯拘而演《周易》，仲尼厄而著《春秋》，屈原赋《离骚》，孙子论《兵法》，置己身于度外，担国家于肩上，不名一文，甚至生死未卜，仍忧天下。整整3年时间，小平种他的菜，喂他的鸡，在乡间小路上日出而作，日入而歇。但是世纪的大潮在他的胸中风起云涌，湍流激荡，如长江在峡，如黄河在壶，正在觅一条出路，正要撞开一个口子。可是他的脸上静静的，一如这春风中的田园。只有那双眼睛透着忧郁，透着明亮。

1971年秋季的一天，当他又这样带着沉重的思考步入车间，正准备摇动台钳时，厂领导突然通知大家到礼堂去集合。军代表宣布一份文件：林彪仓皇出逃，自我爆炸。全场都惊呆了，空气像凝固了一样。小平脸上没有表情，只是努力侧起耳朵。军代表破例请他坐到前面来，下班时又允许他将文件借回家中。当晚人们看到小院二楼上那间房里的灯光，一直亮到很晚。一年多后，小平同志回京。江西新建县就永远留下了这座静静的院子和这条红土小路。而这之后中国又开始了新的长征，走出了一条改革开放、为全世界所震惊的大道。

《人民文学》1997年第10期

谁敢极言

我们平常讲到一个问题的重要，或者为引起重视，就说“极言之……”如何，如何。可见人们的思维习惯是要听要害之点，不愿听不痛不痒的套话。

我们现在纪念改革开放30周年，不能忘记小平同志在1980年1月的一段著名讲话：“近三十年来，经过几次波折，始终没有把我们的工作着重点转到社会主义建设这方面来……现在要横下心来，除了爆发大规模战争外，就要始终如一地、贯彻始终地搞这件事，一切围绕着这件事，不受任何干扰。……扭着不放，‘顽固’一点，毫不动摇。”当时为强调不受干扰，他还说了一句话：“我要买两吨棉花，把耳朵塞起来。”你看，横下心、不受干扰、始终如一、“顽固”一点、买两吨棉花，何等坚决，这就是“极言”，抓住问题的要点，以极其鲜明的态度，表达自己的意见。我们回首30年的大发展、大成功，不能不佩服邓小平这段话的精辟。什么叫振聋发聩？什么叫挽狂澜于既倒？什么叫力排众议？此言之谓也。

就像名医号脉、扎针，政治家、思想家之评事论政也是号脉扎针，不过取的是思想之穴，号的是时代之脉。回顾邓小平的这段话，又使我们想起马克思也有一句“极言之”的话，讲得更彻底：“无论哪一个社会形态，在它所能容纳的全部生产力发挥出来以前，是决不会灭亡的；而新的更高的生产关系，在它的物质存在条件在旧社会的胎胞里成熟以前，是决不会出现的。”“无论……决不……”，其口气之坚决，不容半点商榷。实践是检验真理的唯一标准，小平那段话，经30年的检验足见其真，而马克思的这一段话已过去100多年，我们是在栽了几个跟斗、吃了许多亏后才深刻理解的。

能极言，敢极言，除了深刻的洞察力，还要有坚持己见的勇气，自信是站在真理一边。彭德怀在庐山遭批判后6年不认输，1965年毛泽东给他分配工作时说：“也许真理在你那边。”近日读到一则史料。当年袁世凯要复辟称帝，大造舆论。梁启超毅然站出来写文章反对，其中有一段可谓极言，掷地有声：“由此行之，就令全国四万万人中，三万万九千九百九十九万九千九百九十九人赞成，而梁某一人断不能赞成也。”当年马寅初因为提倡节制生育受到批判，他也是这样勇敢：“老夫年过八十，明知寡不敌众，自当单枪匹马，出来应战，直到战死为止。决不向专以压制、不以理说服的那种批判者投降。”

极言，是指极准确、极深刻、极彻底，绝不是我们平时说的意气用事，故走极端。逞一时之快绝不算什么英雄。敢极言之人恰恰是深思熟虑，敢当大事、能为大事之人。中英香港遗留问题是个难题。1982 年 9 月，英国首相撒切尔夫人来华想再拖延交还香港。外交谈判一般是讲究方式、方法的，甚至用语还要圆滑一点。但邓小平却以一席直白的铁板钉钉、力不可撼的极言，敲定了香港回归的大局。他说：“主权问题不是一个可以讨论的问题。”“如果中国在一九九七年，也就是中华人民共和国成立四十八年后还不把香港收回，任何一个中国领导人和政府都不能向中国人民交代……如果不收回，就意味着中国政府是晚清政府，中国领导人是李鸿章！”就是这段态度极为明确的表态，让号称“铁娘子”的英国首相撒切尔夫人一时头晕，走出人民大会堂时竟失态跌了一跤。极言的后面必有极坚决之立场和行动为证，当年梁启超讲了那段极言之后就与他的学生蔡锷联络，策划起兵反袁了。

“极”是什么？是极点，是思想的最深处，问题的最关键点。观察事物要能找到那个点，写文章要能说出那个点。福楼拜说：“写一个动作，就要找到唯一的动词，写一件物体，要找到唯一的名词。”中国古代叫“推敲”。这是在语言层面求准确，而进一步求思想层次的准确，就是要找到那个问题的唯一的关节点，也就是极点、拐点。这样的文章才有个性，才有深度，才是一把开启人思想的钥匙，是一座照路的灯塔。

古今文章无不在追求两个极点，一是形式美的极点：字、词、音韵、格律、结构，如“落霞与孤鹜齐飞”之类；二是思想的极点，一言成名彪炳千古。我们还可举出一些著名的例子。如毛泽东在1930年革命低潮时讲的：“中国革命高潮快要到来，决不是如有些人所谓‘有到来之可能’那样完全没有行动意义的、可望而不可即的一种空的东西。它是站在海岸遥望海中已经看得见桅杆尖头了的一只航船，它是立于高山之巅远看东方已见光芒四射喷薄欲出的一轮朝日，它是躁动于母腹中的快要成熟了的一个婴儿。”还有林则徐那封关于禁烟的著名奏折：“鸦片不禁，几十年后将无可以御敌之兵，无可以充饷之银。若鸦片一日不禁，本大臣一日不回，誓与此事相始终。”还有当年左宗棠在湖南初露头角，遭人构陷，险掉脑袋。大臣潘祖荫等上书也有一句极言——“天下不可一日无湖南，湖南不可一日无左宗棠”，救了一个历史功臣。这一句话也成了名言。凡在历史上站得住的极言都成了思想的里程碑。可惜我们现在报纸上的套话太多，有思想光芒的极言难得一见。这是学风文风不振的表现，令人担忧。

我劝天公重抖擞，不拘一格降文章。

《人民日报》2008年9月24日

邓小平的坚持

被称为“新时期”的中国改革开放30年，无疑将作为共和国的“伟大转折”史载入史册。相信以后许多史家会来研究这一特殊历史现象。其中原因诸多，“文化大革命”的教训，时势使然；人民意志，时代潮流；时势造英雄，小平来掌舵；等等。这所有一切，当然都是多难之后兴邦的因素。但像一切领袖的成功一样，邓小平的性格、意志因素不容忽视，这就是他坚定果断，敢于坚持己见。

改革就是一场革命。既要能提出新的思想、新的方针，还要能力排众议，坚持这个新思想、新方针。二者缺一不可。历史上提出方案，未能坚持，虎头蛇尾而流产的改革实在不少。小平是中国改革开放的总设计师，其高瞻远瞩的战略设计思路已为人所熟知，而在战术实施中的坚定不移，则还不大为人注意。近读史料，发现其例甚多。

1977 年 8 月，小平主持教育工作座谈会。大家主张恢复高考，但又觉得今年来不及，希望从明年开始，而且教育部的原招生方案报告也已送出。小平说，就从今年改！打破常规，冬季招生。让教育部追回发出的报告，他亲自修改。这一步棋改写了中国“文化大革命”十年的教育史。人才兴，国运兴。

“百科全书”，向来被称为“没有围墙的大学”，是提高民族素质和国家文化建设的基本工程。法国一批新兴资产阶级（史称百科全书派）最早就是通过编译百科全书进行思想启蒙、普及新知识而推动了 1789 年的法国资产阶级大革命，资产阶级登上历史舞台。以后百科全书随时增改，渐成一部世界性的知识总汇。党的十一届三中全会后，小平指示翻译出版美国《不列颠百科全书》（1768 年英国初版，20 世纪初转让给美国，1974 年出到第 15 版）。消息传出，社会上议论纷纷：我们怎么能出版美帝国主义的书？小平不为所动，他接见美方人员说：“几乎全世界都知道你们的百科全书在学术领域享有权威性的地位，……我们中国的科学工作者将把你们的百科全书翻译过来，这是很好的一件事。”在小平的坚持下，中美双方组成联合编审委员会，历时十年，全书终于出版。

香港回归是一件大事，政策性强，处理起来较复杂。1983 年 5 月，有记者问回归后我方可否不驻军。在一次招待香港记者的会上，小平说：请你们回来，给我发一条消息。英国人能驻，我们自己怎么反而不能驻？他给外交部批示：在港驻军一条必须坚持，不能让步！

1992年，小平视察南方，下面汇报时说："我们一定贯彻您的指示。"他说："我的话可能有点用，但我的作用就是不动摇。"

敢坚持、不动摇是领袖的基本素质。领袖一身而系天下，稍有犹豫就地动山摇。轻者是一件事的失败，大者影响民族命运、历史方向。我们常说时势造英雄，而特殊时刻竟是英雄一念铸就历史。朱可夫在回忆苏联艰难的卫国战争时说，许多时候我们实在顶不住了，但就是由于斯大林坚强的意志让我们转败为胜。坚持真理是政客与政治家的根本区别。政客是从私利出发，看着风向走。政治家是从国家民族利益出发，向着理想前进，他认准的事，就是再难、再险，杀头牺牲也不改变。毛泽东敢于坚持的典型例子是在井冈山革命低潮时，他敢说革命高潮就如一轮喷薄欲出的红日，这信念一直坚持到20多年后新中国成立。邓小平坚持最久的例子是1962年就提出，让农民自己选择生产方式，不问黄猫、黑猫，抓住老鼠就是好猫。一直坚持到16年后，1978年中国开始全面的农村土地制度改革。坚持是意志力的表现，但意志力的背后是思想的穿透力。

两个摔跤手的坚持是谁压倒谁，两军对阵的坚持是谁吃掉谁，而一个领袖对正确方针的坚持则是一个民族的崛起、一个新时期的到来。

《党建》2009年第4期

广安真理宝鼎记

2004年是邓小平诞辰100周年。家乡广安有感于小平于国功大、于民恩深，遂略修旧居，以供凭吊；又新铸宝鼎，是为纪念。鼎为青铜所铸，传统式样，圆形、三足，周身饰以夔龙、扉棱之图，高10米，重41.8吨。庄若苍岩，稳如泰山，立于渠江之畔，城东高岸之地，仰对青天，俯视大江。

想当年，正当五四潮起，马列初兴，时代变革，风起云涌，16岁的邓小平胸怀寻求真理之大志，肩负救国救民的理想，就是从现宝鼎脚下的渡口出发，毅然告别家乡，买舟东下，经渠江，入嘉陵，假长江，东出太平洋，漂泊月余抵达法国，勤工俭学求教于异邦，又转而东行，研习马列取经于苏俄。后应召回国，先受命南下领导百色起义；又东赴江西，追随毛泽东创建红色政权。之后北上长征，立马太行，逐鹿中原，决胜淮海，挥师渡江，问鼎金陵，直至横扫西南，底定江山，功莫大焉。遇“文化大革命”罹祸，再困于江西。后得复出，绵里藏针，勇斗四凶；举重若轻，收拾残局。高举解放思想、实事求是的大旗，率领全国人民开始了改革开放的新长征。从此党纲重振，国运再兴，河山生辉，百姓安康。神州上下，举国同赞：翻身不忘毛主席，致富感谢邓小平。

向来铸鼎如同立碑，是为醒世记事；铭文胜于碑文，更求标高证远。广安真理宝鼎是为纪念邓小平自 16 岁起投身社会寻求真理，特别是他后期总结“文化大革命”的教训，坚持真理标准，开创中国特色社会主义。鼎正面之铭为“解放思想”，背面之铭为“实事求是”，座基刻着小平的另一句名言：“发展才是硬道理”。而面江之整壁石墙则书有小平南方谈话全文。古人云，一言九鼎。小平这几句话兴邦定国，安土乐民；其理灼灼，其效隆隆。铸之于鼎，足可前证国史，后启来人。

宝鼎之下，渠江滚滚，千船竞发，波起潮涌。想风流人物，时势英雄，自古力挽狂澜，中兴大业，能有几人？中国共产党自 1921 年创立，为人民幸福，为民族昌盛，奋斗牺牲凡 28 年。然新中国成立之后路更长，行更难。试承包、变体制，走走停停几回摸索；“跃进”潮、“文革”浪，起起落落多少风云。其间探求殊多，争论殊多，教训殊多。更一度思想僵化，如履薄冰。是小平 1978 年领导了真理标准问题大讨论，披沙拣金，拨乱反正；1992 年又视察南方，再破陈

小平家乡广安县的《广安真理宝鼎记》石刻

规，急促发展。从此敞开国门看世界，大胆改革走市场。我古老中华重又跟上时代步伐，崛起民族之林。

宝鼎之侧，巷陌深深。故里情怀，桑绿荷红。千窗洞开忆往事，石板小路寻旧影。树高千丈不离土，伟人永在百姓中。想古往今来，有多少人物，起于垄亩，败于庙堂。唯共产党人，种子土地，永让于民。邓小平说:“我是中国人民的儿子。”其言何真，其情何深。“文化大革命”后复出，小平已年届70，他说，我还能工作20年，不是做官，是要干事。他别无所求，说只要国家发展了，我当一个富裕国家的公民就行。其先忧后乐何等胸襟！古人有云，半部《论语》治天下。“黄猫黑猫”，小平只用一句民间俗语就笑谈真理，运转乾坤。他真正是想亦百姓，做亦百姓，言亦百姓。百姓何能忘小平？曾记否，三落三起民心在，“小平您好”动京城。今日，鼎下渠江流日夜，故里年年柳色新。

大哉宝鼎，真理之鼎。未知世界，艰难探寻。长夜早起，哲人先行。读铭思理，不忘小平。

大哉宝鼎，伟人之魂。巍巍山岳，滔滔江声。华夏大地，故里春风。依鼎怀人，难忘小平。

大哉宝鼎，万民之情。鼎之沉沉，民心所凝。天地不老，岁月留痕。人民儿子，永远小平。

2004年7月

1997 年，作者采访中国农村家庭联产承包责任制的发祥地安徽凤阳小岗村

觅渡

觅渡，觅渡，渡何处？

常州城里那座不大的瞿秋白纪念馆我已经去过 3 次。从第一次看到那个黑旧的房舍，我就想写篇文章。但是 6 个年头过去了，还是没有写出。瞿秋白实在是一个谜，他太博大深邃，让你看不清摸不透，无从写起但又放不下笔。去年，我第三次访秋白故居时正值他牺牲 60 周年，地方上和北京都在筹备关于他的讨论会。他就义时才 36 岁，可人们已经纪念了他 60 年，而且还会永远纪念下去。为什么？是因为他当过党的领袖？是因为他的文学成就？还是因为他的才气？是，又不全是。他短短的一生就像一幅永远看不透的名画。

我第一次到纪念馆是 1990 年。纪念馆本是一间瞿家的旧祠堂，祠堂前原有一条河，河上有一座桥，叫觅渡桥。一听这名字我就心中一惊，觅渡，觅渡，渡在何处？瞿秋白是以职业革命家自许的，但从这个渡口出发并没有让他走出一条路。八七会议他受命于白色恐怖之中，以柔弱的书生之肩，挑起了统率全党的重担，发出武装斗争的吼声。但是他随即被王明等人一巴掌打倒，永不重用。后来在长征时又借口他有病，不带他北上。在被国民党逮捕后，他先是仔细地独白，然后就去从容就义。

如果秋白是一个如李逵式的人物，大喊一声："你朝爷爷砍吧，二十年后又是一条好汉。"也许人们早已把他忘掉。他是一个书生，一个典型的中国知识分子。你看他的照片，一副多么秀气但又有几分苍白的面容。他一开始就不是舞枪弄刀的人。他在黄埔军校讲课，在上海大学讲课，他的才华熠熠闪光，听课的人挤满礼堂，爬上窗台，甚至连学校的老师也挤进来听。后来成为大作家的丁玲，也在台下瞪着一双稚气的大眼睛。瞿秋白的文才曾是怎样折服了一代人啊！后来成为文化史专家、新中国文化部副部长的郑振铎，当时准备结婚，想求秋白刻一对印，秋白开的润格是50元。郑付不起，转而求茅盾。婚礼那天，秋白手提一手绢小包，说来送金50，郑不胜惶恐，打开一看却是两方石印。可想他当时的治印水平。秋白被排挤离开党的领导岗位之后，转而为文，短短几年他的著译竟有500万字。鲁迅与他之间的互敬和友谊，就像马克思与恩格斯一样完美。秋白夫妇到上海住鲁迅家中，鲁迅和许广平睡地板，而将床铺让给他们。秋白被捕后鲁迅立即组织营救，他就义后鲁迅又亲自为他编文集，装帧和用料在当时都是一流的。秋白与鲁迅、茅盾、郑振铎这些现代文化史上的高峰，也是齐肩至顶的啊！他应该知道自己身躯内所含的文化价值，应该到书斋里去实现这个价值。但是他没有，他目睹人民沉浮于水火，目睹党濒于灭顶，他振臂一呼，跃向黑暗。只要能为社会的前进照亮一步之路，他就毅然举全身而自燃。他的俄文水平在当时的中国是数一数二的，他曾发宏愿，要将俄国文学名著介绍到中国来，他牺牲后鲁迅感叹说，本来《死魂灵》由秋白来译是最合适的。这使我想起另一件事。有一个人和秋白同时代，他叫梁实秋，在抗日高潮中仍大写悠闲文字，被左翼作家批评为“抗战无关论”。他自我辩解说，人在情急时固然可以操起菜刀杀人，但杀人毕竟不是菜刀的使命。他还是一直弄他的“纯文学”，后来确实也成就很高，一人独立译完了《莎士比亚全集》。现在，当我们很大度地承认梁实秋的贡献时，更不该忘记秋白这样的、情急用菜刀去救国救民，甚至连自己的珠玉之身也扑上去的人。如果他不这样做，留把菜刀做后用，留得青山来养柴，在文坛上他也会成为一个，甚至十个梁实秋。但是他没有。

如果秋白的骨头像他的身体一样柔弱，他一被捕就招供认罪，那么历史也早就忘了他。革命史上有英雄也有叛徒。曾是中国共产党总书记的向忠发、政治局候补委员的顾顺章，都有一个工人阶级的好出身，但是一被逮捕，就立即招供。此外，像陈公博、周佛海、张国焘等，还可以举出不少。而秋白偏偏以柔弱之躯演出了一场泰山崩于前而不惊的英雄戏。他刚被捕时敌人并不明他的身份，他自称是一名医生，在狱中读书写字，连监狱长也求他开方看病。其实，他实实在在是一个书生、画家、医生，除了名字是假的，这些身份对他来说一个都不假。这时上海的鲁迅等正在设法营救他，但是一个听过他讲课的叛徒最终认出了他。特务乘其不备突然大喊一声："瞿秋白！"他却木然无应。敌人无法只好把叛徒拉出当面对质。这时他却淡淡一笑说："既然你们已认出了我，我就是瞿秋白。过去我写的那份供词就权当小说去读吧。"蒋介石听说抓到了瞿秋白，急电宋希濂去处理此事，宋在黄埔时听过他的课，执学生礼，想以师生之情劝其降，并派军医为之治病。他死意已决，说："减轻一点痛苦是可以的，要治好病就大可不必了。"当一个人从道理上明白了生死大义之后，他就获得了最大的坚强和最大的从容。这是靠肉体的耐力和感情的倾注所无法达到的，理性的力量就像轨道的延伸一样坚定。一个真正的知识分子向来是以理行事，所谓士可杀而不可辱。文天祥被捕，跳水、撞墙，唯求一死。鲁迅受到恐吓，出门都不带钥匙，以示不归之志。毛泽东赞扬朱自清宁饿死也不吃美国的救济粮。秋白正是这样一个典型的已达到自由阶段的知识分子。蒋介石威胁利诱实在不能使之屈服，遂下令枪决。刑前，秋白唱《国际歌》，唱红军歌曲，泰然自行至刑场，高呼"中国共产党万岁"，盘腿席地而坐，令敌开枪。从被捕到就义，这里没有一点对死的畏惧。

如果秋白就这样高呼口号为革命献身，人们也许还不会这样长久地怀念他研究他。他偏偏在临死前又抢着写了一篇《多余的话》，这在一般人看来真是多余。我们看他短短的一生斗争何等坚决：他在国共合作中对国民党右派的批驳、在党内对陈独秀右倾路线的批判何等犀利；他主持八七会议，决定武装斗争，永远功彪史册；他在监狱中从容斗敌，最后英勇就义，惊天地，泣鬼神。这是一个多么完整的句号。但是他不肯，他觉得自己实在渺小，实在愧对党的领袖这个称号，于是用“解剖刀”，将自己的灵魂仔仔细细地剖析了一遍。别人看到的他是一个光明的结论，他在这里却非要说一说这光明之前的暗淡，或者光明后面的阴影。这又是一种惊人的平静。就像敌人要给他治病时，他说，不必了。他将生命看得很淡。现在，为了做人，他又将虚名看得很淡。他认为自己是从绅士家庭、从旧文人走向革命的，他在新与旧的斗争中受着煎熬，在文学爱好与政治责任的抉择中受着煎熬。他说以后旧文人将再不会有了，他要将这个典型、这个痛苦的改造过程如实地记录下，献给后人。他说过：“光明和火焰从地心里钻出来的时候，难免要经过好几次的尝试，试探自己的道路，锻炼自己的力量。”他不但解剖了自己的灵魂，在《多余的话》里还嘱咐死后请解剖他的尸体，因为他是一个得了多年肺病的人。这又是他的伟大、他的无私。我们可以对比一下，世上有多少人都在涂脂抹粉、挖空心思地打扮自己的历史，极力隐恶扬善。特别是一些地位越高的人越爱这样做，别人也帮他们这样做，所谓为尊者讳。而他却不肯。作为领袖，人们希望他内外都是彻底的鲜红，而他却固执地说，不，我是一个多重色彩的人。在一般人是把人生投入革命，在他是把革命投入人生，革命是他人生试验的一部分。当我们只看他的事业，看他从容赴死时，他是一座平原上的高山，令人崇敬；当我们再看他对自己的解剖时，他更是一座下临深谷的高峰，风鸣林吼，奇绝险峻，给人更多的思考。他是一个内心既纵横交错又坦荡如一张白纸的人。

我在这间旧祠堂里，一年年地来去，一次次地徘徊。我想象着当年门前的小河，河上来往觅渡的小舟。秋白就是从这里出发，到上海办学，去会鲁迅；到广州参与国共合作，去会孙中山；到苏俄去当记者，去参加共产国际会议；到汉口去主持八七会议，发起武装斗争；到江西苏区去，主持教育工作。他生命短促，行色匆匆。他出门登舟之时一定想到“野渡无人舟自横”，那是一种多么悠闲的生活、一个多么宁静的港湾。他在《多余的话》里一再表达他对文学的热爱。他多么想靠上那个码头。但他没有，直到临死的前一刻他还在探究生命的归宿。他一生都在觅渡，可是到最后也没有傍到一个好的码头，这实在是一个悲剧。但正是这悲剧的遗憾，人们才这样以其生命的一倍、两倍、十倍的岁月去纪念他。如果他一开始就不闹什么革命，只是随便拔下身上的一根汗毛，悉心培植，他也会成为著名的作家、翻译家、金石家、书法家或者名医。梁实秋、徐志摩不是尚享后人之飨吗？如果他革命之后，又拨转船头，退而治学，仍然可以成为一个文坛泰斗。与他同时代的陈望道，本来是和陈独秀一起筹建共产党的，后来退而研究修辞，著《修辞学发凡》，成了中国修辞第一人，人们也记住了他。可是秋白没有这样做。就像一个美女偏不肯去演戏，像一个高个儿男子偏不肯去打篮球。他另有所求，但又求而无获，甚至被人误会。

一个人无才也就罢了，或者有一分才干成了一件事也罢了。最可惜的是他有十分才却只干成了一件事，甚至一件也没有干成，这才

1996年《觅渡，觅渡，渡何处？》一文发表后，作者拜访瞿秋白女儿瞿独伊老人

叫后人惋惜。你看岳飞的诗词写得多好，他是有文才的，但世人只记住了他的武功。辛弃疾是有武才的，他年轻时率一万义军反金投宋，但南宋政府不用他，他只能“醉里挑灯看剑，梦回吹角连营”，后人也只知他的诗才。瞿秋白以文人为政，又因政事之败而反观人生。如果他只是慷慨就义再不说什么，也许他早已没入历史的年轮，但是他又说了一些看似“多余的话”，他觉得探索比到达更可贵。项羽兵败，虽前有渡船，却拒不渡河。项羽如果为刘邦所杀，或者他失败后再渡乌江，都不如临江自刎这样留给历史永远的回味。项羽面对生的希望却举起了一把自刎的剑，秋白在将要英名流芳时却举起了一把“解剖刀”，他们都把行将定格的生命的价值又推上了一层。哲人者，宁肯

舍其事而成其心。

秋白不朽。

《中华儿女》1996 年第 8 期

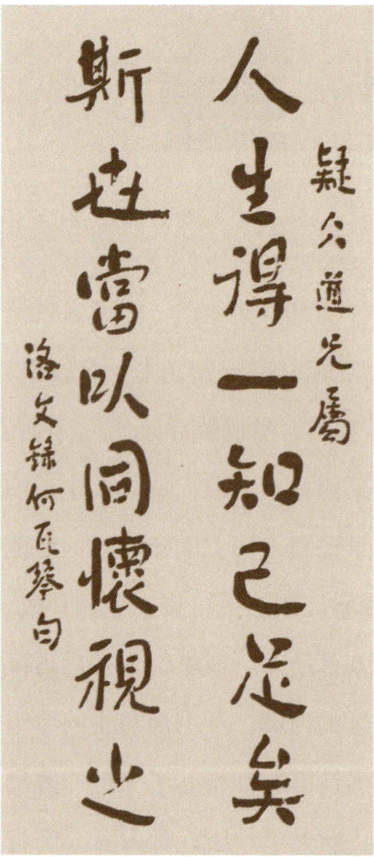

1933 年，鲁迅赠秋白的对联：『人生得一知己足矣，斯世当以同怀视之。』疑仌（冰），秋白笔名；洛文，鲁迅笔名；何瓦琴是清代学者何溱

瞿独伊给作者的一封信

梁衡副署长：

您好！

前些日子经一位朋友的推荐，我看到杂志上登载的您介绍我父亲的文章《觅渡，觅渡，渡何处？》。读后感怀颇多。

父亲一生磨难多、争议多，先生的一支笔概括了父亲的一生，提炼了他生命的精华，让没有读过党史的人，也能清晰地感到父亲的思想脉络和他对党对国家的赤子之心。如今，当我散步时，常有知情的年轻人上来嘘寒问暖，说他们读了这篇文章后，加深了对我父亲的认识，亦深感其启迪人生。静夜沉思，咀嚼先生美文，我常心存感激，感谢先生将个人的思考变成了亿万人对父亲的追思。

先生细心地捕捉到父亲的才情。父亲的才不仅杂，而且样样都精，他的才思、他的理想，在错误路线的迫害下过早夭折。每忆于此，总让人痛彻心扉。怀念父亲，我是真心希望我们的国家今后尽量没有或减少这样的遗憾。

先生的笔让人沉思，先生的犀利更让人振奋。如您近期有空，还望与您一见，面叙感慨。

瞿独伊

1997年3月12日

瞿独伊，浙江萧山人，1946年8月入党。她是赓续红色血脉的革命先烈后代，1941年被捕入狱，面对敌人威逼利诱，绝不屈服。开国大典上，她用俄语向全世界播出毛主席讲话。作为我国第一批驻外记者赴莫斯科建立新华社记者站，其间多次担任周总理和中国访苏代表团的翻译。瞿独伊长期在新华社工作，一生淡泊名利，从不向党伸手，从不搞特殊化，始终保持共产党员的精神品格和崇高风范。2021年6月29日，中共中央授予瞿独伊“七一勋章”。

常州城里觅渡缘

人与人之间的缘分真是一种说不清道不明的契合，那么一个人与一座城呢？

如果让我在故乡之外再举出一座交往最多的城市，那就是常州了。常州人待客时常说一句话：“常州，常州，常回来走走。”而我自第一次去常州做客之后，常来常往不觉已 30 年。

像许多有缘人的故事一样，第一次结缘总是偶然。那还是 1990 年 5 月，当时我在国家新闻出版署工作，因公去处理一张报纸的创办事宜。事毕，我问常州有什么名胜可看。主人，即那张报纸的筹办人王荣泰先生说：“有。小小常州城出了三位共产党的早期领袖：瞿秋白、张太雷、恽代英，都有故居和陈列馆在。”我们就信步来到瞿秋白纪念馆。瞿是继陈独秀之后党的第二位领导人。

纪念馆是一座老祠堂，也即瞿秋白的故居。原来，当年秋白家道中落，已穷得居无片瓦，就寄住在瞿家祠堂里。我参观后深为秋白的家世之苦和人生坎坷所动，心情处在压抑、悲恸之中。时已黄昏，老屋旧院，暮云四合，周围显得有几分凄清。突然院子里出现几个孩子在打打闹闹地扫地干活，脖子上的红领巾飘动着，如闪闪的火苗，为这所老宅增加了几分生气。

我问:“哪里来的小学生?”答:“旁边有一所小学，学生常来纪念馆义务劳动。”“什么小学?”“觅渡桥小学。”“觅渡”二字让我心头一惊！一般地名多是张家巷、李家桥什么的，怎么会有这样文雅的名字？令人想起李清照的“寻寻觅觅”，或屈原的“上下求索”，更联想到秋白临刑前的那一篇《多余的话》，他一生都在寻觅生命的渡口。我便问“觅渡桥”这个地名起于何年，答曰:“至少清代嘉庆年间，瞿家祠堂前就有一条河，河上有一座桥，名觅渡桥。到20世纪‘备战备荒’时，河已干涸而改建成防空洞，洞上又修路，就是现在的这条市中心马路。”啊?！200年前就有“觅渡”二字，难道真有什么谶纬之说，真的就一谶成真了吗？而且竟又长留此名，以为历史之索引。

就这一点缘起，打那之后我几乎每年去一次常州。“我在这间旧祠堂里，一年年地来去，一次次地徘徊。我想象着当年门前的小河，河上来往觅渡的小舟。秋白就是从这里出发，到上海办学，去会鲁迅；到广州参与国共合作，去会孙中山；到苏俄去当记者，去参加

《觅渡》一文刻在瞿秋白纪念馆

共产国际会议；到汉口去主持八七会议，发起武装斗争；到江西苏区去，主持教育工作。”6年后，我终于写成《觅渡，觅渡，渡何处？》（以下简称《觅渡》），很快被广泛转载，并入选中学课本。我亦被聘为瞿秋白纪念馆名誉馆长。2005年6月，在秋白就义70周年时，这篇文章又被刻石勒碑立于纪念馆院中。翠竹绕石，桂花飘香（秋白出生的老屋名八桂堂），游人肃然。我陪同秋白的女儿瞿独伊先生来参加活动。2016年全国党史学界、新闻出版行业及文学界专家、学者又专门在常州举办《觅渡》一文发表20年研讨会，怀念秋白，研讨觅渡精神。正如文章最后一句话所说：“哲人者，宁肯舍其事而成其心。”“觅渡”成了概括秋白悲剧人生的最好的文学意象，又是一种诚实人格与探索精神的象征。常州街头甚至出现了以“觅渡”为名的商店。

王荣泰先生见此灵机一动，就想注册一家公司专门推广觅渡文化。谁知，早有人先他一步。网上一查，全国竟有了100多家以“觅渡”为名的公司、中心等，“觅渡”早已成为一种文化现象，真可谓“觅渡，觅渡，惊起一片鸥鹭”。于是他决定在常州这个“觅渡”的发祥地成立一座觅渡书院，弘扬觅渡精神。在筹备过程中，远在湖南的一位宣传干部一定要求参加，原来她的网名就叫觅渡。而甘肃一位才20岁的在校大学生的网名也叫觅渡，可见文传风走，秋白精神不知已静悄悄打动了多少人的心。广西某地产一种玉陶，竟送来一个大陶瓶，上刻《觅渡》全文。而远在新疆的一位朋友听说要建觅渡书院，竟从数千里外寄来一段沙漠里的老胡杨木，借以歌颂秋白之坚忍，上面题刻:“大漠胡杨，春风玉关。觅渡人生，来到江南。”觅渡书院成立之时八方来客，好不热闹。觅渡成了常州城的文化符号，又辐射到了全国。

因为常来常州，就想秋白之外，这里还有哪些文化名人。稍一打听，竟多得数不过来。历史上的常州包括现在的无锡、宜兴，直达太湖之滨。京杭大运河穿城而过，商业繁荣，文人云集。龚自珍的诗《常州高才篇》说:“天下名士有部落，东南无与常匹俦。”文人名士已多得不胜其数，曾产生过1 900多位进士、9个状元。名声最大的当然是苏东坡了，他被贬海南赦归之后，便在常州买了一块养老之地，可惜命运不济，很快去世，要不然定会是这个“部落”的大当家。其余还有那个写有名句“红了樱桃，绿了芭蕉”的南宋词人蒋捷。近现代有盛宣怀、李公朴、赵元任、刘海粟、周璇等人，

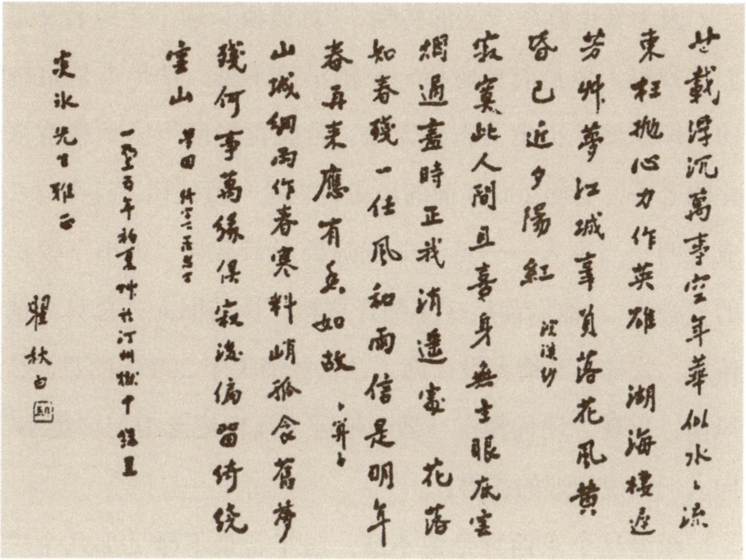

瞿秋白手迹

都是“谁人不知、谁人不晓”的人物。新中国成立后，常州又出了57个院士。就说这个觅渡桥小学（简称“觅小”），也名声赫赫，它是秋白的母校且不用说，竟还培养过6个院士。这个小学现在已是“觅渡教育集团”，有6 000名学生，规模如一所大学，泱泱一江南名校。行文至此，顺便讲一个笑话。我因与“觅小”的孩子当年缘结一面，才有了《觅渡》一文的流传，学校就赏我一个名誉校长，并正式颁发了聘书上网公布。一天，忽然收到一封家长的来信，说孩子到了上学年龄，“觅小”门槛甚高，一“额”难求，求我这个“校长”开个“后门”。他哪里知道我只是挂个空名，但这倒说明“觅小”的影响之大。

因为《觅渡》一文的传播，“觅渡桥”这个老地名又重新回到人们的视野。但是时势所移，原桥早已不见。常州本是京杭大运河上的一座水城，历史上石桥无数。若能再找回一座承载浓浓的地方文化的老桥，重续200年前的历史，也是一段佳话。这个念头一出，就成了两个当事人——觅渡书院院长王荣泰与“觅小”校长吴毅先生的“心病”。他们前后3年翻查资料、探访旧人，总算弄清了原桥的位置、式样，又请人设计施工。已经消失了200年的觅渡桥穿越历史风雨，重现于现代都市，静静地卧于秋白纪念馆与“觅小”的门前，向人们叙说如烟的往事。

缘分这个东西真是说不清，当年若是不碰见那几个“红领巾”，怎么会知道觅渡桥？若没有觅渡桥，怎么会有《觅渡》一文？若没有《觅渡》，我怎么会与常州有了这许多扯不断的情？现在要重修旧桥，他们就请我写了一篇《觅渡半桥记》刻于桥头，以记缘起。记曰：

岁月流逝，山河易位。清嘉庆年间常州城内有一条子城河，河上有座觅渡桥。年荒日久，河桥早废，几无人知。幸好桥边有一所觅渡桥小学，为老常州保存了一个旧地名。小学曾是中共早期领袖瞿秋白的母校，桥下的瞿家祠堂亦是秋白的故居。他当年就是踏过这座桥走上革命道路的。觅渡桥见证了中国和常州的一段近现代史。

为留住历史记忆，常州中国剪报社与觅渡桥小学发起重修觅渡桥的计划。但原桥早已被穿城大街切去一半，车水马龙，旧景难再。于是别生创意，仍在北岸原址建桥，腾空向南戛然而止，是为半桥。时空穿越 200 年，瞬间定格在一时。时人轻抚桥栏，念天地之悠悠，感时代之变迁。行百里者半九十，后来者当更起宏图，长虹万里架到天外去！

算来，自我第一次去常州已经过去了整整 31 年，而《觅渡半桥记》与《觅渡》两文也已相隔 25 年。鲁迅曾手书一联赠瞿秋白：“人生得一知己足矣，斯世当以同怀视之。”常州于我虽是一座城，却也配得上“同怀知己”了。人生能有几个 25，几个 31？

《中华儿女》1996 年第 8 期

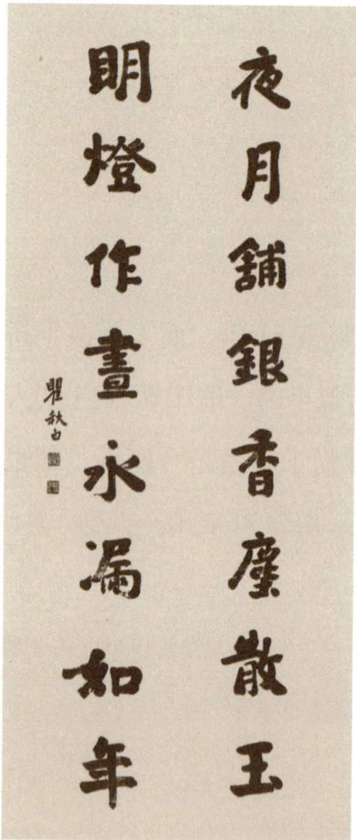
夜月鋪銀香麈散玉
明燈作畫永漏如年
瞿秋白

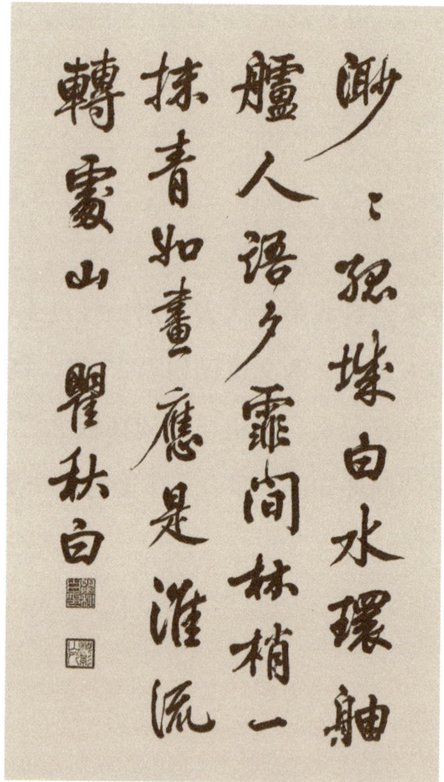
渺渺孤堤白水環
舳艫人語夕霏間
林梢一抹青如畫
應是淮流轉處山
瞿秋白

瞿秋白手迹两幅

清贫

清贫之碑

——读《清贫》

方志敏被捕后，敌兵像饿狼一样把他浑身搜了一遍，没有搜出一个铜板。对方实在不能理解这个共产党员的大官。方志敏预感到生命行将结束，就提笔为我们留下一篇文章:《清贫》。

在《清贫》中，方志敏提出要过“洁白朴素的生活”，唯此，才可以战胜一切困难。人是由物质和精神两部分组成的，没有起码的衣食保证当然无法生存。但是，如果为物所累，也就没有了精神生命。一个人如果没有了精神，则随时可以投降、变节、苟安、屈服，也就滑向了猥琐的甚至肮脏的生活。

当年蜀帝刘禅亡国被俘，魏国整日以酒肉歌舞相待，他乐不思蜀，对方就大为放心。一

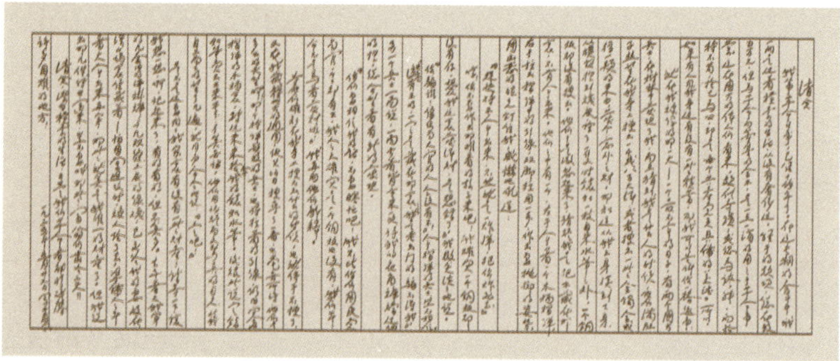

方志敏《清贫》手稿

个酒肉歌舞就能收买的人，还能有什么大志？现在，可以收买干部的东西太多了，车子、房子、金钱、美女、官职。林则徐因虎门销烟获罪，民间准备为他筹钱赎罪，他坚决拒绝，宁愿西出玉门，充军新疆。他追求一种精神，一种没有被污染了的生活。他成了一代民族英雄，他的名言“无欲则刚”，也成了一切有为之士的座右铭。

从来振聋发聩的好文章都是用鲜血写成，然后又为历史所检验的。方志敏和无数先烈以身无分文的清贫换来了人民的国家。当年贫穷的国家已富居世界前列。历史再次证明，身无分文，心忧天下，必得天下；手握大权，心怀私利，必失天下。让我们记住方志敏的话：过“洁白朴素的生活”。

《清贫》是一块人格的丰碑。

《经济晚报》2007 年 11 月 9 日

方志敏生命的最后七个月

今年是红军长征胜利 80 周年。纪念胜利，我们不应该忘记那些留在苏区未能长征或虽已踏上征途，却未能走到陕北的先烈。这其中最令我难忘的是党的早期领导人瞿秋白和方志敏。红军长征胜利 80 周年，也是他们牺牲 81 周年。长征的队伍一走，他们即死于敌人的屠刀下。他们是同年生同年死，又是在同样的背景下死去，死时都才只有 36 岁。

在 80 周年这个特殊的日子里，我有缘走访了方志敏当年战斗过的地方——江西的上饶、弋阳、横峰，又读了《方志敏全集》，特别是他在狱中的文稿。感触最深的是他在生命的最后时刻怎样对待生与死。

一

方志敏是一个有思想、有能力的领袖。他独自创立了一支红军队伍，一块有 50 个县、100 万人口的赣东北革命根据地——被中央称为模范根据地，并授予他红旗勋章一枚。根据地内经济繁荣，教育免费，“隔日有肉吃”，还发行了股票。但是，由于当时王明“左”倾教条主义在党内的错误领导，第五次反“围剿”失败，红军厄运降临。为调动和牵制敌人，他被命率孤军北上，调虎离山，全军覆亡已成定势。

兵败后，他本来是可以不死的。1935 年 1 月 15 日，他已与参谋长粟裕带 800 人冲出重围。但他说，作为领导人，我不能丢下后面的部队，便又返身回去。后队被敌打散后他又有一次生机：“本来我是可以到白区去暂避一下，但念着已有一部分队伍回赣东北，中央给我们的任务又刻不容缓地要执行，所以决心冒险很快转回赣东北，一方面接受中央的批评和处分，开会总结皖南行动，作出结论，整顿队伍，准备再出。”这样，他终于被捕。他知必死，为免与敌啰唆，随索一纸，写下：“革命必能取得最后的胜利，我愿牺牲一切，贡献于苏维埃和革命！”便再不多言。敌人押他到上饶、南昌等地示众，他戴镣铐，昂首立于台上，凛然不可撼。当时一美国记者报道：“（在场的人）个个沉默不语，连蒋介石总部的军官也是如此。这种沉默表示了对昂首挺立于高台之上的毫无畏惧神色的人的尊敬和同情。”

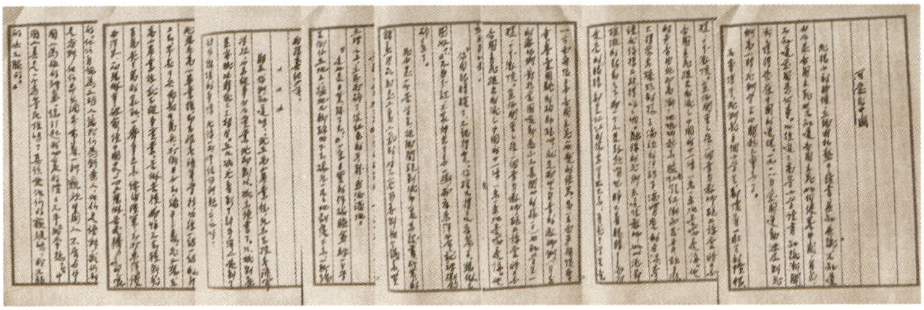

方志敏狱中手稿《可爱的中国》

方志敏自 1935 年 1 月 29 日被捕，到 8 月 6 日就义，在狱中约 7 个月。开始，他只求速死，但敌想以高官厚禄诱降他，就将他移至优待牢房。于是他便改变主意，尽量拖延时间，做两件事。一是争取越狱；二是以笔代枪，写文章。越狱需要外应，而错误路线不但毁了红军，也毁了地下党，一时与外面接不上头。他长叹：难道南昌城里连一个地下党也没有吗？眼见每天都有一批批的战友被拉出去枪毙，他由孤军更是变成了孤身。他只好背水一战，去做狱吏和高级囚犯中国民党人的工作，居然小有成效。虽不能越狱，但这些人帮他传送出了珍贵的手稿。他在狱中写了《可爱的中国》《狱中纪实》等 12 篇文章、著述，共 13.6 万字。我们可以算一下，他 1 月 29 日（长征中，中央刚刚结束遵义会议）被捕，先是被来回转移示众，3 月中旬才相对安定下来，到 8 月 6 日（长征中，红一、四方面军已经会师，这天正召开沙窝会议）就义，大约 130 天。其间，方志敏仍要不断应付敌人的提审，要做团结动员难友的工作，做争取狱吏的工作。他无任何资料，又要防敌突然搜查（有几篇还化为小说，他化名祥松）。他戴着脚镣手铐，又有10多年的痔疮，流血化脓，不能平坐。每天平均要完成1 000多字。这是何等的意志力！这种精神和人格上的贡献已远超出他具体领导的军事斗争，是红军精神、长征财富的另一个重要组成部分。

二

这些手稿到他死后5年才被辗转送到党在重庆的机关。叶剑英读罢，含泪赋诗道："血染东南半壁红，忍将奇迹作奇功。文山去后南朝月，又照秦淮一叶枫。"文山是文天祥的号，叶帅将方比作文天祥，实不为过。

现在我们重读他的狱中文稿，提到最多的是"死"：随时准备死，怎样死，死前再抓紧为革命做点什么。当然，和"死"相对应的还有"生"：为谁而活，怎样活。这是争分夺秒在敌人的屠刀下书写的一部生死书、一篇人生解读录。

读狱中稿，我们首先看到的是他坦然面对死亡。同室中还有独臂将军刘畴西等3个红军高级干部，他们吃饭、下棋、谈天、写文章。"我们为革命而生，更愿为革命而死！……砰的一枪，或啪的一刀……就什么都不知道了！我们常是这样笑说着。"他们准备好了临刑前呼的口号，每天牢门一响，就准备让敌人上来打开脚镣，拉去枪毙。但是，他们没有想到敌之更残，居然懒得开脚镣，推出去枪毙后连脚镣同埋。多年后，人们就是凭着脚镣上的记号，才确认了烈士的身份。

读狱中稿，我们明白了他在死亡面前为什么这样从容。原来他是在为民族赎难，明知是死，也要飞蛾扑火，以身殉国。文稿中有一大部分是分析当时中国社会的矛盾，揭示民族的苦难：“佃户向地主租田种，一般都四六分，即是佃户只得收获物的四成，地主坐得六成。”“土地日益集中于少数地主手里。”佃户受饥挨冻，甚至不能生存。每到年关，被逼租逼债、卖妻鬻子、吊颈投水一类的悲惨事情不断发生。方志敏以自己出生的村子为例：“共有八十余户，其中欠债欠租，朝夕不能自给的，就有七十余户……比较富有的只有两户。”他家是中农，还要租种地主的地才能维持生活。男孩子只能勉强读个私塾。他年少时印象最深的是父母为他读书举债的愁容：“中国农村的衰败、黑暗、污秽，到了惊人的地步。”所以农民造反是必然的，到年关时，常主动催促地下党举行暴动。读着这些文字，我们很容易联想到林觉民在《与妻书》中说的“遍地腥云，满街狼犬”，国难当头，唯有一死。

方在狱中痛定思痛，细理根据地建设的经验教训。这次所以大败，一方面是上面右倾，不敢放手扩大红军、扩大根据地，不敢放手做白区工作、敌军工作，“错失了许多有利发展的机会”。另一方面则是极左，残酷斗争。现在，黑暗的监狱反而成了他冷静思考问题的地方：“这次因为我们政治领导的错误和军事指挥的无能（客观的困难是有的，但都可以设法克服的），致红十军遭受怀玉山的失败，我亦因之被俘，囚禁于法西斯蒂的军法处，历时已五个来月了。何时枪毙——明天或后天，上午或下午，全不知道，也不必去管。在没有枪毙以前，我应将赣东北苏维埃的建设，写一整篇出来。我在这炎暑天气下，汗流如雨，一面构思在写，一面却要防备敌人进房来。我下了决心，要在一个月内，写好这篇文字。”他在临刑前两个月写下 1.5 万字的《赣东北苏维埃创立的历史》①，为党史研究留下了珍贵的资料。

读狱中稿最让人落泪的地方，是他自知生之无望，但对事业仍不改初心。他的《在狱致全体同志书》自叹再也不能为党工作，沉痛自责。“（最后一战）没有下最大决心，硬冲过去，……这就算是决定了我们的死命！”“我们虽囚狱中……总祈祷着你们的胜利和成功！”在《可爱的中国》一书的结尾，他甚至用诗一般的语言来写自己的身后事，充满了浪漫、憧憬，而无一丝的悲哀：“假如我不能生存——死了，我流血的地方，或者我瘗骨的地方，或许会长出一朵可爱的花来，这朵花你们就看作是我的精诚的寄托吧！在微风的吹拂中，如果那朵花是上下点头，那就可视为我对于为中国民族解放奋斗的爱国志士们在致以热诚的敬礼；如果那朵花是左右摇摆，那就可视为我在提劲儿唱着革命之歌，鼓励战士们前进啦！”他写这一段话的时间是 1935 年 5 月 2 日，5 月 3 日，红军开始抢渡金沙江。

---

① 该文当时并未写完，手稿多有残缺。

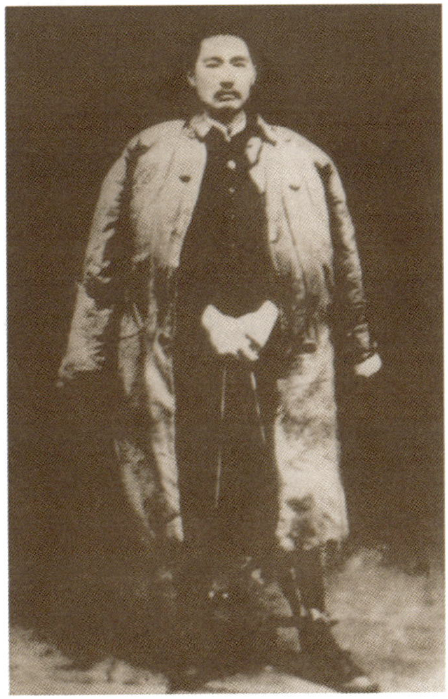

在狱中戴着镣铐的方志敏

三

凡革命都是拼命，都是因活不下去才铤而走险的。陈胜、吴广之谓："今亡亦死，举大计亦死。"而革命运动的领导者，这些知识精英大多不是因个人之苦，而是为阶级献身。林觉民所谓："当亦乐牺牲吾身与汝身之福利，为天下人谋永福也。"马克思则提炼为："无产阶级只有解放全人类，才能最后解放自己。"所以革命时期，共产党员的死是很正常的。毛泽东说："要奋斗就会有牺牲"，他一家就为革命献出了 6 个亲人。贺龙一家牺牲了 100 多人，加上远亲家族达上千人。聂荣臻回忆，红军打仗，打的是党团员，打的是干部。一仗下来，党团员伤亡 1/4，甚至 1/2。一面红旗万滴血，我们今天纪念某某胜利，最不该忘记的是那些没有等到胜利这一天的烈士。

说到烈士，我们常概念化为“抛头颅，洒热血”，符号化为碉堡前的董存瑞、铡刀下的刘胡兰。其实，还有那些敢为信仰而死的第一代领袖，他们是又一类的烈士。他们都是知识精英，有情有义，有才有貌，既不缺智商，也不缺情商，如果任选一行，都能业有大成。只是为了革命、为了民族解放，他们甘愿牺牲。我们看 40 多万字的《方志敏全集》，诗、文、小说、剧本、公文、信札，文采飞扬。方小时即聪慧，父母才咬牙借贷让他多读了几年书。他 16 岁时就发豪言：“心有三爱，奇书骏马佳山水；园栽四物，青松翠竹洁梅兰。”他愤于上海租界公园的牌子上写的“华人与狗不得入内”，一创立根据地就为农民修了一座公园，内有游泳池，每年还举办运动会。在公园内他亲植一株梭椤树（传说，这就是月宫里吴刚永远砍不倒的桂花树），现已有两抱之粗。树旁有一六角亭。闲时，方就在亭子里看书。他才华横溢，仪表堂堂，常有女性暗恋之，无以表达，就偷偷往其身后放一双亲手做的布鞋，据说他看一上午书走后，工作人员能收好几双鞋。这事我有点半信半疑，他们还能讲出许多类似的故事。

那日天擦黑时，我们去看苏区政府旧址，一老人听说是采访与方志敏有关的事迹，就主动上来搭话，又返身回家捧了几个红薯一定要塞到我们怀里。我们婉言谢绝，直到走出七八步后，他在后面说了一句:“我们家有 3 个烈士。”我们都为之一怔，顿脚回首，一时不知该说什么。心事浩茫，繁星在天，这大山深处不知藏着多少红色故事。陪同的人说，现在还有一位活着的在方身边工作过的老人。已经晚上 10 点了，我们摸黑找到枫林村的一座寺庙，见到了 97 岁的周桂兰。这是一座不大不小的佛寺，沉沉的夜色中，空寂苍凉。老人已出家 50 年，平时有一个徒弟陪伴，我们去时徒弟有事外出，就她一人独守孤庙。我们就在佛殿前的台阶上摆了几个小凳，听她谈 80 年前的往事。她印象最深的是方的和蔼可亲，发动妇女剪发、放开裹脚、扫盲识字；还有他对“肃反”的不满和无奈，常独自感叹。我说:“你现在怎么还记得这些事?”她说:“(他是)好人啊！我现在还供着他的灵位呢，每天还给他念经上香。”这一句话把我们六七个人都惊呆了，不敢相信自己的耳朵。我抬头扫一眼堂上的佛祖和沉沉的夜色，大家都不说话，空气凝固了几秒钟。座中有女士轻轻地问:“在哪里？能看一下吗?”“在三楼上。”于是我们扶着这个近百岁的老人，打着手电筒，颤颤巍巍地爬上三楼。这是一间专给人做佛事超度亡灵的小佛堂，墙上供着超度人的名单。但在三排名单之上单用稍大一点的字写着一个名字：方志敏。她每天念经超度，已 50 年。她说:“好人啊，死得太惨！我一闭眼，就见他戴着脚镣，浑身是血的样子。”她认为方死于非命，魂游他乡，所以一直在为他招魂。80 年了，也许在喧闹的都市里，在匆忙的官场上，人们早已淡忘了一个叫方志敏的人。但是在赣东北的青山绿水间，在老区人民的心里，甚至在这座乡间古寺里，还有人没有忘记他。天黑得更沉了，我们都没有说话，默默地赶回住地。

四

方志敏确实是大志未展，大业未成，死不瞑目。他的英魂还一直在身后留下的文稿中游走。

读方志敏的文稿，让人联想起许多狱中文章。这是在特殊年代、特定背景下的作品，是时代、人格、事业、生命相撞击的火花，它已远超出党派、意识形态而成为人格的宣言。中国历史上最有名的狱中文章是文天祥的《正气歌》。共产党领袖中，有瞿秋白狱中《多余的话》，胸怀坦荡，明月清风；有张闻天"文化大革命"时期羁押于肇庆期间的《肇庆文稿》，明经析理，忧国忧民；有彭德怀在"文化大革命"时期关押中写成的《我的自述》，堂堂正正，掷地有声（张、彭都是经过长征的）。这些文字，不但内容高洁，就是成稿过程之艰难曲折，也足够成为一部传奇。其时，他们都是以命相押，以死相抵，只愿留下事实、留下思想，"留取丹心照汗青"的。这意义远超于我们纪念某个具体的事件。因为一个人总会死去，一些事总会过去。而现在我们读史，看到的只是各种不同的灵魂，只有人格和精神不死。

人类永在进行寻找文明的新长征，这些文稿是征途上一盏永不熄灭的灯。

《人民日报》2016年9月21日

初心初样当年时

中国共产党历史上有两个早期领袖，他们是同年生同年死，只活了36岁，都是红军长征西去之后牺牲的。这就是瞿秋白和方志敏。今年是他们诞辰120周年，已牺牲了84年。

中国共产党建党的初心是什么？建党之初的国情、民情、党情、干情又是什么样子？2016年纪念红军长征胜利80周年时，我走访了方志敏烈士的出生地、工作地和最后兵败被困、被捕的地方。看了很多资料，接触了很多人，又读了《方志敏全集》，后来又发表了《方志敏生命最后的七个月》。一个意外的收获是加深了对建党的初心、初情的认识，有几点体会。

第一，共产党为什么闹革命？前几年，有

一种说法，当年不应该用暴力方式革命，还讽刺挖苦打土豪的农民暴动。这是历史虚无主义，不负责任。俗话讲，站着说话不腰痛，不懂当时民众的处境。不是共产党要用暴力，而是农民实在活不下去了才暴动。党是顺应潮流，为民请命，争生存，求翻身的。毛泽东当年在《湘江评论》发刊词中也说过，希望不暴力，但后来的事实证明不可能。《方志敏全集》中有这么一段话："中国旧历年关，正是工农劳苦群众最难过的鬼门关。那时正当旧历年关迫近之时，豪绅地主都纷纷向工农群众逼租逼债。起初（农民）还设词拖延，愈逼愈紧，无法尽着拖延下去。于是各村农民革命团的群众，每天都有十几班跑到我跟前来催问：'什么时候暴动呀？'……'赶快动手，实在忍不住了，要逼死人呵！'他们再三说。总要和他们说很许好话，才能把他们说回家去。但过了几天，他们又来催问：'为什么还不下命令暴动？'"可见，不是共产党要暴动，是农民推着党走，是形势使然。"于是一个一个地宣过誓：'斗争到底，永不变心！'在红纸名单上，自己的名字下画过押，喝过一杯酒，一组一组地编好组，选出团长、委员，这村子的农民革命团，就算是组织成立了。"这就像毛泽东说的，到处都布满了干柴，所以才会有各地的暴动，才会有后来的秋收起义、上井冈山。1927 年 4 月，瞿秋白为毛泽东《湖南农民革命》写的序言中义正词严地指出："农民要这些政权和土地，他们是要动手，一动手自然便要侵犯神圣的绅士先生和私有财产。他们实在'无分可过'。他们要不过分，便只有死，只有受剥削！""中国革命家都要代表三万万九千万农民说话做事，到战线去奋斗，毛泽东不过开始罢了。中国的革命者个个都应当读一读毛泽东这本书，和读彭湃的《海丰农民运动》一样。”

追溯初心就是重温党史，重新学习历史唯物主义，重温党怎样顺应历史潮流，领导工农暴动，实行农村包围城市，直到夺取政权。新中国成立以后，党领导一切，有时会忘记“顺应群众要求”这个初心，结果就犯错误。比如：“大跃进”那样的劳民伤财；“文化大革命”大搞阶级斗争，偏离经济工作；还有贪污腐败成风；等等。这都是忘记初心的恶果。

第二，第一代共产党人的坚定信念。他们坚信自己所奋斗的目标是共产主义，所以在任何困难下，他们都可以坚持，哪怕牺牲生命也在所不惜，表现出伟大的革命英雄主义和乐观主义。方志敏知道自己要死，留下这样的话：“你法西斯匪徒们只能砍下我们的头颅，决不能丝毫动摇我们的信仰，我们的信仰是铁一般地坚硬的。”“假如我还能生存，那我生存一天就要为中国呼喊一天；假如我不能生存——死了，我流血的地方，或者我瘗骨的地方，或许会长出一朵可爱的花来，这朵花你们就看作是我的精诚的寄托吧！在微风的吹拂中，如果那朵花是上下点头，那就可视为我对于为中国民族解放奋斗的爱国志士们在致以热诚的敬礼；如果那朵花是左右摇摆，那就可视为我在提劲儿唱着革命之歌，鼓励战士们前进啦！”这两段话都已经成了名言。这是共产党人的初心，为了理想可以牺牲一切，甚至生命。

如今，我们要反思一下，当年革命是为民争权。但权力争到了，怎么个别党员干部反而大搞贪污腐败，背叛人民呢？理论不牢，信仰动摇。初心一失，万丈深渊。这是一个不能不思考的大问题。我们可以回顾一个耐人寻味的现象，第一代参加革命的前辈大致有两种人。一种是基层受苦的人，没饭吃，跟着红军走。一种是家境很好的知识分子，读了书，有了信仰，跟党走。我想，初心有两个含义：时刻顺应潮流，为人民群众服务，这是实践上的初心；还有一个更基本的理论上的初心，就是信仰马克思主义。马克思学说有三大部分：哲学、政治经济学、科学社会主义，最根本的是哲学。谁也逃不脱社会发展规律，逃不出辩证唯物主义和历史唯物主义。老一代共产党人常说，他们参加革命是因为读了社会发展史，学了唯物论。毛泽东在延安认真研究哲学，很恭敬地听艾思奇的哲学课，终于形成了基于历史唯物主义和辩证唯物主义的党的指导思想——毛泽东思想。我们这一代人都曾认真地学习过《矛盾论》《实践论》。现在难免忘了初心，这是我们应该警醒的。我们现在纪念方志敏、瞿秋白等先烈，除了学习他们的事迹，也应读一读他们的著作，看他们当年是怎样接受马克思主义的。所以，在坚定的理想信念的推动下，不管是瞿秋白那样的一个柔弱书生，还是方志敏那样的一个红军将领，都能视死如归，心中有主义。

第三，今天我们纪念老一代革命者，不能不佩服他们的才华。他们真正是一代精英。在当年的国共两党斗争中，国民党方面总爱提一个问题：为什么人才都跑到共产党那里去了？方志敏从被捕到牺牲一共只有不到 7 个月的时间。这期间，他还不断地被转移、被提审，终日戴着脚镣，却写出了《可爱的中国》《狱中纪实》等文章。而且在和党失去联系、没有任何外援的情况下，还能说服看守他的人，把这些手稿转移出去。他除了有意志坚强，还有卓越的才华：写作才华、宣传才华、做思想工作的才华和独立开辟工作的才华。毛泽东说共产党人好比种子，走到哪里就能在哪里生根发芽。方志敏这一粒种子，在监狱的水泥地上都能生根发芽。党员当初是种子啊！共产党早期的领导人，上马杀狂敌，下马草军书，个个是才华横溢的军事家、政治家、文艺家。方志敏 16 岁时就立志："心有三爱，奇书骏马佳山水；园栽四物，青松翠竹洁梅兰。"这不关乎革命，而是一种更大的人文情怀，革命只是他人生的一部分。方志敏一米八的身材，骑白马，配短枪，善演讲，当时就不知迷倒了多少人，特别是那些冲决封建罗网走向社会的女性。我在采访中碰到很多人性化的故事。你看《方志敏全集》中有诗歌、散文、小说、剧本、公文、信札，都写得文采飞扬。早期领袖，不单是方志敏，瞿秋白有著译 500 万字，张闻天是第一个把歌德的诗引入中国的人。周恩来在中学时就显露出卓越的话剧才能，1964 年，他实际导演了著名的大型音乐舞蹈史诗《东方红》。我们都知道歌剧《江姐》，那是主管空军的开国上将刘亚楼亲手抓的空政歌舞团作品。他在莫斯科留学的时候就喜欢歌剧。歌剧《江姐》经过十个月的创作，总是不理想。刘亚楼说："歌剧《卡门》就是因为有一个好的主题曲，你们差的就是这个。"他一语点中要害，这才有了后来的《红梅赞》，传唱至今。这首主题曲也托起了整个歌剧。

1949 年 5 月，新中国成立前夕，毛泽东请柳亚子吃饭，朱德作陪。柳随手拿出一本纪念册，请毛、朱题词。毛泽东当即题了一首集句诗：

池塘生春草，
空梁落燕泥。
竹外桃花三两枝，
春江水暖鸭先知。

这集的是南北朝谢灵运、隋朝薛道衡和宋代苏东坡三个诗人的三句诗。随口而出啊！借自然之景准确地传达出革命胜利，即将建国的喜悦之情，却不露一点斧凿之痕。在一旁的朱德接着也题了词。这就是第一代领袖的水平，是党之初、国之初的人才水平，才华多得直往外溢啊！虽然我们今天也搞了不少“人才库”“领军人”，多少个几百、几千的“人才方阵”，而看看他们，真是自愧弗如。不用说高级干部，现在的中级干部中有几个这样的多面手？天涯何处无芳草，才华是有的，人才是有的，但不能自封或者他封，一是要到实践中去筛选；二是要放宽用人之路，广纳贤才。

今天我们纪念先烈，再回顾一下建党之初，那是一个多么令人兴奋的局面：有一颗为民牺牲的初心，有一支才华横溢的队伍，有一个朝气蓬勃的局面，这就是党之初、国之初的样子。我们曾经从这里走来！

现在我们说不忘初心，还要不丢初样，更要干出个新样，才对得起先烈。

《在纪念方志敏诞辰 120 周年全国理论研讨会上的讲话》2019 年 8 月 23 日

南昌北郊梅岭山麓的方志敏烈士墓，毛泽东书写墓名

2018年5月21日，作者在江西弋阳，重走当年方志敏打游击（战）时的路

洗尘

一个尘封垢埋却愈见光辉的灵魂

从来的纪念都是史实的盘点与对现实的观照。

中国共产党建党90周年了。这是一个欢庆的日子，也是一个缅怀先辈的日子。我们当然不会忘记毛泽东、邓小平这两位使国家独立富强的伟人；我们不该忘记那些在对敌斗争中英勇牺牲却未能见到胜利的战士和领袖；同时我们还不能忘记那些因为我们自己的错误，在党内斗争中受到伤害甚至失去生命的同志和领导人。一项大事业的成功，从来都是由经验和教训两个方面组成的；一个政党的正确思想，也从来都是在克服错误的过程中产生的。一个90年的大党，如果没有犯错并纠错的故事，就不可能走到今天。当我们今天庆祝90

年的辉煌时，怎能忘记那些为纠正党的错误付出代价，甚至献出生命的人？

这其中的一个代表人物就是张闻天。张闻天曾是中国共产党的总书记。1935 年 1 月遵义会议后，张接替博古做总书记，真正是“受任于败军之际，奉命于危难之间”。算到 1938 年共产国际明确支持毛为领导，张任总书记是 4 年；算到 1943 年 3 月中央政治局正式推定毛为主席，在组织上完成交替，张任总书记是 8 年。

忍辱负重 20 年

1945 年日本投降后，张作为政治局委员要求去东北开展工作（就像当年要求到上海开展工作一样）。他先后任两个省的省委书记。

早在晋西北、陕北调查时，张就对经济工作产生了极大的兴趣。这回有了自己的政权，他急切地想去为人民实地探索一条发展经济、翻身富裕的路子。而勤于思考、热心研究新问题，又几乎是张的天赋之性。1936 年 12 月西安事变后，他和战友们成功地促成了从国内战争向民族战争的转变，这次他也渴望党能完成从战争向建设的转身。他热心地指导农村合作社，指出不能急，先“合作供销”，再“合作生产”。合作社一定要分红，不能增加收入叫什么合作社？新中国将要成立，他总结出未来的六种经济形式，甚至提出中外合资。这些思想大都被吸收到毛泽东在七届二中全会上的报告中。东北时期是他工作最舒心的时光。

张闻天与夫人刘英在无锡梅园

但是好景不长，1951 年又调他任中国驻苏联大使。他向陈云表示，希望回国改行去做经济工作。当时上面同意调他回来任外交部常务副部长，但外事活动又不让他多出头。1956 年党的八大，他作为一个从事外交工作的政治局候补委员要做一个外交方面的发言，不许。这种歧视倒使他远离权力中心，反而旁观者清。他在许多大事上都表现出惊人的冷静。1957 年反右，他在外交部尽力抵制，保护了一批人。1958 年“大跃进”，全国处在一种燥热之中，浮夸风四起，荒唐事层出。他虽不管经济，却力排众议，到处批评蛮干，在政治局会议上大胆发言。1958 年 8 月，北戴河会议是个标志，提出钢铁产量翻一番，全国建人民公社，运动一哄而上。同年 10 月，他在东北考察，见土高炉遍地开花，就对地方领导说这样不行，回京一看，他工作的外交部大院也垒起了小高炉。他说这是胡来，要求立即下马。

张闻天是一个勤于思考的人，整日在基层调查研究，接触工农，工作亲力亲为，又有扎实的理论基础，自然会有许多想法。无论毛怎样地看他、待他，为党、为国、为民、为真理，他还是要说实话的。庐山上的一场争论已经不可避免。

一鸣惊破庐山雾

1959 年 6 月中旬，张闻天刚动了一个手术，中央 7 月 2 日召开庐山会议，他本可不去，但看到议题是“总结经验，纠正错误”，他决定去。这时，彭德怀刚出访八国回来，很累，不准备上山，张力劝彭去，说当此“总结经验、纠正错误”之时，不可不去，哪怕听一听也好。不想这一劝竟给他俩惹下终身大祸。

1959 年，新中国刚成立十年，共产党的干部还保留着不少战争思维，勇往直前、不计代价，不许泄气，不许动摇军心。还有一些人则是一味摇旗呐喊，如上海的张春桥等。这期间，彭德怀因为一封批评“大跃进”和“人民公社化运动”中错误的信件，使会议转向大批右倾。这也反映了当时全党对经济建设的规律还不熟悉。

张闻天早就有话要说，不吐不快，眼见会议就要收场，他加紧准备发言提纲，32 开的白纸，用圆珠笔写了四五张，又用红笔圈圈点点。田家英听说他要发言，忙打电话告之，“大炼钢铁”的事千万不要再说，上面不悦。他放下电话沉吟片刻，对秘书说：“不去管它！”胡乔木也感到山雨欲来，7 月 21 日晨打来电话，劝他这个时候还是不说为好，一定要说也少讲缺点。张表示：吾意已决。21 日下午，张带着这几天熬夜写就的发言提纲，带着秘书，吩咐仔细记录，便从 177 号别墅向华东组的会场走去。又一颗炸弹将在庐山爆炸。

与彭德怀的信不同，张的发言除讲事实外，更注重找原因，并从经济学和哲学的高度析事说理。如果说彭的信是摸了几颗瓜给人看，张的发言就是把瓜藤提起来，细讲这瓜是怎么长出来的。针对会上不让说缺点，怕泄气，他说缺点要讲透，才能接受教训；泄掉虚气，实气才能上升。总结教训不能只说缺乏经验就算完，这样下一次还会犯错误，而是要从观点、方法、作风上找原因。如“刮共产风”，就要从所有制和按劳分配上找原因。他说好大喜功也可以，但是主客观一定要一致；政治挂帅也行，但一定要按经济规律办事。坏事可以变好事，是指接受教训，坏事本身并不是好事，我们要尽量不办坏事。他特别讲到党风，说不要听不得不同意见，不要怕没有人歌功颂德。毛主席说要敢提意见，不要怕杀头，但人总是怕杀头的，被国民党杀不要紧，被共产党杀要遗臭万年的。领导上要造成一种空气，使下面敢于发表不同意见。最后，他提到最敏感的彭总的信。明知这时毛已表态，彭正处在墙倒众人推的境地，但他还是泰然支持，并为之辩护、澄清。

他发言的华东组，组长是柯庆施。张在柯主持的小组发言，可谓虎穴掏子，引来四围怒目相向。他的发言不断被打断，会场气氛如箭在弦。张却泰然处之，紧扣主旨，娓娓道来。他知道这是力挽狂澜的最后一搏了，就像当年在扭转危局的遵义会议上一样，一切都置之度外。遇有干扰，他置若不闻，再重复一下自己的观点，继续讲下去，条分缕析，一字一顿，像一个远行者一步一步执着地走向既定的目标。20 年来，他官愈当愈小，对问题却看得愈来愈透。那些热闹的“大跃进”场面，那些空想的理论，是百姓和国家的灾难，总得有人来捅破。

他足足讲了 3 个小时，整个下午就他一人发言。稿子整理出来有 8 000 多字。

毛泽东大为震怒。两天后的 7 月 23 日，毛做了一个疾言厉色的发言，全场为之一惊，鸦雀无声，整个庐山都在发抖。散会时人人低头看路，默无一言，只闻窸窸窣窣挪步出门之声。8 月 2 日，毛又召集所有的中央委员上山（林彪说是搬来救兵），工作会议变成了中央全会（八届八中全会）。这天毛在会上点了张闻天的名，说他旧病复发。当天又给张写成一信并印发全会，满纸皆为批评、质问。

7月23日和8月2日的讲话，还有这封信让张大为震惊。他本是拼将忠心来直谏，又据实说理论短长的，想当此上下头脑发热之际，掏尽脏腑，倾平生所学、平时所研，为党开一个药方。事前田家英、胡乔木曾劝他不要说话时，他也不是没有考虑过，在再三思量后，曾手抚讲稿对秘书说："比较成熟，估计要能驳倒这个讲话也难。"毛的讲话和信给张定了调子："军事俱乐部""文武合璧，相得益彰""反党集团"，会议立即一呼百应，展开对他的批判，并又翻起他的老账，说什么历史上忽左忽右，一贯摇摆。就这样，他成了彭黄张周"反党集团"的副帅。

为了党的团结，张闻天顾全大局再一次违心地检查，并交了一份一万字的检查稿。9日那天，他从会场出来，一言不发，要了一辆车子，直开到山顶的望江亭，西望山下江汉茫茫，四野苍苍，乱云飞渡，残阳如血。他心急如焚，欲哭无泪。他几次求见毛，毛拒而不见。会议结束，8月18日张闻天下山，回到北京。

留得光辉在人间

庐山一别，张与毛竟成永诀。

1960年春，张大病初愈，便写信给毛希望给一点工作，毛不理。

他找邓小平，邓说可研究一点国际问题。又找刘少奇，刘说还是搞经济吧，最好不要去碰中苏关系。他就明白了，自己还未脱“里通外国”的嫌疑。他去找管经济的李富春，李说正缺你这样的人，然而3天后却又表示不敢使用。后来中组部让他到经济研究所去当一个特约研究员，他立即回家把书房里的英文、俄文版的外交问题书籍一推而去，全部换成经济学书刊，并开始重读《资本论》。1962年七千人大会前后，全国形势好不容易出现一个亮点，中央开始检讨1958年以来的失误，毛、刘在会上都有自我批评。张很高兴，在南方调查后向中央报送了《关于集市贸易等问题的一些意见》。没想到这又被指为“翻案风”，立即被取消参加中央会议和阅读一切文件的权利，送交专案组审查。他不知道，对中央工作的缺点别人说得，而他却是不能置一词的。到“文化大革命”，他这个曾经的总书记又受到当年农民游街斗地主式的凌辱。他经常是早晨穿戴整齐，怀揣月票，挤上公共汽车，准时到指定地点去接受批斗。下午，他的妻子刘英，一起从长征走过来的老战友，门依黄昏，提心吊胆，盼他能平安回来。他有冠心病，在挨斗时已不知几次犯病，仅靠一片硝酸甘油挺过来。只1968年7、8、9三个月就被批斗十六七场。他还被强迫做伪证，以迫害忠良。遇有这种情况他都严词拒绝，牺牲自己保护干部。他以一个有罪之身为陈云、陆定一等辩诬。特别是康生和“四人帮”想借“61人叛徒案”打倒刘少奇，他就挺身而出，以时任总书记的身份一再为刘证明和辩护。士穷而节见，他已经穷到身被欺、名被辱，且命难保的程度，却不变其节，不改其志。他将列宁的一句话写在台历上作为自

2012年，作者在广东肇庆凭吊当年张闻天的下放地『牛冈』，却已旧迹难寻

己的座右铭:“为了能够分析和考察各个不同的情况，应该在肩膀上长着自己的脑袋。”

1969年10月18日，他被化名“张普”流放到广东肇庆。在肇庆的5年是他生命的末期，也是他思想的光辉顶点。软禁张闻天的这个小山坡就叫“牛冈”，比牛棚大一点，但仍不得自由。他像一个摔跤手，摔倒了又被人扔到台下，但他并不急着爬起来，他暂时也无力起身，就索性让自己安静一会儿，躺在那里看着天上的流云，听着耳边的风声，回忆着刚才双方的一招一式，探究着更深一层的道理。

每当夜深人静，繁星在空，他便披衣览卷，细味此生。他会想起在苏联红色教授学院时的学习，想起在长征路上与毛泽东一同反思第五次反“围剿”的失利，想起庐山上的那一场争吵。毛泽东比他大 7

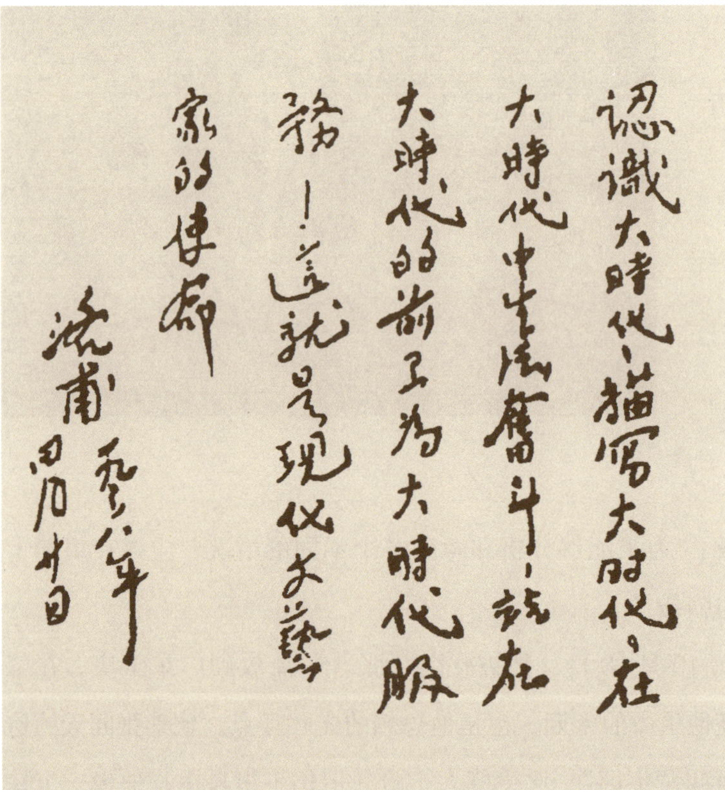

张闻天手迹

岁，他们都垂垂老矣，但是直到现在还没有吵出个结果，而国家却日复一日地政治混乱，经济崩溃。是党的路线出了毛病，还是庐山上他说的那些问题今犹更甚。归纳起来就是三点：一是滥用阶级斗争，国无宁日，人无宁日，无休无止；二是不尊重经济规律，狂想蛮干；三是个人崇拜，缺乏民主。他将这些想法，点点所得，写成文章。但这些文字已是红叶经秋，寒菊着霜，字字血、声声泪了。

张闻天接受七千人大会后的教训，潜心写作，秘而不露。眼见“文化大革命”之乱了无时日，他便请侄儿将文稿手抄了3份，将原稿销毁。这些文章只能作为“藏书”藏之后世。这批珍贵的抄件，后经刘英呈王震才得以保存下来，学界称之为《肇庆文稿》。

多少年后，当我们打开这部文稿时，顿觉光芒四射、英气逼人，仿佛是一个前世的预言家在路边为后人埋下的一张纸条。我们不得不惊叹，在那样狂热混乱的年代里作者竟能如此冷静大胆地直刺要害。只需看一下这些文章的标题，就知道他是在怎样努力拨开时代的迷雾：《人民群众是主人》《论社会主义和共产主义》《无产阶级专政下的政治和经济》。我们不妨再打开书本，听一听他在40年前发出的振聋发聩的声音：生产力是决定因素，离开发展生产力去改革生产关系是空洞可笑的。社会主义与共产主义是不同的阶段，不要急着跨进共产主义。阶级斗争就是各阶级为自己阶级的物质利益的斗争，不能改善人民的生活，共产主义就是画饼充饥。共产党执政后最危险的错误是脱离群众……他的这些话从理论上解剖了新中国成立以来“大跃进”“反右倾”“文化大革命”等运动的错误，是在为党开药方、动手术。

1974 年 2 月，经周恩来干预，张闻天恢复了组织生活。1976 年 7 月 1 日，这位党史上的总书记默默地离世（这一年中共去世四位元老，1 月，周恩来；7 月，张闻天、朱德；9 月，毛泽东）。他临死前嘱托，将解冻的存款和补发的工资上交党费。这时距打倒“四人帮”只剩 3 个月。上面指示：不开追悼会，骨灰存当地，火化时不许用真名。妻子刘英送的花圈上只好写着“送给老张同志”。火化后骨灰又不让存入骨灰堂，放在一储物间里。

他去世后 3 个月“四人帮”倒台，3 年后中央为他开追悼会平反昭雪。邓小平致悼词曰：“作风正派，顾全大局，光明磊落，敢于斗争。”1985 年，他诞生 85 周年之际《张闻天选集》出版，1990 年他诞生 90 周年之际 4 卷本 110 万字的《张闻天文集》出版。到 2010 年他诞生 110 周年之际，史学界、思想界掀起一股张闻天热，许多研究专著出版。

还汝洁白漫天雪

2011 年元旦，我为寻找张闻天的旧踪专门上了一次庐山。刚住下我就提出要去看一下他 1959 年庐山会议时住的 177 号别墅。主人说，已拆除。我说那就到原址凭吊一下吧。改造过的房子是一座崭新的二层楼，已经完全找不到旧日的影子。里面正住着一位省里的领导，我说是来看看张闻天的旧居，他一脸茫然。我不觉心中一凉，连当地的高干都不关心这些，难道他真的已经在人们的记忆里消失？

第二天一觉醒来，好一场大雪，一夜无声，满山皆白。要下山了，我想最后再看一眼177号别墅。这时才发现，从我住的173号别墅顺坡而下，就是毛泽东1970年上山时住的175号别墅，再往下就是1959年彭德怀住的176号和张闻天住的177号。3个曾在这里吵架的巨人，原来是这样地相傍为邻啊。我不觉起了好奇心，便用步子量了一下，从175号毛的窗下，到176号彭门前的台阶只有29步，而从176号到177号是99步。历史上的那场惊涛骇浪，竟就在这百步之内与咫尺之间。当然，1959年上山时毛住的是“美庐”（离这里也不远），但1970年他在175号住了23天，每日出入其间，抬头不见低头见，睹“屋”思人，难道就没有想起彭德怀和张闻天？现在是冬天，本就游人稀少，这时天还早，177号就更显得冷清。新楼的山墙上镶着重建时一位领导人题的两个字——“秀庐”，我却想为这栋房子命名为“冷庐”或“静庐”。这里曾住过一个最冷静、最清醒的思想家。当1959年庐山会议上的多数人还在头脑发热时，张闻天就在这里写了一篇极冷静的文章，一篇专治极左病的要言妙道，这是一篇现代版的《七发》。我在院子里徘徊，楼前空地上几棵孤松独起，青枝如臂，正静静地迎着漫天而下的雪花。我在心底吟哦着这样的句子：

凭子吊子，惆怅我怀。寻子访子，旧居不再。飘飘洒洒，雪从天来。抚其辱痕，还汝洁白。水打山崖，风过林海。斯人远去，魂兮归来！

我转身下山一头扑入飞雪的怀抱里，也迈进了 2011 年的门槛。这一年正是中国共产党建党 90 周年，张闻天诞生 111 周年。

《北京日报》2011 年 7 月 12 日

重阳

二死其身的彭德怀

中国古代有一句为政格言:“文死谏，武死战。”国家的稳定全赖文武官员各司其职、各守其责。神武之勇，战功卓著，名扬疆场者被尊为开国功臣、民族英雄。敢说真话，为民请命者为诤谏之臣，如魏徵，如海瑞。进入现代社会，讲民主，讲法治，但个人的政治操守仍然是从政者必不可少的素质。在共和国历史上兼武战之功、文谏之德于一身并惊天动地、彪炳史册的，当数彭德怀。

无彭则无军威，有军必有先生

在十大元帅中，彭德怀是唯一一个参加过大革命、土地革命战争、抗日战争、解放战

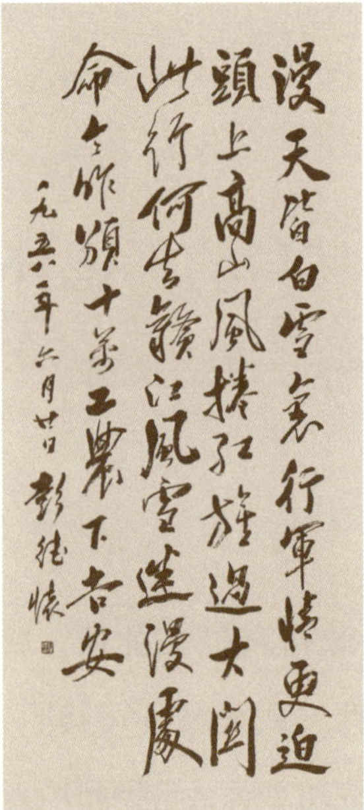

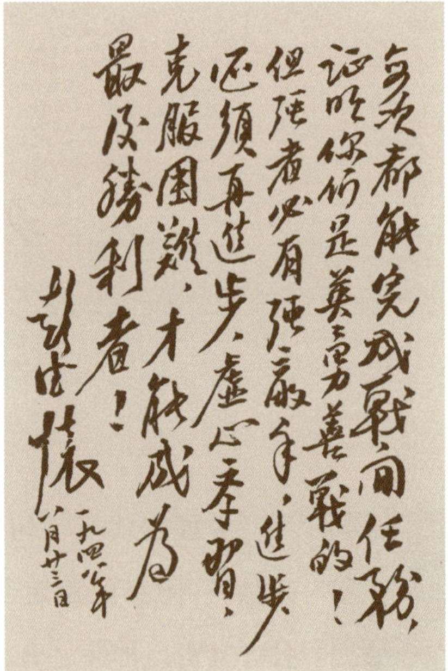

彭德怀手迹

争，在解放后又和美国人打过仗的人。文天祥在《〈指南录〉后序》中，叙述他历经敌营，不知几死。而彭德怀行伍出身，自平江起义以来，苏区反“围剿”、长征、抗日战争、解放战争、抗美援朝，与死神擦肩更是千回百次。井冈山失守，“石子要过刀，茅草要过火”，未死；长征始发，彭殿后，血染湘江，八万红军，死伤五万，未死；抗日战争，鬼子扫荡，围八路军总部，副参谋长左权牺牲，彭奋力突围，未死；转战陕北，彭身为一线指挥，以 2.5 万兵敌胡宗南 24 万兵，几临险境，未死；朝鲜战争，敌机空袭，大火吞噬志愿军指挥部，参谋毛岸英等遇难，彭未死。

毛泽东对他曾是极推崇和信任的。长征途中曾有诗赠彭："山高路远坑深，大军纵横驰奔。谁敢横刀立马，唯我彭大将军。"十大元帅中，毛除对罗荣桓有一首悼亡诗外，对部下赠诗直夸其功，这也是唯一一首了。抗日战争，彭任八路军副总司令，后期朱老总回延安，他实际在主持总部工作。解放战争初期，彭转战西北更是直接保卫党中央、毛主席。朝鲜战事起，高层领导意见不一，毛急召彭从西北回京，他坚决支持毛泽东出兵抗美，并受命出征。三次战役较量，打破了美军不可战胜的神话。杜鲁门总统事先没有通知朝战司令麦克阿瑟，就直接从广播里宣布将他撤职，可见其狼狈与恼怒之状。从平江起义到庐山会议，这时彭德怀的革命军旅生涯已30多年，他的功劳已不是按战斗、战役能计算清的，而是要用历史时期的垒砌来估量。章太炎评价民国功臣黄兴说："无公则无民国，有史必有斯人。"此句可用于彭："无彭则无军威，有军必有彭总。"他不愧为国家的功臣、军队的光荣。

如果彭德怀到此打住，当他的元帅，当他的国防部部长，可以善终，可以保官，保名，保一个安逸的日子。战争过去，天下太平，将军挂甲，享受尊荣，这是多么正常的事情。林彪不是就不接赴朝之命，养尊处优多年吗？但彭德怀不是这样的人。他是军人，更是人民的儿子。打仗只是他为国、为民尽忠的一部分。战争结束，忠心未了，民又有疾苦，他还是要管，要争。

一个敢于站出来说真话的人

1959年，新中国成立10周年。对战争驾轻就熟的共产党领袖们在经济建设上遇到了新问题，并发生了严重分歧。毛泽东心急，提出步子要快一些，周恩来从实际出发，觉得应降降温，提出“反冒进”。毛泽东说：你反冒进，我是反“反冒进”的。怎么估价当前的经济形势？下一步又该怎么办？在这样的背景下，召开了庐山会议。会议之初，毛已接受一些反“左”意见，分歧已有一点小小的弥合。但彭德怀还是不放心。会前，他到农村做过认真的调查，亲眼见到人民公社、大食堂对农村生产力的破坏和对农民生活的干扰，而干部却不敢说真话。在小组会上他先后做了七次发言，直陈其弊，就是涉及毛泽东也不回避。他说：“现在是个人决定，不建立集体威信，只建立个人威信，是很不正常的，是危险的。”在庐山176号别墅，那间阴沉沉的老石头房子里，他夜不成眠，心急如焚。他知道毛泽东的脾气，他想当面谈谈自己的看法。他多么想像延安时期那样，推开窑洞门叫一声“老毛”，就与毛泽东共商战事。或者像抗美援朝时期，形势紧急，他从朝鲜前线直回北京，一下飞机就直闯中南海，主席不在，又驱车直赴玉泉山，叫醒入睡的毛泽东。现在彭德怀犹豫了，他先是想，最好面谈，踱步到了主席住处，但卫士说主席刚休息。他不敢再搅主席的觉，就回来在灯下展纸写了一封信。这真的是一封信，一封因公而呈私人的信，抬头是“主席”，结尾处是“顺致敬礼！彭德怀”，连个标题也没有，不像文章。后人习惯把这封信称为“万言书”。他没有想到，这封信成了他命运的转折点，全党也没有想到，因这封信，党史有了一大波折。这封信是党史、国史上的一个拐点、一块里程碑。

彭德怀是党内高级干部中第一个站出来说真话的人。随着历史的推进，人们才越来越明白，彭德怀当年所面对的绝不是一件具体的事情，而是一种制度、一种作风。当时毛泽东在党内威望极高，至少在一般人看来，他自主持全党工作以来还没有犯过任何错误。而彭德怀对毛所热心的“大跃进”、人民公社、公共食堂提出了非议，这需要极大的勇气。对毛泽东来说，接受意见也要有相当的度量。梁漱溟在新中国成立初就农村问题与毛争论时就直言：我倒要看看你有没有这个雅量。

彭与毛相处 30 多年，深知毛的脾气，但彭将个人的得失早已置之脑后。果然，在会上，彭被定为“反党分子”，会后被撤去国防部部长之职。庐山会议开完，不久就是国庆，又恰逢 10 年大庆，按惯例彭德怀是该上天安门的，请柬也已送来。彭说我这个样子怎么上天安门，不去了。他叫秘书把元帅服找出来叠好，把所有的军功章找出来都交上去。秘书不忍，看着那些金灿灿的军功章说：“留一个做纪念吧。”他说：“一个不留，都交上去。”当年居里夫人得了诺贝尔奖后，把金质奖章送给小女儿在地上玩，那是一种对名利的淡泊；现在彭德怀把军功章全部上交，这是一种莫名的心酸。没几天，他就搬出中南海到西郊挂甲屯当农夫去了。他在自己的院子里种了三分地，把粪尿都攒起来，使劲浇水施肥。他要揭破亩产万斤的神话。

1961年，经请示毛同意后，他回乡调查了一个多月，写了5个共10多万字的调研报告，涉及生产、工作、市场等，甚至包括一份长长的农贸产品市场价格表，如：木料1根2元5角，青菜1斤3分到6分。他固执、朴实，真是一个农民。他还是当年湘潭乌石寨的那个石伢子。夫人浦安修生气地说："你当你的国防部部长，为什么要管经济上的事？"他说：我看到了就不能不管。生性刚烈的毛泽东希望他能认个错，好给个台阶下。但耿介的彭德怀就是不低头。有时候一个人的命运、成败也许就是性格注定。庐山会议结束，彭德怀被扣上"反党集团头子"的帽子，其身份与阶下囚也相去不远。当大家都准备下山时，会务处打来一个电话，说为首长准备了一批上等的庐山云雾茶，问要不要买几斤，还特意说这种茶街上买不到。彭大怒："街上买不到，为什么不拿到街上去卖？尽搞这些鬼名堂，市场能不紧张？"他还特嘱秘书给会务处打一个电话："这是一种坏风气，以后不能再搞。"秘书提醒他，这种时候还是不要管这事吧。他无奈地说："看来我这脾气，一辈子也改不了。"

被贬的日子里，他一次次地写信为自己辩护。写得长一点的有两次。一次是在1962年的七千人大会前，他正在湖南调查，听说中央要开会纠"左"，他高兴地说，赶快回京，给中央写了一封8万字的信。庐山会议已过去了3年，时间已证明他的正确，他觉得可以还一个清白了。但就在这个会上，他又被点名批了一通，他绝望了。"文化大革命"期间，这位打败过日军、美军的战神被一群红卫兵娃娃玩弄于股掌，被当作囚犯关押、游街、侮辱。作为交代材料，他在狱中写了一份《自述》，那是一份长长的辩护词，细陈自己的历史，又是8万字，是用在朝鲜停战协议上签字的那支派克笔写的，写在裁下来的《人民日报》的边条上。他给专案组一份，自己又抄了一份，这份珍贵的手稿几经周转，亲人们将它放入一个瓷罐，埋在乌石寨老屋的灶台下。直到“文化大革命”结束才见天日。那年，我到乌石寨去寻访彭总遗踪，印象最深的就是这个黑乎乎的灶台和堂屋里彭总回乡调查时接待乡亲们的几条简陋的长板凳。

他愤怒了，1967年4月1日给主席写了最后一封信，没有下文。4月20日他给周总理写了最后一封信，这次没有提一句个人的事，却说了另一件很具体的与己无关的小事。他在西南工作时看到工业石棉矿渣被随意堆在大渡河两岸，常年冲刷流失很是可惜。这是农民急缺的一种肥料，他说，这事有利于工农联盟，我们不能搞了工业忘了农民。又说这么点小事本不该打扰总理，但他不知该向谁去说。这时虽然他的身体也在受着痛苦的折磨，但他的心已经很平静，他自知已无活下去的可能，只是放心不下百姓。这是他对中央的最后一次建议。

毛泽东在庐山会议后对彭德怀的评价只有一次比较客观。那是1965年在彭德怀闲置6年后中央决定给他一点工作，派他到西南大三线去。临行前，毛说:“也许真理在你那边。”但这个很难得的转机旋即又被“文化大革命”的洪水所淹没。彭德怀最终还是死于“文化大革命”的冤狱之中。“文死谏，武死战。”他没有死于革命战争，却死于“文化大革命”；没有倒在枪炮下，却倒在一封谏书前。

他二死其身，既经受住了“武死战”的考验，又通过了“文死谏”的测试

现在我们终于明白了“文死谏”的含义，它远比“武死战”要难。当一个将军在硝烟中勇敢地一冲时，他背负的代价就是一条命，以身报国，一死了之。敢将热血洒疆场，博得烈士英雄名。而当一个人坚持说真话，为民请命时，他身上却背负着更沉重的东西。第一，可能丢掉前半生的政治积累，一世英名毁于一纸；第二，可能丢掉后半生的政治生命，许多未竟之业将成泡影；第三，可能丢掉性命。更可悲的是，武死，死于战场，死于敌人，举国同悲同悼，受人尊敬；文死，死于不同意见，死于自己人，黑白不清，他将要忍受长期的屈辱、折磨，甚至身后落上一个冤名。这就加倍地考验一个人的忠诚。彭德怀因为这封说真话的信，前半生功名全毁，被人批判为“右倾”“反党”“叛国”“阴谋家”，扣在他背上的是一口何等沉重的黑锅。在监禁中，他被病痛折磨得在地上打滚，欲死不能。而现在我们看到的哨兵关押记录竟是这样的文字：“我看这个老家伙有点装模作样”，“这个老东西从报上点他名后就很少看报”。这就是当时一个普通士兵对这位开国老帅的态度。可知他当时的处境，其所受之辱更甚于韩信钻胯。而许多旧友亲朋，早已不敢与他往来，就连妻子也已提出与他离婚。一纸薄薄的谏书怎能承载这样的压力？但是，彭德怀忍过来了，他要“留取丹心照汗青”，他相信历史会给他一个

清白。就这样，经30多年的革命战争生涯后，他又有15年的时间被批判、赋闲、挨斗、监禁，然后含冤而去。他是1974年11月去世的，骨灰被化名“王川”，送往成都一普通陵园。当时周恩来已在病中，特嘱此骨灰盒要妥善保存，经常检查，不得移位换架。直到4年后的1978年他才得以平反。当骨灰撤离成都从陵园到机场时，人们才明真相，泣不成声。专机落地前在北京上空环绕三圈，以慰亡灵。

朗朗吐真言，荡荡无私心。彭德怀爱领袖，更爱真理；珍惜自己的生命，更珍惜国家的前途。他浴血奋战30多年，不知几死，经受住了“武死战”的考验；庐山会议30天的争论和其后15年的折磨，他又不知几死，通过了“文死谏”的测试。他是一位为人民、为国家的好元帅。

人民永远记住了庐山上的那场争论，记住了彭德怀。

《新华文摘》2008年第18期

麻田有座彭德怀峰

彭德怀元帅生前不喜照相，一生留下的照片不多，但有一幅特别经典。那是他指挥百团大战时，身先士卒，在距敌只有500米的交通壕里，双手举着望远镜瞭望敌情，神清气定，巍然如山。我每每翻阅有关彭总的书籍、资料时，总能遇到这幅照片。但是，当我在天地之间、在群山峻岭中又发现这幅杰作时，一时更惊得目瞪口呆。

去年秋，我有事去山西，办完正事，想了却一个心愿，就到左权县参观八路军总部旧址。全民族抗战的那8年，八路军总部共转移驻地80次，但驻扎时间最长的是在左权县麻田镇，前后两次共4年，1 457天。彭德怀作为前线最高首长在这里指挥了最艰苦阶段的抗

在太行山深处麻田八路军总部旧址地，有一座山峰，酷似彭总当年手举望远镜指挥作战的神态。当地称『彭德怀峰』，现在已成热门旅游景点

战。这是一块群山怀抱的小平原，中间有清漳河水流过，可种麦、种稻，还可养鱼、栽藕。这在北方的太行山深处，真是天赐福地。那天我们是上午进山的，一路上脑子里总是想着电影里、书上见过的那些艰难岁月。车子刚拐过一个山口，突然迎面扑来了一座山峰，主人指着说："快看！"看到了什么？一个巨大的身影，一整座山峰就像是一个人。这时车子也停了，我们立即跳下车，"天啊！这不是彭总吗？"这整座山就是彭德怀那张经典照的剪影，惟妙惟肖，出神入化。

参观完总部旧址，我们还从原路返回，不由在彭总峰前又停了下来，留恋再三，不忍离去。刚才参观时陈列室里将彭总的真人照与这张山影照叠放在一起，两两相似，几乎是原图放大，看者无不叫绝。彭德怀死后无碑、无坟，甚至骨灰都不许用真名，不许存放北京。但在这太行深处，在八路军总部旧址附近却悄悄地长出一座彭德怀峰。难道这是天意？

抗日战争已经胜利70年了，当年的战场现在已是荷叶连连，藕香鱼肥。当年的一颗种子也已长成了参天大树，当年的孩子都成了古稀老人，但是彭总却还是一点没有变。你看他紧锁着眉头，似有所思；微弯的肩背，永在负重；一双粗壮的手臂，举着望远镜，像是架起了整个天空。他栉风沐雨，柱天立地，整个身子与大山已经化为一体。彭总，你还在瞭望什么？思索什么？

他在望着山的那边，硝烟从他的眼前慢慢飘过，他在企求和平，盼望安宁。彭总鞍马一生，凡中国革命最苦、最危险的时刻都有他的身影。土地革命战争时，王明路线的错误使根据地损失殆尽。他气得大骂："崽卖爷田不心痛。"长征进入陕北，敌骑兵尾追不舍，他在吴起镇布阵，一刀砍掉了这个尾巴。这有点像张飞一声喝断当阳桥。毛兴奋地送诗给他："山高路远坑深，大军纵横驰奔。谁敢横刀立马，唯我彭大将军。"抗战时期，他一直在八路军总部工作。1940年敌军疯狂"扫荡"，华北根据地缩小，最困难时只剩下平顺和偏关两个县城。百团大战一战消灭日、伪军3万多，收复并巩固县城26座。毛泽东高兴地来电："百团大战真是令人兴奋，像这样的战斗，是否还可组织一两次？"解放战争，转战陕北，彭率2.5万人与胡宗南的24万大军周旋，敌我军力悬殊。半年中四战四捷歼敌过半，活捉了5个师、旅长。你看他指挥大战时何等镇定。他的副手习仲勋事后在《彭总在西北战场》中有这样一段回忆：

蟠龙镇战斗之前，敌人主力部队排成长宽几十里的方阵，铺天盖地向北扑去。而我军指挥机关就驻扎在这“方阵”中的一个小山沟里。我们头顶四面八方都有狂呼乱叫的敌人，大家都很紧张，人人都持枪在手。侦察员和参谋们不断送来十万火急报告，我焦灼地在窑洞里来回走动。而彭总却若无其事地躺在我身边的炕上，聚精会神地思考马上要发起的战斗怎么打。敌人刚从头顶上过去，他立刻跳下炕。喊一声：蟠龙！就率领全军直扑蟠龙镇……

新中国成立后，别人都解甲归田了，他又挂帅出征打了一场朝鲜战争。在彭总的大半生里，眼前总是过不尽的硝烟。就在他临去世前的几年，中国大地上又起“文化大革命”之乱。而这时他却成了“文化大革命”的对象，成了造反派手中的“战俘”。他在铁窗中愤怒地以头撞墙，无奈地望着外面打、砸、抢的硝烟，听着大喇叭里的狂喊，郁郁地离开了人世。

他在望着远处的村庄，白云从眼前飘过，脚下是一望无际的藕田。他还在关心民生，不知现在老百姓的日子过得怎么样？彭德怀穷苦出身，13 岁下窑挖煤，15 岁当堤工挑泥，18 岁吃粮当兵。他一生总是念着百姓的苦。八路军总部驻麻田 4 年，正是中国抗战史上黎明前的黑暗。军队浴血奋战，百姓苦苦支撑。为什么发动百团大战？彭自述，一个重要的原因是敌步步压迫，根据地已缩小成来回拉锯的游击区，百姓要负担敌我两头的供应，已经无法生存。他奋起一战痛歼日伪，根据地重见明朗的天，老百姓又过上正常的日子。1942年北方大旱，紧邻的国统区河南饿殍遍野，山西根据地却无一人饿死。彭令机关每人每天节约二两粮救济灾民。军队开荒种地，任务到人，就连军马也要下地。警卫员不忍心用他的马去拉犁，他说："我都要下地，我的马还能搞特殊？"春荒难熬，他命令部队不得与民争食，附近山上的野菜一苗不许动，部队度荒只可捋树叶、扒树皮。他带领战士筑坝引渠，为百姓浇地，又垒石架桥，方便百姓出行。1979年，"文化大革命"刚结束不久，麻田村的一位老房东到北京看望当年住麻田的一个老干部，一见面就说："你还没死呀？"这位同志以为是说他"文化大革命"大难不死，便答："活得好呢！"不想老房东大怒："我以为你们都死光了呢！"对方问："什么意思？"房东说："没有死光？老彭挨整时，你们怎么没有一个人出来说话！"

麻田人没有忘记彭总，中国的老百姓没有忘记彭总。是他在1959年的庐山会议上说出了"大跃进"带来的经济危机，说出了人民公社让百姓饿肚子，才被打成"反党分子"，从此就再也没有翻身。他夫人说："你当你的国防部部长，为什么要管经济上的事？"他说我是政治局委员，不能不管百姓死活。他一个军队的元帅，到基层视察却总要到百姓家里掀掀缸盖，摸摸炕席，问问吃穿。1958年回家乡调查，听说有亩产千斤高产田，他不信，连夜打着手电到地里数秧苗。去看公共食堂，他用勺子在大锅里搅了一圈，一锅青菜汤，他说这食堂散了吧。就这样，他为民请命，丢掉了政治生命直至肉体生命。

秋凉如水，残阳如血。他颤抖的手臂好像就要托不动这个沉重的望远镜了。太行山和湘江相隔万里，他在遥望家乡，想亲人何时能团圆，也愿天下家庭都幸福。彭德怀政治上不顺，生活中也是一个苦命人，父母早亡，两个弟弟是最近的亲人。但是，1940 年 10 月，在他举镜望敌、指挥百团大战时，国民党发动二次反共高潮，血洗了他在湘潭的家，枪杀了他的两个弟弟，弟媳重伤，侄子们逃亡在外。他的结发妻子成了“匪属”，亡命他乡，后只好嫁人。1938 年，彭德怀与浦安修结婚，这对患难夫妻在炮火中不知几过生死关。1942 年 5 月的大“扫荡”是最危险的一次，麻田撤退，我后方机关被打散，损失惨重。左权副参谋长牺牲。浦安修死里逃生，彭在事后集合队伍，清点人数时才意外地发现她还活着。但就是这样的患难夫妻在 1959 年后的“反右倾”政治高压下，妻子提出离婚，彭一人在孤苦中走完挨批斗、坐牢和病痛折磨的最后历程。彭无子女，格外爱怜两个弟弟留下的遗孤。1949 年一进城就把 6 个衣食无着的孩子全接到北京上学。6 月，他在北京饭店开会，利用一个周末，把他们接来，这是他和侄儿们的第一次见面。警卫员要去订个房间，他说不要增加国家负担，就和孩子们在地毯上打地铺，一晚上他看着这 6 个苦水里泡大的孩子，一会儿摸摸这个的脑袋，一会儿又给那个掖掖被子。10 年后，他庐山受难，为不使亲人受牵连，他断然不许孩子们再来看他。他在吴家花园被软禁的日子，不但亲人被隔绝，就连老战友也不能再见面，一位老部下知道他每天要出来散步，便守在进出的路上，希望能远远看上一眼。为免株连，他发现后立即转身。“文化大革命”前安排他到成都工作，他意外地知道老部下、志愿军副司令员邓华住在成都，便乘夜色去访，但走到楼下，犹豫再三，又折返回来。他不愿因自己再牵连任何人。他是一个最重亲朋感情的人，但在他身上，这种天赋之爱却被一而再，再而三地剥夺一空。

秋风夕阳中，我静静地伫望着这座彭德怀峰。中国大地上有无数的名山，名山里有无数象形的山峰。但怎么正好就在彭总冒着炮火手举望远镜指挥战斗的地方，长出了这样一座举镜远望的彭德怀峰？太行山孕育了八路军，孕育了彭德怀这样的英雄。英雄替天行道，天地就来为英雄造像扬名。

彭总不死，他在望世界、望后人，他还在望穿秋水，求索人生。

《国家人文历史》2015 年第 12 期

2007 年 3 月，作者采访贵州六盘水当年彭德怀复出后工作过的三线指挥部

带伤的重阳木

作者手绘重阳木

毛泽东有一首词，里面有一句："岁岁重阳。今又重阳"。今年重阳节刚过我就到湖南湘潭来看一棵树，树名重阳木。开始听到这个名字我还以为是当地人的俗称。后来一查才知道这就是它的学名。大戟科，重阳木属。产长江以南，根深树大，冠如伞盖，木质坚硬，抗风、抗污能力极强，常被乡民膜拜为树神。能以它为标志命名为一个属种，可见这是一种很正规、很典型的树。湘潭是毛泽东的家乡，也是彭德怀的家乡，我曾去过多次，而这次却是专门为了这棵树，为了这棵重阳木。

这棵重阳木长在湘潭县黄荆坪村外的一条河旁，河名流叶河，是从上游的隐山流下来的。隐山是湖湘学派的发源地，南宋时胡安国在这里创办“碧泉书堂”，后逐渐发展成一个著名学派，出了王船山、曾国藩、左宗棠等不少名人。现隐山范围内还有左宗棠故居、濂溪书堂等文化景点。这条河从山里流出，进入平原的人烟稠密地带后，就五里一渡，八里一桥，碧浪轻轻，水波映人。而每座桥旁都会有一两棵枝繁叶茂的大树，供人歇脚纳凉。我要找的这棵重阳木就在流叶桥旁，当地人叫它“元帅树”，和彭德怀元帅的一段逸事有关。

我们到达的时候已是午后，太阳西斜，远山在天边显出一个起伏的轮廓，深秋的田野上露出刚收割过的稻茬，垅间的秋菜在阳光下探出嫩绿的新叶。河边有农家新盖的屋舍，远处有冉冉的炊烟，四野茫茫，寥廓江天，目光所及，唯有这棵大树，十分高大，却又有一丝的孤独。这树出地之后，在两米多高处分为两股粗壮的主干，不即不离并行着一直向天空伸去，枝叶遮住了路边的半座楼房。由于岁月的侵蚀，树皮高低不平，树纹左右扭曲，如山川起伏，河流经地。我们想量一下它的周长，三个人走上前去伸开双臂，还是不能合拢。它伟岸的身躯有一种无可撼动的气势，而柔枝绿叶又披拂着，轻轻地垂下来，像是要亲吻大地。虽是深秋，树叶仍十分茂密，在斜阳中泛着粼粼的光。55 年前，一个人们永远不会忘记的故事就发生在这棵树下。

1958 年，那是共和国历史上的特殊年份，也是彭德怀心里最纠结不解的一年。还是在上年底，彭就发现报上出现了一个新名词：“大跃进”。他不以为然，说跃进是质变，就算产量增加也不能叫跃

彭德怀保护的重阳木

进呀。转过年，1958 年 2 月 18 日，彭为《解放军报》写祝贺春节的稿子，就把秘书拟的“大跃进”全改成了“大发展”。而事有凑巧，同天《人民日报》发表毛泽东修改过的社论却在讲“促进生产大跃进”。也许从这时起，彭的头脑里就埋下了一粒疑问的种子。3 月，中央下发的正式文件说：“这是一个社会主义的生产大跃进和文化大跃进的运动。”接着中央在成都开会，毛泽东在会上的讲话意气风发、势如破竹。彭也被鼓舞得热血沸腾。8 月，北戴河会议通过《关于在农村建立人民公社问题的决议》，并要求各项工作“大跃进”，钢产量比上年要翻一番，彭也举手同意。会后的第二天他即到东北视察，很为沿途的“跃进”气氛所感动。他向部队讲话说：“过去唱‘起来，饥寒交迫的奴隶’，中国人民几千年饿肚子，今年解决了。今年钢产量 1 070 万吨，明年 2 500 万吨，‘一天等于 20 年’，我是最近才相信这番话的。”10 月，他到甘肃视察，看到盲目搞大公社致使农民宰羊、杀驴，生产资料遭破坏，公社食堂大量浪费粮食，社员却吃不饱，又心生疑虑。回到北京，部队里有人要求成立公社，要求实行供给制。他说：“这不行，部队是战斗组织，怎么能搞公社？不要把过去的军事共产主义和未来‘各尽所能，按需分配’的共产主义分配混为一谈。”12 月，中央在武汉召开八届六中全会，说当年粮食产量已超万亿斤，彭说怕没有这么多吧？就被人批评保守。他就这样在痛苦与疑惑中度过了 1958 年。

武汉会议一结束，彭没有回京，便到湖南做调查，他想家乡人总是能给他说些真话。湖南省委书记周小舟陪同调查，他介绍说全省建起 5 万个土高炉，能生火的不到一半，能出铁的更少。而为了炼铁，群众家里的铁锅都被收缴，大量砍伐树木，甚至拆房子、卸门窗。彭德怀没有住招待所，住在彭家围子自己的旧房子里。当天晚上乡亲们挤满了一屋子，七嘴八舌说社情。他最关心粮食产量的真假，听说有个生产队亩产过千斤，他立即同干部打着手电筒步行数里到田边察看。他蹲下身子拔起一蔸稻子，仔细数秆、数粒。他说：“你们看，禾蔸这么小，秆子这么瘦，能上千斤？我小时种田，一亩 500，就是好禾呢。”他听说公社铁厂炼出640吨铁，就去看现场、算细账，说为了这一点铁，动用了全社的劳力，稻谷烂在地里，还砍伐了山林，这不合算。他去看公社办的学校，这里也在搞军事化，从一年级开始就全部住校。寒冬季节，门窗没有玻璃，冷风飕飕直往屋里灌。孩子们住上下层的大通铺，睡稻草，尿床，满屋臭气。食堂吃不饱，学生们面有菜色。他说:“小学生军事化，化不得呀！没有妈妈照顾要生病的。快开笼放雀，都让他们回去吧！”当天学生们就都回了家，高兴得如遇大赦。彭总这次回乡住了两个晚上一个白天，看了农田、铁场、学校、食堂、敬老院。他用筷子挑挑食堂的菜，没有油水。摸摸老人的床，没有褥子，眉头皱成了一团。他说:“这怎么行，共产主义狂热症，不顾群众的死活。”那天，他从黄荆坪出来看见一群人正围着一棵大树，正熙熙攘攘，原来又是在砍树。他走上前说:“这么好的树，长成这个样子不容易啊。你们舍得砍掉它？让它留下来在这桥边给过路人遮点阴凉不好吗？”这时大树的齐根处已被斧子砍进一道深沟，青色的树皮向外翻卷，木质部已被剁出一个深窝，雪白的木渣儿飞满一地。而在桥的另一头，一棵大槐树已被放倒。他心里一阵难受，像是在战场上，看到了流血倒地的士兵，紧绷着嘴一句话也不说，便默默地上了车，接着前去韶山考察人民公社。周小舟见状连忙吩咐干部停止砍树。这天是1958年12月17日。

这个彭老总护树的故事，我大约3年前就已听说，一直存在心里，这次才有缘到现场一看。这棵重阳木紧贴着石桥，桥边有一座房子，房主老人姓欧阳，当年他正在现场，讲述往事如在眼前。他印象最深的还是那句话：给老百姓留一点阴凉！我问那棵阻拦不及而被砍掉的古槐在什么位置，老人顺手往桥那边一指，桥外是路，路外是收割后的水田，一片空茫。我就去凭吊那座古桥，这是一座不知修于何年何月的老石桥，由于现代交通的发达，旁边早已另辟新路，它也被弃而不用，但石板仍还完好，桥正中留有一条独轮车辗出的深槽。石板经过无数脚步、车轮，还有岁月的打磨，光滑得像一面镜子，在夕阳中静静地沉思着。车辙里、栏杆底下簇拥着刚飘落的秋叶，这桥还在不停地收藏着新的记忆。我蹲下身去，仔细察看树上当年留下的斧痕。这是一个方圆深浅都近一尺的树洞，可知那天彭总喝退刀斧时，这可怜的老树已被砍得有多深。我们知道，树木是通过表皮来输送营养和水分的，55 年过去了，可以清晰地看到，树皮小心地裹护着树心，相濡以沫，一点一点地涂盖着木质上的斧痕，经年累月，这个洞在一圈一圈地缩小。现在虽已看不到裸露的伤口，但还是留下了一个凹陷着的碗口大的疤痕。疤痕成一个圆窝形，这令我想起在气象预告图上常见的海上风暴旋动的窝槽，又像是一个旧社会穷人卖身时被强按的红手印，似有风雨、哭喊、雷鸣回旋其中。55 年的岁月也未能抚平它的伤痛。就像一只受伤的老虎，躲在山崖下独自舔着自己的伤口，这棵重阳木偎在石桥旁，靠树皮组织分泌的汁液，一滴一滴地填补着这个深可及骨的伤口。我用手轻轻抚摸着洞口一圈圈干硬的树皮，摸着这些枯涩的皱褶，侧耳静听着历史的回声。

彭德怀湘潭调查之后，又回京忙他的军务。但“大跃进”的狂热，遍地冒烟的土高炉，田野里无人收割的稻谷、无人采摘的棉花，

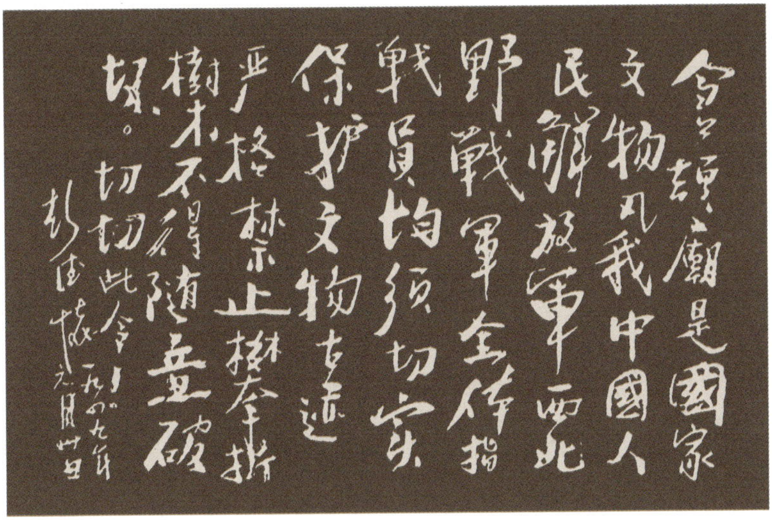

彭德怀手书保护文物和树木的命令

公社大食堂没有油水的饭菜，一幕一幕，在他的脑子里总是挥之不去。转过年，就是 1959 年，彭万没有想到这竟是他人生的转折之年，也是中国共产党命运的转折之年。其时“大跃进”、人民公社化运动造成的经济败象已逐渐显露出来，这年 7 月，中央在庐山召开会议准备纠“左”，彭根据他的调查据实给毛泽东写了一封信。毛泽东雷霆震怒，将他并支持他意见的黄克诚、张闻天、周小舟一起打成“彭黄张周反党集团”。彭德怀生性刚正不阿，又极认真。他被免职后被安置在北京郊外一处荒废的院子里，就自己开荒、积肥、种地，要验证那些亩产千斤、万斤的神话。1961 年，他再次给毛写信申请回乡调查。这又是一个寒冷的冬季，他回乡住了一个多月。经过 1958 年的大砍伐，家乡举目四望，已几乎看不到一棵树。他对陪同人员说：

“你看山是光秃秃的，和尚脑壳没有毛。我二十三四岁时避难回家种田，推脚子车（独轮车）沿湘河到湘潭，一路树荫，都不用戴草帽。再长成以前那样的山林，恐怕要50年、80年也不成。现在农民盖房想找根木料都难。”他一共写了5个调查报告，其中有一个是关于专门在黄荆坪集市调查木料的价格。回京后他给家乡寄来四大箱子树种，嘱咐要想尽法子多种树。他念念不忘栽树、护树，是因为这树连着百姓的命根子啊！他虽是戎马一生，在炮火硝烟中滚爬，却是爱绿如命。抗日战争中，八路军总部设在山西武乡。山里人穷，春天以榆钱（榆树花）为食。彭就在总部门口栽了一棵榆树，现在已有参天之高，老乡呼之为“彭总榆”，成了永久的纪念。1949年，他率大军进军西北，驻于陕西白水县之仓颉庙外。庙中有“二龙戏珠”古柏一株。炊事班做饭无柴就爬上树将那颗“珠子”割下来烧了火。彭严肃批评并当即亲笔书写命令一道：“全体指战员均须切实保护文物古迹，严格禁止攀折树木，不得随意破坏。”现这命令还刻在树下的石头上。彭总不忘百姓，百姓也不忘彭总。他的冤案昭雪之后，这棵重阳木就被当地群众称为“元帅树”，年年祭奠，四时养护。我在树旁看到农民刚砌好的一口井，上面也刻了“元帅井”三个字。而树下还有一块石碑，辨认字迹，是1998年有一个企业来领养这棵树，国家林业局还为此正式发了文，并做了档案记录。那年的树龄是490年，树高22米，胸径1.2米。又15年过去了，这树已过500大寿，更加高大壮实。彭总又回到了湘潭大地，回到了人民群众之中。

因为当年回乡调查是周小舟陪同，他在庐山上又支持彭的意见，也被罚同罪，归入“反党”。周也是湘潭人，他的故居离这棵重阳木只有二里地，我顺便又去拜谒。这是一座白墙黑瓦的小院，典型的湘中民居。周在这里度过了童年，后来到北方学习，参加革命，领导一二·九运动，极有才华。因为到延安汇报工作，被毛泽东看中，便留下当了一年的秘书。后又南下，直到任湖南省委书记。他和彭德怀一样，也是为民请命不顾命的人。庐山会议后，他一下子从省委书记贬为一个公社副书记。但他还是尽自己所能保护百姓。在那个非常时期他的公社是最少有人饿肚子的。

看过这棵重阳木的当晚，我夜宿韶山，窗外就是毛泽东塑像广场，月光如水，“共产党最好，毛主席最亲”的老歌旋律在夜空中轻轻飘荡。我整理着白天的笔记和照片，很为毛未能听取彭、周的逆耳忠言而遗憾。而直到 1965 年，毛才重新起用彭，并说：“也许真理在你那边。”但这一点友谊和真理的回光又很快被第二年开始的“文化大革命”的狂潮所吞灭。现在毛、彭、周三人都早已作古。“岁岁重阳，今又重阳”，人们年复一年地讲述着重阳木的故事，三个战友和老乡却再也不能重聚。这棵重阳木却不管寒来暑往，风吹雨打，还在一圈一圈地画着自己的年轮。我想，随着岁月的流逝，中国大地上如果要寻找 1958 年、1959 年那场灾难的活着的记忆，就只有这棵重阳木了，而且这记忆还在与日俱长，并随着尘埃的落定日见清晰，它是一部活着的史书。作为自然生命的树木却能为人类书写人文记录，这真是万物有灵，天人合一。它还会超出我们生命的十倍、百倍，继续书写下去。半个多世纪后，当人们再来树下凭吊时，也许那伤口已经平复，但总还会留下一个疤痕。树木无言，无论功过是非，它总是在默默地记录历史。正是：

元帅一怒为古树，喝断斧钺放生路。
忍看四野青烟起，农夫炼钢田禾枯。
谏书一封庐山去，烟云缈缈人不复。
唯留正气在人间，顶天立地重阳木。

《人民日报》2014 年 1 月 22 日

图书在版编目（CIP）数据

初心初样当年时 / 梁衡著 . -- 北京 : 中国人民大学出版社，2025. 1. -- ISBN 978-7-300-33463-9

Ⅰ. I267

中国国家版本馆 CIP 数据核字第 2024DX5628 号

初心初样当年时

梁衡　著

Chuxin Chuyang Dangnian Shi

出版发行	中国人民大学出版社		
社　　址	北京中关村大街 31 号	**邮政编码**	100080
电　　话	010—62511242（总编室）		010—62511770（质管部）
	010—82501766（邮购室）		010—62514148（门市部）
	010—62515195（发行公司）		010—62515275（盗版举报）
网　　址	http: // www.crup.com.cn		
经　　销	新华书店		
印　　刷	北京瑞禾彩色印刷有限公司		
开　　本	720mm × 1000mm　1/16	**版　　次**	2025 年 1 月第 1 版
印　　张	19.5	**印　　次**	2025 年 8 月第 2 次印刷
字　　数	185 000	**定　　价**	98.00 元